中國文學史大綱

從古代到近代，文學壯闊旅程的起點

U0087259

鄭振鐸——著

【古典文學縱深回顧】

深度探索漢代至唐代，朝代盛世與文學風華

古代文學蛻變與政治背景，中國文學的思想軌跡

目錄

目錄

古代文學鳥瞰

在這一章中，我們將深入了解中國古代文學的精彩歷史，分為四個主要主題，以及它們的相互關係，以幫助我們更好地理解這一文化遺產。

一、中國古代文學的四個發展階段

我們將首先回顧中國古代文學的四個發展階段。這包括：

古代詩詞歌賦時期：這是中國文學的起源，以詩詞、歌賦等形式為主，反映了古代社會的生活和價值觀。

先秦典籍與哲學時期：先秦時期涌現了重要的典籍和哲學思想，如《莊子》、《論語》等，對後來的文學和思想產生了深遠的影響。

漢魏六朝文學：這一時期文學多樣性蓬勃發展，包括詩、賦、小說等，代表作有《紅樓夢》、《詩經》等。

唐宋元明清文學：唐宋時期的五言詩達到巔峰，並持續影響明清時期的文學，如《紅樓夢》、《西遊記》等。

二、中國古代文學的背景與發展

接著，我們將了解中國古代文學的背景。這包括社會、宗教、道德等因素如何影響了文學的主題、風格和內容，以及文學在古代中國社會中的重要地位。

三、中國古代文學的演變與政治背景

我們將關注文學與政治背景之間的互動。古代中國的政治動盪和統治者的變遷對文學產生了深刻的影響。我們將研究各個時期的政治事件如何反映在文學作品中，並如何塑造了文學的演變軌跡。

四、五言詩的獨霸時代與中國古代文學的結束

最後，我們將討論五言詩的獨霸時代，這一時期的詩詞作品成為文學的主流，尤其在唐代達到高峰。然而，隨著時代的變遷，古代中國文學進入了一個新的階段，標誌著其結束。我們將反思這個轉折點，以及古代中國文學的持續影響。

總之，這一章將帶領讀者深入了解中國古代文學的多樣性和豐富性，並強調其在中國文化中的不可或缺地位。透過探索不同時期的文學成就，我們將更好地理解中國的歷史和文化演變。

一　中國古代文學的四個發展階段

所謂古代文學，指的便是中國西晉以前的文學而言。這個時代的文學有兩個特點：第一，純然為未受有外來的影響的本土的文學。我們的中世紀和近代的文學，無論在形式上，內容上都受有若干外來文學的影響，特別是印度的；但在古代文學史上，則這個痕跡尚看不出——雖然在這個時代的最後，印度的思想和宗教已在很猛烈的灌輸進來。第二，純然為詩和散文的時代。像小說和戲曲的重要的文體，在這時代裡，尚未一見其萌芽。在希臘，在羅馬或在印度的文學史上，已是很絢爛的照耀著這兩種偉大文體的不可逼視的光彩的了。

這個時代，從最早有「記載」的文字留下的時候起，到西晉的末年止，至少是有了二千年左右的歷史（西元前 1700～後 316 年）。在這樣長久的時代裡，我們先民的文學活動，至少也可分為四個發展的階段：

第一階段，從殷商到春秋時代；這是一個原始的時代。偉大的著作，只有一部《詩經》。

第二階段，戰國時代；這是散文最發展的時代。散文的應用，在這時最為擴大。作者們都勇敢的向未之前見的文學的荒土上墾殖著。韻文也有了很高的成就，產生同像屈原的《離騷》、《九章》，宋玉的《九辯》以及《招魂》、《大招》之類的傑作。

第三階段，從秦的統一到東漢的末葉；這是一個辭賦的時代。我們還看見五言詩在這時候開始發生萌芽；我們還看見古代的載籍，在這時代開始的被整理，被「章句」，被歸納排比在好幾部偉大的歷史的名著裡去。

第四階段，從漢建安到西晉之末；這是一個五言詩的偉大時代。抒情詩的創作復活了；同時還復活了哲學的討論的精神。詩人們，學者們，都不甘低首於類書似的辭賦和古代典籍之前了。雖然在前最，我們見到了一個悲慘的少數民族混亂的時代，卻並無礙於這個時代偉大的成就。印度的佛教也在這時輸入中國；開始在哲學上發生著影響，但文學上似還也不曾感受到什麼。

二 中國古代文學的背景與發展

在這四個階段的文學的進展裡，中國的歷史的和社會的經濟的情況也逐漸在變動著，且在背後支配著文學的進展。

最早的一個時期裡我們看見漢民族的殷商一代，已定居於河南的黃河流域。漢族到底是西來的呢，還是定居於本土的原始人種，還有種種專門的辨論，我們姑不去討論它。但我們知道當我們的文學史開幕的時代，漢民族已在黃河流域的中部活躍著。他們的文明程度已經是很高的了。他們已知使用銅器。他們已有很繁賾的文字。他們知道怎樣卜占吉凶以至行止；他們在獸骨、龜板和銅器上所刻的文辭，是很整飭的。後來周武王伐紂，推翻中樞的政府而自代之。周朝初期的文化未必有勝於殷商。但不久便急驟進步了。就甲骨文辭的記載看來，殷商已入一個農業時代，他們對於卜年卜雨是很注意的一件事。但也頗著重於田漁，這可見他們是未盡脫遊獵時代的生活的。周代則完全入到很成熟的農業社會之中。《詩經》裡，關於農事的歌詠是極多的；我們讀《雲漢》一詩，便知當時的人們對於大旱災是如何的著急。像

《七月》，像《碩鼠》等等便又活畫出當時農民們宛轉呻吟於地主貴族壓迫之下的呼號。「十畝之間兮，桑者閒閒兮」，連情詩也都是以農村的背景寫出之的了。

三 中國古代文學的演變與政治背景

第二個階段，來了一個極大的變動。在第一時期的後期，漢民族的勢力還未出黃河流域以外。見於《詩經》的十五國風：邶、鄘、衛、王、鄭、檜、齊、魏、唐、秦、豳、陳、曹，皆在河北；豳、秦則在涇、渭之間。其疆域蓋不出於河南、山西、陝西、山東四省之外。但在其最後，我們卻見到長江流域左右的楚與吳、越皆已登上中國政治與戰爭的舞台，而為其重要的角色。在這個時代裡，政治的局面，更大為不同。中樞政府完全失去了權威，以至於消滅。所謂韓、魏、趙、齊、楚、燕、秦的七國，競欲爭霸於當代，合從連橫，外交的變幻無窮，戰爭的威脅也無時或已。而對內則暴政酷稅，使得民不聊生。平和的農民們連逃亡都不可能。憂民之士，紛出而獻匡時之策；舌辨之雄，競起而效馳驅之任。於是便來了一個散文的黃金時代。在這時，商業是很發達的；儘管爭戰不已，但商賈的往來，則似頗富於「國際性」。大商人們在政治上似也頗有操縱的能力；陽翟大賈呂不韋的設謀釋放秦太子，便是一例。秦居關中，民風最為強悍，又最不受兵禍，首先實行了土地改革，增加生產，且似能充分的得到西方的接濟，故於七國中為最強。齊、楚諸國終於逐漸的為秦所吞併。楚地的文學，在這時詩壇上最為活躍；但大詩人屈原等在其他國家裡並無重要的影響。

第三個時期的開始，便見秦已併吞了六國，始皇帝厲行新政，「書同文字，車同軌」，廢封建為郡縣，打破了貴族的地主制度。（秦的廢封建，似頗受巴比侖諸大帝國的影響，又其自稱「始皇帝」，而後以「二世」，「三世」為次，似更是模擬著西方的諸帝的榜樣的。）這是極大的一個政治上的革命。自此，真正的封建組織便消滅了。但始皇帝雖為農民去了一層大壓力，而秦人的兵馬的鐵蹄，卻代之而更甚的蹂躪著新征服的諸國。因此，不久的便招致了「封建餘孽」的反叛。大紛亂的結果，得天下者卻是從平民階級出身的劉邦。戰國諸世家永遠是淪落下去了。劉邦即皇帝位後，大封同姓諸侯。但文、景之後，封建制度又跟隨了七國之亂而第二次被淘汰。在這時候，北方的一個大敵匈奴，逐漸的更強大了（他們為周、趙、秦的邊患者本來已久）。唯於大政治家劉徹的領導之下，漢族卻給匈奴以一個致命傷。同時，西方諸國也和漢帝國更為接近。西方的文化和特產開始輸入不少。王莽出現於西漢之末。他要實現比始皇帝更偉大的一次大革命，經濟的革命。可惜時期未成熟，他失敗了。東漢沒有什麼重要的變動。漢帝國的威力，漸漸的墮落了。西方諸小國已不復為漢所羈縻。

這三個世紀，並沒有產生什麼偉大的名著。但屈原的影響卻開始籠罩了一切。兩司馬（遷和相如）代表了文壇的兩個方面。遷建立了歷史的基礎，相如則以辭賦領導著許多作家。但兩漢的辭賦，不是「無病而呻」的「騷」，便是浮辭滿紙，少有真情的「賦」和「七」。他們只知追蹤於屈、宋的「形式」之後，而遺棄其內在的真實的詩情。散文壇也沒有戰國時代的熱鬧，但較之詩壇的情況，卻已遠勝。古籍整理的結果，往古的史實漸漸成為常識。便有像王充一類的學者，以直覺的理解，去判斷議論過去的一切。五言詩漸代了四言的定式而露出頭角來。

四　五言詩的獨霸時代與中國古代文學的結束

第四個時期可以說是五言詩的獨霸時代。尚有詩人們在寫四言，但遠沒有五言的重要。在這時代，我們看見漢末的天下紛亂；我們看見魏的統一，晉的禪代；我們還看見少數民族的紛紛徙居於內地。魏、晉的這個羈縻政策的結果，造成了後來的五胡十六國之亂。在這時的初期，魏、蜀、吳的三國雖是鼎峙著，而人才則幾有完全集中於魏都的概況。蜀、吳究竟是偏安一隅。因形勢的便利，又加之以曹氏父子兄弟的好延攬文人學士們，於是從建安到黃初，便成了一個最光榮的五言詩人的時代，一洗兩漢詩壇的枯陋。辭賦在這時代也轉變了一個新的機運。雋美沉鬱的詩思復在《洛神》、《登樓》諸賦裡發現了。司馬氏繼魏而有天下。東南的陸機、陸雲也隨了孫吳的被滅而入洛。詩人們更為集中。因了兩漢儒學的反動，又佛教的開始輸入，在士大夫間發生了影響，玄談之風於以大熾。竹林七賢的風趣是往古所未有的。阮、嵇的詩也較建安諸子為更深厚超逸，引導了後來無數的詩人向同一路線走去。

在西晉的末葉，我們看見了大變亂將臨的陰影。諸王互相殘殺，文人們也往往受到最殘酷的厄運，徒然成了政爭的無謂的犧牲。從永興元年（西元304年）劉淵舉起了反抗的旗幟，自稱大單于的時候起，中原便陷於水深火熱的爭奪戰中。中世紀的文學就在那個大紛亂的時代，代替了古代文學。

文字的起源與演變

在這一章，我們將探討中國文字的起源和演變過程，以及它們在中國多樣化的方言和語言環境中的挑戰和作用。

一、中國的方言多樣性與語言差異的挑戰

中國作為一個廣闊多民族的國家，擁有眾多不同的方言和語言。這些方言之間的差異對文字的使用和理解提出了挑戰。本章將深入探討這些方言的多樣性，以及它們如何影響了中國文字的發展。

二、文字與語言的交匯：中國古代文字演變的探討

中國的文字歷史悠久，經歷了漫長的演變過程。我們將研究文字的起源，包括殷商時期的龜甲文字，以及文字是如何隨著時間的推移而發展和演變的。這一演變過程不僅反映了中國文化的發展，還反映了語言和文字之間複雜的關係。

三、中國的文字和語言：統一的文字，多樣的語言

中國擁有統一的文字系統，即漢字，但卻有多種不同的語言。本章將探討這種文字與語言之間的關係，以及漢字是如何被用於書寫各種不同的方言和語言的。

四、中國文字的演變：從殷商龜甲文字到現代多樣的詞彙

本章將追溯中國文字的演變過程，從最早的殷商龜甲文字，到如今豐富多樣的詞彙體系。我們將研究文字的形態學、語法和語音特徵，以及這些演變如何反映了中國社會和文化的變化。

透過深入研究中國文字的歷史和演變，我們可以更好理解中國語言和文化的豐富多彩性，以及文字在連接多種語言和方言之間的作用。

一　中國的方言多樣性與語言差異的挑戰

中國的語言，在世界的語言系統裡，是屬於「印度支那語系」一支中之中國暹羅語的一部。說中國語的人民，區域極為廣大，人數也多到四萬萬以上。在其間，可分為南北兩部的方言。北部的方言，以流行於北就的所謂「官話」為標準，雖因地域的區別而略有歧異，像天津話，遼寧話，山西話和北京話的差別，但其差別究竟是極為微細的。現在所謂「國語」，也便是以這種語言為基礎而謀統一的實現的。南部的方言，則極為複雜；粗分之，可成為浙江、福建、廣東的三系。浙江系包括浙江省及其附近地

方；福建系包括福建全省及浙江、廣東使用福建系方言的一部分；廣東系則包括廣東、廣西二省。而在這三系裡又各自有著很不相同的歧系。像浙江方言又可分為上海、寧波、溫州三種；福建方言又可分為福州、廈門、汕頭三種；廣東方言又可分為廣州、客家二種。

如果把全國的方言仔細分別起來的話，誠為一種困難的複雜的工作。各地方所刊行的用各種不同的中國語系的方言所寫的唱本等等，可驚奇的使我們發現其數量巨大的可觀。在實際的使用上說來，如果一位不懂得廣東方言的人到南部去旅行，不懂得廈門話的人到閩南等地去考察，一定要感覺到萬分的困難，正如一句德國或法國話不懂的人，到歐洲去旅行一樣，也許更要甚之。而不少的南部的人，到北方來，有的時候，竟也聽不懂話，辦不了事。這是數見不鮮的事。

二　文字與語言的交匯：中國古代文字演變的探討

但中國的語言雖是這樣的複雜，文字卻是統一的。譬如，我們在廣東或香港旅行時，言語不通，遇到困難，以紙筆來作「筆談」，卻是最簡單的一種解決的方法。原來，不管語言的如何分歧，我們這個偉大的民族，在很早的時候便已尋找到一種統一的工具了，那便是「文字」的統一。在遠東大陸上的這個大帝國，所以會有那麼長久的統一的歷史者，「文字」的統一，當為其重要的原因之一。

文字和語言同為傳達思想和情緒的東西。正同每個野蠻民族之必有其語言一樣，最野蠻的民族也必各有其最幼稚的文字的萌芽。語言只是訴之於聽覺的，其儲存，只是靠著人的記憶，其傳達，只是靠著人的口說，未必能傳得遠，傳得久，傳得廣，或未必能夠正確無訛。但文字則不同，她是有語言所未必有之傳達的正確性和久遠性的。自有文字的發現，於是人類的文化才會一天天的進步；往古的文化得以傳述下去，異地的文化，得以輸傳過來，所取用者益廣，益博，於是所成就者也就愈偉大，愈光榮了。

在最早的時候，文字與語言是沒有什麼聯絡的關係的。他們雖同為傳達思想、情緒的工具，卻一則訴之視官，一則訴之聽官，其發展並不是同循一轍的。在那時，文字還不過是繪畫的或象徵的符號，其作用至為簡單，只是幫助記憶而已。今日非洲及澳洲的土人們，每遣使人他適傳達意志時，則用一種樹枝造成的木棒，以種種樣式的符號刻劃於上，以備遺忘；或對方見了這棒也可以明瞭其意。祕魯的土人昔嘗用結繩的制度；這正與《易系傳》所謂「上古結繩而治，後世聖人易之以書契」的話相應。但較進步的民族，則應用到更複雜的繪畫或和繪畫相類似的方法，以傳達或記載某意或某事。最初的文字，大都和實物是相差不遠的。中國古代的象形字，如日、月、山、川、鳥、馬等等，皆不過是繪畫而已。埃及的象形字，像說兩匹馬，便是實在的繪著兩匹馬的。但後來，這些繪畫的字形，漸漸的簡單了，離開圖畫便一天天的遠了。同時，許多抽象的觀念，也能以會意的字表之，如上下等字，都是由象徵文字而出來的。

但文字如果不能和語言連合的話，便永遠只會是一種繪畫或象徵的符號而已。人類文化愈進步，於是文字不僅是實物的繪畫的或象徵的記錄，而也是語言的代表或符號了。文字和語言的合一，一面語言漸漸的得以統一了，一面文字也更趨於複雜，孳生得更多，而同時，離象形字的狀態也益遠，更有許多象音、會意的字創造出來。在這種人類所特有的符號之下，千萬年來，是那樣精緻的記錄下，或傳達出人類的偉大的思想與情緒！所謂文學便是用這種特創的符號記錄下或傳達出的人類的情思的最偉大的、最崇高的和最美麗的成就。

三　中國的文字和語言：統一的文字，多樣的語言

文字學者嘗將文字分為二種，一為意字（ideograph），一為音字（phonograph）。中國文字有一部分是「意字」，即所謂象形文字者是。「音字」又分單語文字，音節文字，單音文字三種。單語文字，即一字可以代表一語者，中國文字也多有之。但同時並有將意字和音字連合起來了的，像「江」、「河」等「形聲字」皆是。在許慎《說文》裡，我們不知可以見到多少的「從某何聲」（如「雅」字便是從隹，牙聲的）的文字。音節文字，即代表單語中所分之各音節，像日本之平假名，片假名者是。單音文字即代表言語上之單音；語言上所用各種之音，本來不能一一以符號記之，只將單音構成之元素記之，像歐洲各國的字母便是。

文字的目的，即在於代表語言，故當某種文字輸入於他處的時候，其組織法便跟了所輸入之處的語言的變異，而完全變更了過來。例如，腓尼基的文字傳到希臘時，希臘人便將其組織的方法變更了一下而採用之。日本的文字，便也是採用了中國的字偏旁而用來代表其語言的。

中國古代的文字和語言是合一的；至少，在中原的民族是合一的。其他各地，還使用著不同的語言（像在春秋的時候，楚地呼「虎」為「於菟」，便是一例）；至於是否有不同的文字，則不可知。我們觀於

秦始皇帝的屢次提到「同書文字」（《琅玡台刻石》），或「書同文字」（《始皇本紀》），臣下們至以此和「車同軌」，「器械一量」同為歌功頌德之語。或當時各國所用的文字說不定竟未必是相同的（或至少是有著各種不同的書寫方法）。唯就殷虛所發現的甲骨文字及殷、周諸代的銅器款識觀之，又確知很早的便有一種共同的文字的存在。這種共同的文字，或其初只是占據於中原的民族之所用；後來才因了他們的勢力的漸漸擴大，而流傳到各地去。總之，在很早的時候，中國的文字大約便已是統一了的。唯語言，則如上文所述，在南方各地就未能統一。又，即在古代，因了語言的時代的變異，而文字則成了一成不變的固體，故中原民族所用的文字，便也漸漸的和語言不能合一。文字很早的便成了典雅的古文；而語言的流變和歧異則仍然繼續存在。總有兩千年以上的時間了，中央政府都在維持著「文字」的統一；至於語言的統一的要求則似是最近的事。

中國的文學，大多數是用典雅的「古文」寫成了的；但也有是地方的方言和最大多數人民說著的北方的口語文寫成了的。那些口語文的文學，其歷史的長久不下於「古文」。唯往往為古文的著作所壓倒，而不為學者們所注意。直到最近，他們的真價才為我們所發現，所明白。

四　中國文字的演變：從殷商龜甲文字到現代多樣的詞彙

中國文學，相傳是由倉頡創作的。但這說起來甚晚。《繫辭下》只說「後世聖人易之以書契」。到了戰國時代，才有倉頡作書之說。《說文．序》以倉頡為黃帝之史。如果他們的話可信，則中國文字是始創於黃帝時代（約西元前2690年）的了。但我們以為，中國文字的起源或當更早於這個時代。唯真實的有實物可徵的最早的文字，則始於殷商的時代。殷商時代的文字，於今可見者有兩個來源：一是安陽出土的龜甲文字，一是歷代發掘所得的鐘鼎彝器。後者像「乙酉父丁彝」，「己酉戍命彝」，「兄癸彝」，「戊辰彝」等都還可信。前者則自光緒二十四五年間河南彰德小屯村出現了有刻文的龜甲獸骨之後，專門學者們致力於斯者不止數十人；近更作大規模的發掘，所得益多。把這些有刻辭的甲骨和鼎彝研究一下，便可知中國今知的最古的文字，是什麼一個樣子的。雖然有許多文字到現在還未為我們所認識，但就其可知的一部分看來，其字型是和後來的篆文很相同的。但有兩點是很應該注意的：

第一，文字的形式尚未完全固定，一字而作數形者，頗為不少。試舉羊、馬、鹿、豕、犬、龍六字的重文為例：

第二，文字已甚為進步，不獨是象形字，即會意字、形聲字也已很自由的用到。這可見那時的文化程度已是很高的了。在羅振玉的《殷虛書契待問篇》裡說，可識者有五百餘字。而在商承祚的《殷虛文字類編》裡，可識者已增到七百九十字，又《待問篇》更有四百字左右，共在一千字以上。而實際上，龜甲文辭尚在陸續發現，其所用的字，當絕不止這些數目而已。

周代所用的文字，就金石刻文中所見者，與「殷虛書契」不甚相遠，也有不能完全辨識之處。晉時在古塚中所發現的古文，解者已少。漢時的經師，也以能讀古文為專門之業。《漢書．藝文志》有「《史籀篇》，周時史官教學童書也。」是乃今文《千字文》之流的東西。《說文．序》道：「尉律：學童十七已上，始試，諷籀書九千字，乃得為吏。」是這種字型在漢時尚流行於世。此字型即為大篆。秦時李斯等為小篆，程邈等又為隸書；到漢時，史游又作章草，漸與今體相合。至於今日流行者，字型種類至多，篆書亦間見用。好奇者甚或用到龜甲鐘鼎的古文奇字。唯大都以楷書為正體。

漢時誦九千字者即可為吏。時代愈進化，則文字孳生益多。自和西域、印度交通後，印度、西域的辭語也輸入不少。到了清代編纂《康熙字典》時已收入四萬餘單字。但實際上有許多單字是很少獨用的，每須連合若干字成為一辭，例如「菩薩」、「菩提樹」、「涅羅」、「剪拂」等等，都只是一個辭語。若連這種種「辭語」而並計之，則總要在六七萬辭字以上。清末，西方的文化又大量輸入，新字新辭的鑄造，更見增多。用來抒寫任何種的情思，這麼多的中國辭語是不怕不夠應用的。

最古的記載

在這一章，我們將深入研究古代中國最古老的文字記載，這些記載包括甲骨刻辭、鐘鼎彝器上的文字、《尚書》中的文書形式和內容多樣性，以及《山海經》中的古代神話和地理描述。

一、殷商至秦代的文字記載：甲骨刻辭和鐘鼎彝器的文化寶藏

本節將介紹甲骨刻辭和鐘鼎彝器上的文字記載，這些記載保存了古代中國各個時期的重要信息，包括殷商時期的卜辭和秦代的鐘鼎銘文。我們將探討這些文化寶藏如何揭示了古代社會的結構、信仰和活動。

二、《尚書》中的文書形式和內容多樣性：誓辭、文誥書札和記事的斷片

《尚書》是中國古代文學中的重要文獻之一，它包含了各種不同形式和內容的文書，如誓辭、文誥、書札和記事的斷片。我們將研究這些文書的特點，以及它們在古代政治和社會中的作用。

三、《尚書》中最古文的探源與謎團解析

本節將深入探討《尚書》中最古老的文書記載，這些記載包含了一些謎團和未解之謎。我們將嘗試解析這些古老文書的含義和來源，以揭示古代中國社會的一些奧秘。

四、《山海經》：古代神話的寶庫和影響

《山海經》是一部包含古代神話、地理描述和民族記錄的文獻，被認為是古代中國神話的寶庫。我們將探討這部文獻的內容，以及它對中國古代文學和文化的影響。

透過研究這些最古老的記載，我們可以更好理解古代中國社會、文化和信仰的演變，並揭示這些古老文字對現代中國的重要性。

一　殷商至秦代的文字記載：甲骨刻辭和鐘鼎彝器的文化寶藏

最古的記載，可靠者很少。所謂邃古的書：「三墳、五典、八索、九丘」之類，當然是「虛無飄渺」的東西；即《尚書》裡的文章，像《堯典》、《禹貢》之類，也不會是堯、禹時代的真實的著作。又像《甘誓》之類，就其性質及文體上說來，比較的有成為最早的記載的可能性，唯也頗為後人所懷疑；至少是曾經過後人的若干次的改寫與潤飾的。今日所能承認為中國文學史的邃古的一章的開始的「文書」，恐怕最可靠的，只有被發掘出的埋藏在地下甲骨刻辭和鐘鼎彝器的記載了。有刻辭的甲與骨，最早的發現

在光緒二十六年。福山王懿榮首先得到。丹徒劉鶚又從王氏購得之；這使他異常的注意，更繼續的去收集，共得到五千餘片，選千片付諸石印，名曰《鐵雲藏龜》（西元 1903 年出版）。立刻引起了學術界的大騷動。有斥之為偽者，但也有知道其真價的。上虞羅振玉於宣統間繼劉氏之業，所獲益多。民國十七年，中央研究院派人到殷墟進行正式發掘的工作，所得重要的東西不少。商代的文化，自此為我們所知。但這些甲骨刻辭記載的是什麼呢？為什麼會在同一個地點發現了那麼許多的甲骨刻辭呢？其訊息和拉耶（Layard）在尼尼微古城發現了整個楔形泥板書的圖書館是可列在同類的罷。龜板都是兩面磨研得很平正的，獸骨也都很整齊。所刻文字，有首尾完全者，但都很簡短。究竟一片龜板或一塊骨上刻了多少文字，是很不規則的。長篇的記載，是否不止以一二片的龜板（或一二塊骨）了之，也是很有注意的價值的。中央研究院《安陽發掘報告》第一期董作賓的《新獲卜辭寫本後記》裡，曾說起發現刻有「冊六」二字的龜板，且有穿孔。是則把許多龜板穿串為冊子，是很有可能的。羅振玉《殷虛書契菁華》裡所載的骨上刻辭有長到百字左右的，且還是殘文。這可見殷商文辭不僅僅是簡短若《竹書紀年》、《春秋》般的。從羅振玉諸人以來，皆以甲骨刻文為卜辭。羅氏分此種卜辭為九類：卜祭，卜告，卜年，卜出入，卜田獵，卜征伐，卜年，卜風雨，及雜卜（《殷虛書契考釋》）。董作賓氏則更加上了卜霽、卜瘳、卜旬的三類（《商代龜卜的推測》）。但這些甲骨刻辭是否僅為占卜的記載呢？這是很可注意的。那些磨治得很光滑的龜板獸骨，是否僅為占卜及記載卜辭之用呢？最近發現的兩個獸頭上的刻辭，都記載著某月王田於某地，其中之一，且是記載著獲得某物的。這當然不會是卜辭。在龜甲刻辭上，有「獲五鹿」，「獲五鹿」，又多有帝王大臣之名，及地名等等，似不是單純的卜辭。或當是殷商的文庫罷，故會有那麼多的零片發現。為了殷人好卜，所以卜而後行的事特別多，或便利用了占卜用過的甲骨以記載一切。這似都需要更仔細的討論，這裡且不提。

鐘鼎彝器的發現，為時較早；宋代的記載古器物刻辭的書裡已有不少三代古器在著。唯最古者仍當推屬於殷商時代之物。周代的東西也不少。鐘鼎彝器的刻辭，往往只是記載著某人作此，或子孫永寶用之的一類的銘辭。但也有很長篇的文辭，其典雅古奧的程度是不下於《尚書》中的誓誥的，像毛公鼎上的刻文便是一個好例。毛公鼎的刻辭有四百四十九字之多，當是今見的古代器物上刻辭的最長的一篇。又有石鼓文的，系刻於十個石鼓之上，記載一件田獵之事的；以「吾車既工，吾馬既同。吾車既好，吾馬既阜」寫起，接著寫射鹿，獲魚，得雉，以至於獵歸。雖然殘缺不少，但還可以見到其弘偉的體制來。這篇文字的時代，論者不一；或以為是周宣王時代的東西。但今日已證實其為秦代之物。又有詛楚文三篇，也是那個時代的秦國的文章。無論如何，把他們歸到《尚書》時代的文籍裡，當是不會很錯的。

二　《尚書》中的文書形式和內容多樣性：誓辭、文誥書札和記事的斷片

但甲骨、鐘鼎刻辭等，以不成篇章者為最多。其較為完美的文籍的最古的記載，幾全在《尚書》裡。編集《尚書》者相傳為孔子。據說全書原有一百篇，今存五十八篇。然此五十八篇卻非原本，其中多有偽作。可信為原作者僅由伏生傳下的二十八篇而已。其餘三十篇，有五篇系由舊本分出，有二十五篇則為偽作。伏生的二十八篇亦稱為「今文字」，五十八篇則亦稱為「古文字」。今文字由伏生傳下，傳其學者，在漢有大小夏侯及歐陽。古文字相傳系武帝末魯共王壞孔子宅以廣其居時，由壁中得到。《漢

書．儒林傳》：「孔氏有《古文尚書》，孔安國以今文字讀之。因以起其家，逸書得十餘篇。蓋《尚書》茲多於是矣。」又同書《藝文志》：「孔安國者，孔子後也，悉得其書，以考二十九篇，得多十六篇，安國獻之。遭巫蠱事，未列於學官。」又同書《楚元王傳》亦言：「得古文於壞壁之中，逸禮有三十九，書十六篇。」由此可見在西漢之時，逸書或《古文尚書》，較之今文僅多出十六篇。此《古文尚書》十六篇，大約在東晉大亂時已失不見。到了東晉元帝時豫章內史梅賾，忽上《古文尚書》，增多二十五篇。這個增多本，初無人疑其為偽者。到了宋時，方才有人覺得可疑。到了清初，閻若璩著《尚書古文疏證》，從種種方面證實，增多的二十五篇，實為梅賾所偽造，不僅「文辭格制，迥然不類」而已。這成了一個定讞。

就伏生本的二十八篇而研究之，《尚書》的內容是很複雜的，但大約可分為下列三類：

第一類　誓辭　這個體裁《尚書》裡面很多，自《甘誓》起，至《湯誓》、《牧誓》、《費誓》都是。這是用兵時的鼓勵臣民的話。我們在這些古遠的誓辭中，很可以看出許多初民時代的信仰與思想。譬如《甘誓》，是夏啟與有扈氏戰於甘之野時的誓語，他對於六卿所宣布的有扈氏罪狀乃是「威侮五行，怠棄三正」八個字（有人據此八字疑其為後人所偽作。但至少當經後人的改寫。）；於是他便接下去說：「天用剿絕其命，今予唯恭行天之罰。」稱天以伐人國，乃是古代民族最常見的事。凡當雙方以兵戎想見的時候，無論哪一方，總是說，他是「恭行天之罰」的，他的敵人是如何如何的為天所棄。不僅啟如此而已。湯之伐桀，亦曰：「有夏多罪，天命殛之」又曰：「夏氏有罪，予畏上帝，不敢不正。」武王伐紂亦曰：「今予發唯恭行天之罰。」總之，無論哪一方，總是告訴他的部下說：「我們是上天所保佑的，必須順了天意，前去征伐。」他們又是奉了廟主或神像前去征伐的，所以「用命」便「賞於祖」，不用命便「戮於社」。這很可看出古代如何的崇奉神道，或利用神道，無論什麼事，都是與神道有關係的；與一個民族有生死存亡的休戚的戰爭，當然更與神道有密切的關聯了。如果我們讀著《甘誓》（約西元前 2196 年）《湯誓》（約西元前 1777 年）及《牧誓》（西元前 1122 年）的三篇便很可以看出其中不同的氣氛來。神的氣氛是漸漸的少了，人的氣氛卻漸漸的多了。其為不同時代的東西無疑。不過，像《甘誓》、《牧誓》的寫出，可能要比較晚些。

第二類　文誥書札　這一類《尚書》中很不少，自《盤庚》、《大誥》、《洛誥》以至《康誥》、《酒誥》、《梓材》、《秦誓》皆是。它又可分為二類：一類是公告，即對於民眾的公布，如《盤庚》；一類是對於個人的往來書札，或勸告，如《大誥》、《康誥》、《洪範》。這一類的古代文書，在歷史上都是極有用的材料，更有許多珍言訓語，在文學上也是很可寶貴的遺物。譬如《康誥》，便是一篇懇摯的告誡文書，《大誥》、《盤庚》中的文告，便是兩篇反覆勸諭的又嚴正，又周至的公告。

第三類　記事的斷片　這一類《尚書》中較少，如《堯典》、《禹貢》以至《盤庚》中的一部分，及《金脉》等皆是。《尚書》中的諸文，每有一小段記事（雖然不見每篇中皆有）列於其首，例如《洪範》篇首之「唯十有三祀，王訪於箕子」，《旅獒》篇首之「唯克商，遂通道於九夷八蠻。西旅底貢厥獒。大保乃作《旅獒》，用訓於王」之類。

綜上所言，可知《尚書》的性質與內容是很不一致的。舊說《春秋》是紀事的，《尚書》是紀言的，《尚書》又何嘗止是紀言而已。

三 《尚書》中最古文的探源與謎團解析

有的人以為《尚書》中的最古文作是《堯典》。但《堯典》卻明明不是堯舜時所作；它記的是堯舜時代的事，且篇首即大書曰：「若稽古帝堯」，可見作此文者尚為離堯舜時代很遠的人。（舊釋：「若，順；稽，考也。能順考古道而行之者帝堯。」完全是不通的。）最可信的最古的一篇文字乃是《甘誓》，但就其明白曉暢的一點看來，至少有後人改寫的痕跡。《禹貢》亦是後人所追記。《甘誓》若果為夏啟時代的作品，則此文之作，蓋在西元前2196年，即離今約四千年。四千年前，中國之有那樣簡樸的文字，並不是不可能的事。埃及、巴比侖諸國，在這時期其文字已是很發達的了。再者，就甲骨刻辭和《盤庚》的文辭看來，在夏代而有《甘誓》的產生，似也是不足為異的事。唯甲骨文以前的文字，即夏代的文字，迄未被我們發現，我們只能將這篇文字作為後代人的記述而已。

《尚書》中最後的一篇文字《秦誓》，則寫於西元前627年。

四 《山海經》：古代神話的寶庫和影響

尚有《山海經》，也是很古遠的書籍，相傳為夏禹時代伯益所作。畢沅則以《五藏山經》三十四篇為「禹書」，《海外經》四篇，《海內經》四篇為周秦所述，《大荒經》以下五篇是「劉秀又釋而增其文」者。這書的著作時代確是非出一時的，但未必便像畢氏那麼犁然可指的某篇為某時所作。他所謂「禹書」，也不可信。但最遲似不會過戰國以後的；在漢時或更有所增加。

這部書是古代神話的總集，和《天問》同為古文學中的瑰寶。其中的人物，像夸父、西王母等，後皆成為重要的「神人」；而《鏡花緣》乃更以其中禽獸人物出現於近代的故事中。像《山經》裡的「其中有鳥焉，名曰鴢，食之宜子」、「有草焉，名曰荀草，服之美人色」（《中山經》）云云，更大似後來的《本草》一類的醫藥服食的書的說法。在《海外經》裡，神話最多，像「形天與帝至此爭神。帝斷其首，葬之常羊之山。乃以乳為目，以臍為口，操幹鏚以舞」（《海外西經》）；「夸父與日逐，走入日，渴欲得飲。飲於河渭。河渭不足，北飲大澤。未至，道渴而死。棄其杖，化為鄧林。」（《海外北經》）都是很偉大的神話的核心，可惜後人並不曾把它們發揮光大。

《詩經》與《楚辭》

這一章將探討《詩經》和《楚辭》這兩部古代文學經典，並揭示它們在中國文學史上的重要地位和影響。

一、《詩經》與古代詩歌研究：真偽之謎

本節將討論《詩經》作為古代詩歌經典的地位，以及有關其真偽的爭議。我們將探索《詩經》的研究歷程，包括孔子的選本和後來的評注，並解析其中的真偽之謎。

二、《詩經》的性質與分類：重新探索古代詩歌

在這一節中，我們將重新審視《詩經》的性質和分類。除了傳統的風雅頌贊，我們還將關注一些被忽視的部分，如民間歌謠，並重新探索古代詩歌的多樣性。

三、《詩經》中的詩人及其詩作真相考辨

這一節將深入研究《詩經》中的詩人，包括那些無名的詩人。我們將嘗試考辨這些詩人的真實身份，並解析他們的詩作背後的故事。

四、悲歌與戀歌：《詩經》中的無名詩人之作

本節將聚焦於《詩經》中的悲歌和戀歌，這些多數由無名詩人創作的詩歌。我們將詳細分析這些詩歌，揭示它們對古代生活和情感的真摯表達。

五、《詩經》中的民間歌謠：古代生活的音樂之美

這一節將探討《詩經》中的民間歌謠，揭示古代中國生活的音樂之美。我們將分析這些歌謠的歌詞和音樂性質，並理解它們在當時社會中的角色。

六、《楚辭》之詩人：屈原的生平與詩歌影響

本節將介紹《楚辭》的詩人屈原，深入探討他的生平和詩歌影響。我們將研究《離騷》、《九章》、《九歌》和《天問》等屈原的代表作品，以了解他在中國文學史上的地位。

七、屈原文學之探析：對《離騷》、《九章》、《九歌》及《天問》的評析

這一節將對屈原的代表作品進行深入探討和評析，包括《離騷》、《九章》、《九歌》和《天問》。我們將解析這些詩歌的主題、風格和文學價值。

八、《大招》、《招魂》：描狀與宗教儀式的重疊鋪敘

本節將研究《楚辭》中的《大招》和《招魂》兩篇詩歌，探討它們的描狀性質和宗教儀式的重疊鋪

敘，並分析它們在古代信仰和文化中的地位。

九、宋玉與楚辭：文學巨匠與文學謎團

最後一節將介紹宋玉，他是《楚辭》的作者屈原的後續文學巨匠。我們將研究宋玉的詩歌和他在《楚辭》傳承中的角色，並解析他的文學謎團。

透過深入研究《詩經》和《楚辭》，我們可以更好理解古代中國詩歌的多樣性和豐富性，以及這兩部文學經典對中國文學和文化的深遠影響。

一　《詩經》與古代詩歌研究：真偽之謎

《詩經》是最早的一部詩歌總集。周平王東遷前後的古詩，除見於《詩經》者外，寥寥可數，且大都是斷片；又有一部分是顯然的偽作。論者以為：詩三千，孔子選其三百，為《詩經》。此語不甚可靠。不過古詩不止三百篇之數，則為無可疑的事實。

很可笑的偽歌，如《皇娥歌》及《白帝子歌》：「天清地曠浩茫茫」，「清歌流暢樂難極」之類，見於王子年《拾遺記》（《詩紀》首錄之）。將這樣近代性的七言歌，放在離今四千五百年前的時代，自然是太淺陋的作偽了。「登彼箕山兮瞻天下」的一首《箕山歌》，「日出而作，日入而息」的《擊壤歌》，也都是不必辯解的偽作。「斷竹，斷竹，飛土逐宍」的《彈歌》，《吳越春秋》只言其為古作，《詩苑》卻派定其為黃

帝作，當然是太武斷。「股肱喜哉，元首起哉，百工熙哉」的虞帝與皋陶諸臣的唱和歌，比較的可靠，然卻未必為原作。《尚書大傳》所載的《卿雲歌》、《八伯歌》也是不可信的。較可信的是秦漢以前諸書所載的逸詩。這些逸詩，《玉海》曾收集了一部分。後來郝懿行又輯增之，為《詩經拾遺》一書。但存者不及百篇，且多零語，其中尚有一部分，是古代的諺語。所以我們研究古代的詩篇，除了《詩經》這一部僅存的選集之外，竟沒有第二部完整可靠的資料。

二　《詩經》的性質與分類：重新探索古代詩歌

《詩經》的影響，在孔子孟子的時代便已極大了。希臘的詩人及哲學家，每稱舉荷馬之詩，以作論證；基督教徒則舉《舊約新約》二大聖經，以為一己立身行事的準則；我們古代的政治家及文人哲士，則其所引為辨論諷諫的根據，或宣傳討論的證助者，往往為《詩經》的片言隻語。此可見當時的《詩經》已具有莫大的威權。這可見《詩經》中的詩，在當時流傳的如何廣！

《詩經》在秦漢以後，因其地位的抬高，反而失了她的原來的巨大威權。這乃是時代的自然淘汰所結果，非人力所能勉強的。但就文學史上而論，漢以來的作家，實際上受《詩經》的風格的感化的卻也不少。韋孟的《諷諫詩》、《在鄒詩》，東方朔的《誡子詩》，韋玄成的《自劾詩》、《戒子孫詩》，唐山夫人的《安世房中歌》，傅毅的《迪志詩》，仲長統的《述志詩》，曹植的《元會》、《責躬》，乃至陶潛的《停雲》、《時運》、《榮木》，無不顯然的受有這個感化。

然而，在同時，《詩經》卻遇到了不可避免的厄運：一方面她的地位被抬高了，一方面她的真價與真相卻為漢儒的曲解胡說所矇蔽了。這正如絕妙的《蘇羅門歌》一樣，她因為不幸而被抬舉為《聖經》，而她的真價與真相，便不為人所知者好幾千年！

《詩經》中所最引人迷誤的是風、雅、頌的三個大分別。孔穎達說：「風、雅、頌者，詩篇之異體，賦、比、興者，詩文之異辭。……賦、比、興是詩之所用，風、雅、頌是詩之成形。」（《毛詩正義》）關於賦比興，我們在這裡不必多說，這乃是修辭學的範圍。至於風、雅、頌三者，則歷來以全部《詩經》的詩，屬於其範圍之內。三百篇之中，屬於「風」之一體者，有二南，王、豳、鄭、衛等十五國風，計共一百六十篇；屬於「雅」者，有《大雅》、《小雅》，計共一百零五篇；屬於「頌」者有《周頌》、《魯頌》、《商頌》，計共四十篇。《詩大敘》說：「上以風化下，下以風刺上。主文而譎諫，言之者無罪，聞之者足以戒，故曰風。……是以一國之事，系一人之本，謂之風。言天下之事，形四方之風，謂之雅。雅者正也，言王政所由廢興也。……頌者，美盛德之形容，以其成功告於神明者也。」朱熹說：「凡詩之所謂風者，多出於里巷歌謠之作，所謂男女相與詠歌，各言其情者也。……若夫雅頌之篇，則皆成周之世，朝廷郊廟樂歌之詞，其語和而莊，其義寬而密，其作者往往聖人之徒，固所以為萬世法程而不可易者也。」（《詩經集註序》）《詩大敘》之說，完全是不可通的。漢人說經，往往以若可解若不可解之文句，闡說模糊影響之意思，《詩大敘》這幾句話便是一個例。我們勉強的用明白的話替他解釋一下，便是：風是屬於個人的，雅是有關王政的，頌是「以其成功告於神明」的。朱熹之意亦不出於此，而較為明白。他只將風、雅、頌分為兩類；以風為一類，說他們是「里巷歌謠之作」，以雅、頌為一類，說他們是「朝廷郊廟樂歌之詞」。其實這些見解都是不對的。當初的分別風、雅、頌三大部的原意，已不為後人所知；而今本的《詩經》的次列又為後人所竄亂，更不能與原來之意旨相契合。蓋以今本的《詩經》而論，則風、雅、頌三者之分，任用如何的巧說，皆不能將其牴牾不合之處，彌縫起來。假定我們依了朱熹之說，將「風」作為里巷歌謠，將「雅頌」作為「朝廷郊廟樂歌」，則《小雅》中的《白華》：「白華菅兮，白茅束兮，之子之遠，俾我獨兮！」與《衛風》中的《伯兮》：「伯兮朅兮，邦之桀兮。伯也執殳，為王前驅。自伯之東，首如飛蓬。豈無膏沐，誰適為容？」同是摯切之至的懷人之作，何以後一首便是「里巷歌謠」，前一首便是「廟堂郊祠樂歌」？又「風」「雅」之中，更有許多同類之詩，足以證明「風」與「雅」原非截然相異的二類。至於「頌」，則其性質也不十分明白。《商頌》的五篇，完全是祭祀樂歌；《周頌》的內容便已十分複雜，其中有一大部分，是祭祀樂歌，一小部分卻與「雅」中的多數詩篇，未必有多大分別（如《小毖》）。《魯頌》則只有《閟宮》可算是祭祀樂歌，其他《泮水》諸篇皆非是。又《大雅》中也有祭祀樂歌，如《雲漢》之類是。更有後人主張：詩都是可歌的；其所謂「風」、「雅」、「頌」完全是音樂上的分別。鄭樵說：「樂以詩為本，詩以聲為用，八音六律為之羽翼耳。仲尼編詩，為燕享祀之時用以歌，而非用以說義也。」（《通志．樂略》）又說：「仲尼……列十五國風以明風土之音不同，分大小二雅以明朝廷之音有間，陳《周》、《魯》、《周》三頌所以侑祭也。……」梁任公便依此說，主張《詩經》應分為四體，即南、風、雅、頌。「南」即十五國風中之「二南」，與「雅」皆樂府歌辭，「風」是民謠，「頌」是劇本或跳舞樂。這也是頗為牽強附會的。古代的音樂早已亡失，如何能以後人的模糊影響之追解而為之分解得清楚呢？鄭樵之說，仍不外風土之音（即民間歌謠），朝廷之音，及侑祭之樂的三個大分別。至於「四詩：南，風，雅，頌」之說，則尤為牽強。「南」之中有許多明明不是樂歌，如《卷耳》、《行露》、《柏舟》諸作，如何可以說他們是合奏樂呢？我們似不必拘泥於已竄亂了的次第而勉強去加以解釋，附會，甚至誤解。《詩經》的內容是十分複雜的；風，雅，頌之分，是絕不能包括其全體的；何況這些分別又是充滿了矛盾呢。我們且放開了舊說，而在現存的三百零五篇古詩的自身，找出他們的真實的性質與本相來！

據我個人的意見，《詩經》的內容，可歸納為三類：一、詩人的創作，像《節南山》、《正月》、《十月之交》、《崧高》、《烝民》等。二、民間歌謠，又可分為：（一）戀歌，像《靜女》、《中谷有蓷》、《將仲子》等；（二）結婚歌，像《關雎》、《桃夭》、《鵲巢》等；（三）悼歌及頌賀歌，像《蓼莪》、《麟之趾》、《螽斯》等；（四）農歌，像《七月》、《甫田》、《大田》、《行葦》、《既醉》等。三、貴族樂歌，又可分為：（一）宗廟樂歌，像《下武》、《文王》等；（二）頌神樂歌或禱歌，像《思文》、《雲漢》、《訪落》等；（三）宴會歌，像《庭燎》、《鹿鳴》、《伐木》等；（四）田獵歌，像《車攻》、《吉日》等；（五）戰事歌，像《常武》等。

三　《詩經》中的詩人及其詩作真相考辨

詩人的創作，在《詩經》是很顯然的可以看出的。據《詩序》，「有主名」的創作有：（一）《綠衣》，衛莊姜作（《邶風》）；（二）《燕燕》，衛莊姜作（《邶風》）；（三）《日月》，衛莊姜作（《邶風》）；（四）《終風》，衛莊姜作（《邶風》）；（五）《式微》，黎侯之臣作（《邶風》）；（六）《旄丘》，黎侯之臣作（《邶風》）；（七）《泉水》，衛女作（《邶風》）；（八）《柏舟》，共姜作（《鄘風》）；（九）《載馳》，許穆夫人作（《鄘風》）；（十）《竹竿》，衛女作（《衛風》）；（十一）《河廣》，宋襄公母作（《衛風》）；（十二）《渭陽》，秦康公作（《秦風》）；（十三）《七月》，周公作（《豳風》）；（十四）《鴟鴞》，周公作（《豳風》）；（十五）《節南山》，周家父作（《小雅》）；（十六）《何人斯》，蘇公作（《小雅》）；（十七）《撝弁》，「諸公」作（《小雅》）；（十八）《賓之初筵》，衛武公作（《小雅》）；（十九）《公劉》，召康公作（《大雅》）；（二十）《洞酌》，召康公作（《大雅》）；（二十一）《卷阿》，召康公作（《大雅》）；（二十二）《民勞》，召穆公作（《大雅》）；（二十三）《板》，凡伯作（《大雅》）；（二十四）《蕩》，召穆公作（《大雅》）；（二十五）《抑》，衛武公作（《大雅》）；（二十六）《桑柔》，芮伯作（《大雅》）；（二十七）《雲漢》，仍叔作（《大雅》）；（二十八）《崧高》，君吉甫作（《大雅》）；（二十九）《烝民》，尹吉甫作（《大雅》）；（三十）《韓奕》，尹吉甫作（《大雅》）；（三十一）《江漢》，尹吉甫作（《大雅》）；（三十二）《常武》，召穆公作（《大雅》）；（三十三）《瞻卬》，凡伯作（《大雅》）；（三十四）《召旻》，凡伯作（《大雅》）；（三十五）《駉》，史克作（《魯頌》）。此外尚有許多篇，《詩序》以為是「國人」作，「大夫」作，「士大夫」作，「君子」作的。但《詩序》本來是充滿了臆度與誤解的，極為靠不住。譬如，我們就上面三十幾篇而講，《燕燕》一詩，《詩序》以為是「衛莊姜送歸妾也」。那麼一首感情深摯的送別詩：「瞻望弗及，涕泣如雨」，「瞻望弗及，佇立以泣」；這豈像是一位君夫人送「歸妾」之詞？至於其他，《詩序》以為「刺幽王」、「刺忽」、「刺朝」、「刺文公」的無名詩人所作，則更多誤會。像《信南山》「信彼南山，維禹甸之，畇々原隰，曾孫田之。我疆我理，南東其畝，……祭以清酒，從以騂牡；享於祖考，執其鸞刀，以啟其毛，取其血膋。……」不明明是一首村社祭神的樂歌麼？《詩序》卻以為是「刺幽王也。不能修成王之業，疆理天下，以奉禹功，故君子思古焉。」這是那裡說起的誤會呢？大約《詩序》將民歌附會為詩人創作者十之六，將無名之作附會為某人所作亦十之五六。據《詩序》，周公是《詩經》中的第一個大詩人。周公多才多藝，確是周室初年的一個偉大的作家。《尚書》中的《大誥》、《多士》、《無逸》等篇，皆為他所作。《詩經》中傳為周公所作者為《七月》及《鴟鴞》二篇。《史記》：「東土以集，周公歸報成王，乃為詩貽王，命之曰《鴟鴞》。」此詩音節迫促，語意摯切而淒苦，似是出於苦思極慮，憂讒畏譏的老成人所作。但這人是否即為周公，卻很難說。而《七月》便絕不會是周公所做的了；這完全是一首農歌，蘊著極沉摯的情緒，與刻骨銘心的悲怨，「七月流火，九月授衣。……無衣無褐，何以卒歲？……一之日於貉，取彼狐狸，為公子裘」。這樣的近於詛咒的農民的呼籲，如何會是周公之作呢？《詩序》傳為召康公所作之詩有三篇，皆在《大雅》，一為《公劉》，一為《洞酌》，一為《卷阿》。《公劉》為歌詠周先祖公劉的故事詩。或有召康公所作的可能。《洞酌》為一種公宴時的樂歌，《卷阿》亦為歡迎賓客的宴會樂歌，如何會是「召康公戒成王」呢？

所稱為尹吉甫作的詩篇凡四：《崧高》、《烝民》、《韓奕》及《江漢》。尹吉甫為周宣王年代的人（西元前 827 ～ 782 年）。宣王武功甚盛，吉甫與有力焉。在《詩經》的詩人中，吉甫是最可信的一個。他在《崧高》的末章說：「吉甫作誦，……以贈申伯。」在《烝民》上說：「吉甫作誦……以慰其心。」這幾篇詩都是歌頌臣的「廊廟之詩」，（《崧高》是贈給申伯的；《烝民》是贈給仲山甫的；《韓奕》是贈給韓侯的；《江漢》是贈給召虎的。）富於雍容爾雅之氣概，卻沒有什麼深厚的情緒。召穆公與尹吉甫是同時的人。他的詩，據《詩序》有三篇見錄於《詩經》：《民勞》、《蕩》與《常武》。《詩序》說，《民勞》與《蕩》是刺厲王的，《常武》是美宣王的。但《民勞》是從士大夫的憂憤與傷心中寫出的文字，《蕩》似為歌述文王告殷的一段故事詩，模擬文王的語氣是又嚴正，又懇切。或為史臣所追記，或為史詩作者的一篇歌詠文王的故事詩中的一段，現在已不可知。但絕不是：「召穆公傷周室大壞也」，則為極明白的事。《常武》敘述宣王征伐徐夷的故事，這是一篇戰爭敘事詩中的傑作，也是《詩經》敘事詩中的傑作：

赫赫業業，有嚴天子，王舒保作，匪紹匪遊。
徐方繹騷，震驚徐方，如雷如霆，徐方震驚。
王奮厥武，如震如怒。進厥虎臣，闞如虓虎。
鋪敦淮濆，仍執醜虜。截彼淮浦，王師之所。
王旅嘽々，如飛如翰，如江如漢，如山之苞，如川之流，綿綿翼翼，不測不克，濯征徐國。

凡伯相傳與召穆公及尹吉甫同時，或較他們略前；作《板》。更有一凡伯，相傳為幽王時人，作《瞻卬》及《召旻》二詩。前凡伯為厲王（西元前878～842）卿士。他是周公之後。後凡伯為幽王時代（西元前781～771年）的人。《板》與《瞻卬》及《召旻》，所表示的雖同是一個情思，且俱喜用格言，但一則諷諫，一則悲憤。兩個凡伯當都是有心的老成人，見世亂，欲匡救之而不能，便皆將其憂亂之心，悲憤之情，一發之於詩。因此與召穆公及尹吉甫的作風便完全不同：「天之方虐，無然謔謔。老夫灌灌，小子蹻々。匪我言耄，爾用憂謔。多將熇熇，不可救藥。」（《板》）活畫出一位老成人在舉世的嬉笑謔浪之中而憂思慮亂的心境來！《瞻卬》與《召旻》便不同了；《板》是警告，《瞻卬》與《召旻》則直破口痛罵了：「人有土田，女反有之；人有民人，女覆奪之。此宜無罪，女反收之；彼宜有罪，女覆說之！哲夫成城，哲婦傾城！」（《瞻卬》）正是周室東遷時代，「日蹙國百里」的一種哀音苦語，真切的反映出當時的昏亂來。

衛武公為幽王時人，所作《賓之初筵》，《詩序》以為「衛武公刺時也」。但此詩系詠宴飲之事，決沒有刺什麼人之意，所以《詩序》所說的「衛武公」作，也許未免要加上一個疑問號。我們在社飲中的詩中，找不到一首寫得那麼有層次，有條理的。作者從鳴鐘鼓，競射，「衎我烈祖」，「各奏爾能」，以至或醉，或未醉的樣子，而以「既醉而出」，及「匪言勿言，匪由勿語」的諍諫作結。其中有幾段真是寫得生動異常。又有《抑》，為格言詩的一類，教訓的氣味很重。《詩序》也是說衛武公「刺厲王，亦以自警也。」但《詩序》作者所說的時代卻是完全不對的。武公在幽王時，入仕於朝，初本為侯。後幽王被犬戎所殺，武公引兵入衛。及平王立，乃進武公為「公」。所以他絕不會去「刺厲王」的。他的心是很苦的，當他寫《抑》時。或者《抑》乃是他在幽王時所作，故有：「於乎小子，告爾舊止。聽用我謀，庶無大悔。天方艱難，曰喪厥國，取譬不遠，昊天不忒。回遹其德，俾民大棘」諸語。像這種的情調，頗為後人所模擬。

芮伯的時代在衛武公之前（據《詩序》），他的《桑柔》，據說是「刺厲王」的。但觀《桑柔》中：「憂心殷殷，念我土宇。我生不辰，逢天僤怒。自西徂東，靡所定處。多我覯痻、孔棘我圉」諸語，似為大亂時所作。此詩如果為芮伯所作，也許芮伯便是幽王時人。《桑柔》亦多格言式的文句，但憂亂怨時之意則十分的顯露，並無一點的顧忌；若「降此蟊賊，稼穡卒癢」，若「維彼愚人，覆狂以喜」，若「大風有隧，貪人敗類」之類，則直至於破口大罵了。

仍叔為宣王時人。據《詩序》，仍叔作《雲漢》乃以「美宣王」的。其實《雲漢》乃是一篇皇帝或官吏或民眾禱告神道，以求止旱的禱文。悲摯懇切，是禱文中的名作，絕不會是仍叔「美宣王」的詩：

> 旱既大甚，則不可沮。赫赫炎炎，雲我無所！
> 大命近止，靡瞻靡顧。群公先正，則不我助。

父母先祖，胡寧忍予！
旱既大甚，滌滌山川。旱魃爲虐，如惔如焚。
我心憚暑，憂心如熏。群公先正，則不我聞。
昊天上帝，寧俾我遁。

這可見出農業社會對於天然災禍的降臨是如何的畏懼，無辦法。

家父，幽王時人。據《詩序》，他作了一篇《節南山》，以「刺幽王」。在這首詩的篇末，他也自己說：「家父作誦，以究王訩。式訛爾心，以畜萬邦」，而「憂心如酲，誰秉國成，不自為政，辛勞百姓」的云云，諷刺執政者的意思是顯明的。

《詩序》謂：《何人斯》為蘇公刺暴公的；《搗弁》為「諸公」刺幽王的。其實，以原詩仔細考察之下，《何人斯》實是一首纏綿悱惻的情詩，是一個情人「作此好歌，以極反側」的。「彼何人斯，其為飄風；胡不自北？胡不自南？胡逝我梁？只攪我心！」寫得十分的直捷明瞭。《搗弁》是一首當筵寫作之歌，帶著明顯的「今朝有酒今朝醉」的悲感的享樂主義：「死喪無日，無幾想見。樂酒今夕，君子維宴。」又如何是刺幽王呢！《渭陽》是一首送人的詩，卻未必為秦康公所作；《竹竿》是一首很好的戀歌，也不會是衛女思歸之作；《河廣》，也是一首戀歌，不會是宋襄公母思宋之作；《柏舟》，也未必為共姜之作，「母也天只，不諒人只」是怨其母阻撓其愛情之意，「之死矢靡慝」是表示其堅心從情人以終之意；《載馳》，《詩序》以為許穆夫人作，其實也只是一首懷人之作。

在《邶風》裡，有衛莊姜的詩四篇，《綠衣》、《燕燕》、《日月》、《終風》。假定《詩序》的這個敘述是可靠的話，則衛莊姜乃是《詩經》中的一個很重要的女作家了。《燕燕》一詩，非她作，前面已經說過。《日月》是懷人之什；《綠衣》一詩，是一首男子懷念他的已失的情人的詩；《終風》，也為一首懷人的詩。「謔浪笑敖，中心是悼」，這是如何深切的苦語。這些詩都附會不上衛莊姜上面去。又《式微》、《旄丘》皆顯然為懷人之什，也並不會是「黎侯之臣」們所作。又據《詩序》，史克作頌以頌魯僖公，即《駉》是。但《駉》本無頌人意。在本文上看來，明明是一首禱神的樂歌。民意常有禱祝牛馬，以求其蕃殖者，《駉》當是這一類的樂歌。

在《小雅》中，有一個寺人孟子所作的《巷伯》，他自己在最後說著：「寺人孟子，作為此詩。凡百君子，敬而聽之。」這首詩是罵「譖人者」的；「取彼譖人，投畀豺虎，豺虎不食，投畀有北，有北不受，投畀有昊」，怨毒之極而至於破口大罵以詛咒之了！

總上所言，可知《詩序》所說的三十幾篇有作家主名的詩篇，大多數是靠不住的。其確可信的作家，不過尹吉甫、前凡伯、後凡伯、家父及寺人孟子等寥寥幾個人而已。

四　悲歌與戀歌：《詩經》中的無名詩人之作

許多無名詩人，我們雖不能知道他們的確切的時代，但顯然有兩個不同的情調是可以看得出的：第一是一種歌頌讚美的；第二是一種感傷。憤懣，迫急的。前一種大都是歌頌祖德的；後一種則大都是歌詠亂離，譏刺當局，憤嘆喪亡之無日的。前者當是西周之作，後者當是周室衰落時代之作。經了幽王的昏暴，犬戎的侵入，中央的威信完全掃地了；各地的諸侯便自由的無顧忌的互相併吞征戰。可使詩人憤慨悲憤的時代正是這樣的一個時代！這些後期的無名詩人之作，遣辭用語，更為奔放自由，在藝術上有了極顯著的進步。

前期的無名詩人之作，在《大雅》中有《文王》、《大明》、《緜》、《思齊》、《皇矣》、《靈台》、《生民》、《公劉》諸篇，又《小雅》中亦有《出車》、《六月》、《采芑》等作，皆是敘事詩。細看這些詩，風格頗不相同，敘事亦多重複，似非出於一人之手，亦非成於一個時代。當是各時代的朝廷詩人，追述先王功德，或歌頌當代勛臣的豐功偉績，用以昭示來裔，或竟是祭廟時所用的頌歌。在其間，唯《緜》及《公劉》最可注意。《緜》敘古公亶父的事。他先是未有家室，後「至於岐下，爰及姜女，聿來胥宇」，乃謀議而決之於龜，龜吉，乃「日止日時，築室於茲。」底下一大段，描寫他們耕田分職，築室造廟，卻寫得十分生動。《公劉》敘公劉遷移都邑的事。他帶領人民，收拾了一切，裹了「餱糧」，便啟行了。經山過水，陟於平原，最後乃決意定居於豳。「既溥既長，既景乃岡，相其陰陽，觀其流泉。其軍三單，度其隰原。徹田為糧，度其夕陽，豳居允荒」，活畫出古代民族遷徙的一幕重要的圖畫來。

後期的無名詩人之作，大都是憤當局之貪墨，嘆大亂之無日，或嗟吁他自己或人民所受之痛苦的。其中最好的詩篇，像：《柏舟》（《邶風》）寫詩人「耿耿不寐」欲飲酒以忘憂而不可能。「我心匪石，不可轉也；我心匪席，不可卷也」諸語，不僅意思很新穎流轉，即音調也是很新穎流轉的。《兔爰》（《王風》）寫時艱世亂，人不聊生。詩人丁此亂世，卻去追想到未生之前之樂，又去追想到昧昧濛濛一事不知的睡眠之樂。他怨生，怨生之多事；他惡醒，惡醒之使他能見「百憂」。因此，唯希望自己之能寐而無覺，一切都在睡夢裡經過！《葛ぱ》（《王風》）也帶有這樣的悲苦的調子。《伐檀》（《魏風》）是一首諷刺意味很深的詩。《詩經》中破口罵人的詩頗有幾首，而這一首特具冷雋的諷趣。

坎坎伐檀兮，檀之河之干兮，河水清且漣猗。
不稼不穡，胡取禾三百廛兮？
不狩不獵，胡瞻爾庭有縣貆兮？
彼君子兮，不素餐兮！

《碩鼠》（《魏風》）不是諷刺卻是謾罵。他竟將他無力驅逐去的貪吏或貪王，比之為碩鼠。他既不能起而逐去他們，只好消極的辱罵他們道：「碩鼠，碩鼠！不要再吃我的黍麥了，我的黍麥已經有三年被你奪去吃了。我現在終定要離開你而到別一個『樂土』去了。你不要再吃我的黍麥了！」不能反抗，卻只好遷居以躲避——可憐的弱者！但他能夠遷避到哪裡去呢？《蟋蟀》（《唐風》）和《山有樞》（《唐風》）都是寫出亂世的一種享樂情調。「我躬不閱，遑恤我後」，這個聲語是《詩經》所常見的。

在《小雅》的七十四篇中，這類的詩尤多，至少有二十篇以上的無名詩人作品是這樣的悲楚的亂世的呼號。最好的，像《採薇》，是寫行役之苦的；而「昔我往矣，楊柳依依。今我來思，雨雪霏霏。行道遲遲，載渴載饑。我心傷悲，莫知我哀」的一段，乃是《詩經》中最為人所傳誦的雋語。《正月》以下的幾篇，像《正月》、《雨無正》，也都是離亂時代文人學士的憤語哀談；他們有的是火一般的熱情，火一般的用世之心。他們是屈原，是賈誼，是陸游，是吳偉業。他們有心於救亂，然而卻沒有救亂的力量。他們有志於作事，然卻沒有作事的地位。於是他們只好以在野的身分，將其積憤，將其鬱悶之心，將其欲抑而不能自制的悲怒，滔滔不絕的一發之於詩。其辭或未免重疊紛擾，沒有什麼層次，有類於《離騷》，然而其心是悲苦的，其辭是懇摯的。在《詩經》之中，這些亂世的悲歌，與民間清瑩如珠玉的戀歌，乃是最好的最動人的雙璧。

五　《詩經》中的民間歌謠：古代生活的音樂之美

《詩經》中的民間歌謠，以戀歌為最多。我們很喜愛《子夜歌》，《讀曲歌》等等；我們也很喜愛《詩經》中的戀歌。在全部《詩經》中，戀歌可說是最晶瑩的圓珠圭璧；假定有人將這些戀歌從《詩經》中都刪去了，——像一部分宋儒、清儒之所主張者——則《詩經》究竟還成否一部最動人的古代詩歌選集，卻是一個問題了。這些戀歌雜於許多的民歌、貴族樂歌以及詩人憂時之作中，譬若客室裡掛了一盞亮晶晶的明燈，又若蛛網上綴了許多露珠，為朝陽的金光所射照一樣。他們的光輝竟照得全部的《詩經》都金碧輝煌，光彩眩目起來。他們不是憂國者的悲歌，他們不是歡宴者的謳吟，他們更不是歌頌功德者的曼唱。他們乃是民間小兒女的「行歌互答」，他們乃是人間的青春期的結晶物。雖然註釋家常常奪去了他們的地位，無端給他們以重厚的面幕，而他們的絕世容光卻終究非面幕所能遮掩得住的。

戀歌在十五國風中最多，《小雅》中亦間有之。這些戀歌的情緒都是深摯而懇切的。其文句又都是婉曲深入，嬌美可喜的。他們活繪出一幅二千五百餘年前的少男少女的生活來。他們將本地的風光，本地的人物，襯托出種種的可入畫的美妙畫幅來。「山有扶蘇，隰有荷華。不見子都，乃見狂且！」（《鄭風》）這是如何的一個情景。「十畝之間兮，桑者閒閒兮，行與子還兮。」（《魏風》）這又是如何的一個情景。「雞既鳴矣，朝既盈矣。匪雞則鳴，蒼蠅之聲。」（《齊風》）這又是如何的一個情景！但在這裡不能將這些情歌，一一的加以徵引，姑說幾篇最動人的。衛與鄭，是詩人們所公認的「靡靡之音」的生產地。至今「鄭衛之音」，尚為正人君子所痛心疾首。然《鄭風》中情詩誠多，而《衛風》中則頗少，較之陳、齊似尚有不及。鄭、衛並稱，未免不當。《鄭風》裡的情歌，都寫得很倩巧，很婉秀，別饒一種媚態，一種美趣。《東門之墠》一詩的「其室則邇，其人甚遠」，「豈不爾思，子不我即」，與《青青子衿》一詩的「縱我不往，子寧不嗣音」，「一日不見，如三月兮」，寫少女的有所念而羞於自即，反怨男子之不去追求的心懷，寫得真是再好沒有的了。「子不我思，豈無他人，狂童之狂也且！」（《褰裳》）似是《鄭風》中所特殊的一種風調。這種心理，卻沒有一個詩人勇於將她寫出來！其他像《將仲子》、《蘀兮》、《野有蔓草》、《出其東門》及《溱洧》都寫得很可讚許。

《陳風》裡，情詩雖不多。卻都是很好的。像《月出》與《東門之楊》，其情調的幽雋可愛，大似在朦朧的黃昏光中，聽凡珴令（violin，小提琴）的獨奏，又如在月色皎白的夏夜，聽長笛的曼奏：

月出皎兮，佼人僚兮，舒窈糾兮，勞心悄兮。
月出皓兮。佼人懰兮。舒懮受兮。勞心慅兮
月出照兮，佼人燎兮，舒夭紹兮，勞心慘兮。

——《月出》

《齊風》裡的情詩，以《子之還兮》一首為較有情致。《盧令令》一首則以音調的流轉動人。齊鄰於海濱，也許是因商業的中心，而遂缺失了一種清逸的氣氛。這是商業國的一個特色。又齊多方士，思想多幻渺虛空，故對於人間的情愛，其謳歌，便較不注意。《秦風》中的《蒹葭》，措詞宛曲秀美。「所謂伊人，在水一方。溯洄從之，道阻且長；溯游從之，宛在水中央。」即音調也是十分的宛曲秀美。

民間的祝賀之歌，或結婚、迎親之曲，在《詩經》裡亦頗不少。《關雎》、《桃夭》、《鵲巢》等都是結婚歌。《螽斯》及《麟趾》則皆為頌賀多子多孫的祝詞。

民間的農歌，在《詩經》裡有許多極好的。他們將當時的農村生活，極活潑生動的表現出來，使我們在二千餘年之後，還如目睹著二千餘年前的農民在祭祀，在宴會，在牽引他們的牛羊，在割稻之後，快快樂樂的歌唱著；還可以看見他們在日下耕種，他們的妻去送飯；還可以看見一大群的牛羊在草地上靜靜的低頭食草；還可以看見他們怎樣地在咒恨土地所有者，怒罵他們奪去了農民的辛苦的收穫；還可以看見他們互相的談話，譏嘲，責罵。總之，在那些農歌裡，我們竟不意的見到了古代的最生動的一幅耕牧圖了。

這些民間的或農人們的祭祀樂歌，皆在《大雅》、《小雅》中。於上舉之《七月》等外，像《無羊》便是一首最美妙的牧歌。「爾羊來思，其角濈濈。爾牛來思，其耳濕濕。或降於阿，或飲於池，或寢或訛。爾牧來思，何蓑何笠，或負其餱……」其描寫的情境是活躍如見的。又像《甫田》那樣的禱歌，更不是平庸的駢四儷六的祭神文、青詞、黃表之類可比。「今適南畝，或耘或耔，黍稷薿薿……曾孫來止，以其婦子，饁彼南畝，田畯至喜。攘其左右，嘗其旨否。」（《甫田》）其形狀農家生活，真是「無以復加矣。」

民間的及貴族的宴會歌曲，盡有不少佳作。有時，竟有極清雋的作品。但這些宴會歌曲，結構與意思頗多相同，當是一種樂府相傳的歌曲，因應用的時與地的不同，遂致有所轉變。像《鄭風》的《風雨》，《小雅》的《菁菁者莪》、《隰桑》、《蓼莪》、《裳裳者華》、《捣弁》，以及《召南》的《草蟲》等，句法皆甚相同，很可以看出是由一個來源轉變而來的。而像《伐木》（《小雅》），寫一次宴會的情況，真是栩栩如活：「既有肥牡，以速諸舅，寧適不來，微我有咎！」乃至「坎坎鼓我，蹲蹲舞我」。都是當前之景，取之不窮，而狀之則不易者。貴族或君王的田獵歌，也有幾首，像《吉日》、《車攻》，且都不壞。帝王及貴族的頌神樂歌，或禱歌，或宗廟樂歌，則除了歌功頌德之外，大都沒有什麼佳語雋言。《文王有聲》（《大雅》）在祭神歌中是一個別格。這是祭「列祖」的歌。凡八章。先二章是祭文王的，故末皆曰：「文王烝哉！」末二章則最後皆曰：「武王烝哉！」

《魯頌》中真正的祭神歌很少。《泮水》是一首很雄偉的戰勝頌歌，並不是禱神歌。《閟宮》乃是一首禱神歌，其格調卻與《周頌》中的諸篇不同了。

《商頌》五篇，未必便是殷時的所作。《詩序》說：「微子至於戴公，其間祀樂廢壞。有正考甫者，得《商頌》十二篇於周之大師。」但其風格離《詩經》中的諸篇並不很歧遠。似當是周時所作，或至少是改作的。其中亦有很好的文句，如：「猗與那與，置我鞉鼓，奏鼓簡簡，衎我烈祖。湯孫奏假，綏我思成。鞉鼓淵淵，嘒嘒管聲。既和且平，依我磬聲。」我們不僅如睹其形，亦且如聞其「鞉鼓淵淵」之聲矣。

六 《楚辭》之詩人：屈原的生平與詩歌影響

繼於《詩經》時代之後的便是所謂「楚辭」的一個時代。在名為「楚辭」那一個總集之中，最重要的作家是屈原。他是「楚辭」的開山祖，也是「楚辭」裡的最偉大的作家。我們可以說，「楚辭」這個名辭，指的乃是「屈原及其跟從者」。

「楚辭」的名稱，或以為始於劉向。然《史記．屈原列傳》已言：「屈原既死之後，楚有宋玉、唐勒、景差之徒者，皆好辭。而以賦見稱。」《漢書．朱買臣傳》言：「買臣善《楚辭》。」又言：「宣帝時，有九江被公善《楚辭》。」「楚辭」之稱，在漢初當已成了一個名辭。據相傳的見解，謂屈原諸《騷》，皆是楚語，作楚聲，紀楚地，名楚物，故謂之《楚辭》。其後雖有許多非楚人作《楚辭》，雖未必皆紀楚地，名楚物，然其作楚聲則皆同。

後漢王逸著《楚辭章句》，於卷首題著：「漢護左都水使者光祿大夫臣劉向集，後漢校書郎臣王逸章句。」《楚辭》到劉向之時，始有像現在那個樣子的總集，這是可信的事。唯這個王逸章句的《楚辭》，是否即為劉向的原本，卻是很可疑的。據王逸的《章句》本，則名為《楚辭》的這個總集，乃包括自屈原至王逸他自己的一個時代為止的許多作品。據朱熹的《集註》本，則《楚辭》的範圍更廣，其時代則包括自周至宋，其作品則包括自荀況的至呂大臨。本書所謂《楚辭》，指的不過屈原、宋玉幾個最初的《楚辭》作家。

《楚辭》，或屈原、宋玉諸人的作品，其影響是至深且久，至巨且廣的。《詩經》的影響，至秦漢已微。她的地位雖被高列於聖經之林，她在文學上的影響卻已是不很深廣了。但《楚辭》一開頭便被當時的作者們所注意。漢代是「辭、賦的時代」；而自建安以至六朝，自唐以至清，也幾乎沒有一代無模擬《楚辭》的作家們。她的影響，不僅在「賦」上，在「騷」上，即在一般詩歌上也是如此。若項羽的「虞兮虞兮奈若何」，劉邦的「大風起兮雲飛揚」，以至劉徹的「草木黃落兮雁南歸」，「羅袂兮無聲，玉墀兮塵生」諸詩，固不必說，顯然的是「楚風」了；即論到使韻遣辭一方面，《楚辭》對於後來的詩歌，其影響也是極大的。他們變更了健勁而不易流轉的四言格式，他們變更了純樸短促的民間歌謠，他們變更了教訓式的格言詩，他們變更了拘謹素質的作風。他們大膽的傾懷的訴說出自己鬱抑的情緒；從來沒有人曾那麼樣的婉曲入微，那麼樣的又直摯，又美麗的傾訴過。

屈原是古代第一個有主名的大詩人。在古代的文學上，沒有一個人可以與他爭那第一把交椅的。《史記》中有他的一篇簡傳。在他自己的作品裡也略略的提起過自己的生平。據《史記》，屈原名平，「原」是他的字。他自己在《離騷》裡則說：「皇鑒揆餘於初度兮，肇錫餘以嘉名。名餘曰正則兮，字餘曰靈均。」是正則、靈均又是他的名字。後人或以正則、靈均為「平」字「原」字的釋義，或以為正則、靈均是他的小名。他是楚的同姓，約生於西元前 343 年（周顯王二十六年，楚宣王二十七年戊寅）。初為楚懷王左徒，博聞強志，明於治亂，嫻於辭令，入則與王圖議國事，以出號令，出則接遇賓客，應對諸侯。原是懷王很信任的人。有一個上官大夫，與屈原同列爭寵，心害其能。懷王使屈原造為憲令。屈原屬稿未定。上官大夫見而欲奪之。屈平不與。上官大夫因在懷王之前讒間他道：「王使屈平為令，眾莫不知。每一令出，平伐其功，以為非我莫能為也。」王怒而疏屈平。「屈平疾王聽之不聰也，讒諂之蔽明也，邪曲之害公也，方正之不容也。故憂愁幽思而作《離騷》。」屈原既疏，不復在位，使於齊。適懷王為張儀所詐，與秦戰大敗。秦欲與楚為歡，乃割漢中地與楚以和。懷王恨張儀入骨，說道：「不欲得地，願得張儀。」張儀竟入楚。厚賂懷王左右，竟得釋歸。屈平自齊反，諫懷王曰：「何不殺張儀？」懷王悔，追張儀不及。後秦昭王與楚婚，欲懷王會。王欲行。屈原曰：「秦虎狼之國，不可信，不如無行。」懷王稚子子蘭勸王：「奈何絕秦歡！」懷王卒行，入武關。秦伏兵絕其後，固留懷王以求割地。懷王怒，不聽，竟客死於秦而歸葬。長子頃襄王立，以其弟子蘭為令尹。子蘭怒屈平不已，使上官大夫短之於頃襄王。頃襄王怒而遷之。這是他第二次在政治上的失敗。屈原既被疏被放，三年不得復見。竭智盡忠，而蔽障於讒；心煩意亂，不知所從。乃往太卜鄭詹尹欲決所疑。他問詹尹道：「寧正言不諱以危身乎？將從俗富貴以偷生乎？……寧昂昂若千里之駒乎？將泛泛若水中之鳧，與波上下偷以全吾軀乎？……此孰吉，孰凶？何去，何從？」詹尹卻很謙抑的釋策說道：「用君之心，行君之意，龜策誠不能知此事！」屈原至於江濱，被髮行吟澤畔，顏色憔悴，形容枯槁。乃作《懷沙》之賦。於是懷石自投汨羅以死。死時約為西元前290年（即頃襄王九年）的五月五日。在這一日，到處皆競賽龍舟，投角黍於江，以吊我們的大詩人。

近來頗有人懷疑屈原的存在，以為他也許和希臘的荷馬，印度的瓦爾米基一樣，乃是一個箭堆式的烏有先生。荷馬、瓦爾米基之果為烏有先生與否，現在仍未論定——也許永久不能論定——但我們的大詩人屈原，卻與他們截然不同。荷馬的《伊里亞特》、《亞特賽》、瓦爾米基的《拉馬耶那》，乃是民間傳說與神話的集合體，或民間傳唱已久的小史詩，小歌謠的集合體。所以那些大史詩的本身，應該可以說他們是「零片集合」而成的。荷馬、瓦爾米基那樣的作家，即使有之，我們也只可以說他們是「零片集合者」。屈原這個人，和屈原的這些作品，則完全與他們不同。他的作品像《離騷》、《九章》之類，完全是抒寫他自己的幽憤的，完全是訴說他自己的愁苦的，完全是個人的抒情哀語，而不是什麼英雄時代的記載。他們是反映著屈原的明瞭可靠的生平的，他們是帶著極濃厚的屈原個性在內的。他們乃是無可懷疑的一個大詩人的創作。

七　屈原文學之探析：對《離騷》、《九章》、《九歌》及《天問》的評析

《漢書．藝文志》裡有《屈原賦》二十五篇。王逸《章句》本的《楚辭》與朱熹《集註》本的《楚辭》，所錄屈原著作皆為七篇。七篇中，《九歌》有十一篇，《九章》有九篇，合計之，正為二十五篇，與《漢志》合。但王逸《章句》本，對於《大招》一篇，卻又題著「屈原作，或曰景差作」。則屈原賦共有二十六篇。或以為《九歌》實止十篇，因《禮魂》一篇乃是十篇之總結。故加入《大招》，仍合於二十五篇之數。或則去《大招》而加《招魂》，仍為二十五篇。或則以《九歌》，作九篇，仍加《大招》、《招魂》二篇，合為二十五篇。但無論如何，這二十五篇，絕不會全是屈原所作的。其中有一部分是很可懷疑的。《遠遊》中有「羨韓眾之得一」語。韓眾是秦始皇時的方士，此已足證明《遠遊》之決非屈原所作的了。《卜居》、《漁父》二篇，更非屈原的作品。兩篇的開始，俱說：「屈原既放」，顯然是第三人的記載。王逸也說：「楚人思念屈原，因敘其辭以相傳焉。」此外《九歌》、《天問》等篇，也都各有可疑之處。我們所公認為屈原的作品，與他的生活有密切的關係者，僅《離騷》一篇及《九章》九篇而已。

《離騷》為古代最重要的詩篇之一；也是屈原所創作的最偉大的作品。「離騷」二字的解釋，

司馬遷以為「猶離憂也」。班固以為「離，猶遭也；騷，憂也。」《離騷》全文，共三百七十二句，二千四百六十一字。作者的技能在那裡已是發展到極點。她是秀美婉約的，她是若明若昧的。她是一幅絕美的錦幃，交織著無數絕美的絲縷；自歷史上，神話上的人物，自然界的現象，以至草木禽獸，無不被捉入詩中，合組成一篇大創作。

屈原想像力是極為豐富的。《離騷》雖款必有整飭的條理，雖未必有明晰的層次，卻是一句一辭，都如大珠小珠落玉盤，各自圓瑩可喜，又如春園中的群花，似若散漫而實各在向春光鬥妍。自「帝高陽之苗裔兮，朕皇考曰伯庸」起，始而敘述他的身世性格，繼而說他自己在「唯黨人之偷樂兮，路幽昧以險隘」之時，不得不出來匡正。「豈餘身之憚殃兮，恐皇輿之敗績」，不料當事者並不察他的中情，「反信讒而齎怒」。他「固知謇謇之為患兮，忍而不能捨也。」在這時，「眾皆競進以今婪兮，憑不厭乎求索。」獨有他的心卻另有一番情懷。他所怕的是「老冉冉其將至兮，恐脩名之不立。」他的心境是那麼樣的純潔：「朝飲木蘭之墜露兮，夕餐秋菊之落英。」然「眾女嫉餘之蛾眉兮，謠諑謂餘以善淫。」因而慨然的說道：「鷙鳥之不君兮，自前世而固然。何方圜之能周兮，夫孰異道而相安。屈心而抑志兮，忍尤而攘詬。伏清白以死直兮，固前聖之所厚。」在這時，他已有死志。他頗想退修初服，「制芰荷以為衣兮，集芙蓉以為裳。」然而他又不能決心退隱。女嬃又申申的罵他，勸他不必獨異於眾。「眾不可戶說兮，孰雲察餘之中情。」他卻告訴她說，「阽餘身而危死兮，覽餘初其猶未悔。不量鑿而正枘兮，固前修以菹醢。」時既不容他直道以行，便欲騁其想像「上下而求索」。「飲餘馬於咸池兮，總餘轡乎扶桑。折若木以拂日兮，聊逍遙以相羊。前望舒使先驅兮，後飛廉使奔屬。鸞皇為餘先戒兮，雷師告餘以未具。吾令鳳鳥飛騰兮，繼之以日夜……欲遠集而無所止兮，聊浮游以逍遙。」但「閨中既以邃遠兮，哲王又不寤。懷朕情而不發兮，餘焉能忍與此終古。」他悶悶之極，便命靈氛為他占之。靈氛答曰：「何所獨無芳草兮，爾何懷乎故宇？」他欲從靈氛之所占，心裡又猶豫而狐疑。「巫咸將夕降兮，懷椒糈而要之。」巫咸又告訴他說道：「勉升降以上下兮，求榘矱之所同……及年歲之未晏兮，時亦猶其未央。」他仍不以此說為然。他說道：「蘭芷變而不芳兮，荃蕙化而為茅。何昔日之芳草兮，今直為此蕭艾也！豈其有他故兮，莫好修之害也！」實在的，「既干進而務入兮，又何芳之能祗。固時俗之流從兮，又孰能無變化！」他終於猶豫著，狐疑著，不能決定走哪一條路好。最後他便決絕的說道：「靈氛既告餘以吉占兮，歷吉日乎吾將行。」及其「陟升皇之赫戲兮，忽臨睨夫舊鄉。」便又留戀瞻顧而不能自已。「僕夫悲餘馬懷兮，蜷局顧而不行。」他始終在徘徊瞻顧，下不了決心。他始終的猶豫著，狐疑著，不知何所適而後可。到了最後之最後，他只好浩然長遠的嘆道：「已矣哉！國無人莫我知兮，又何懷乎故都！既莫足與為美政兮，吾將從彭咸之所居。」他始終是一位詩人，不是一位政治家。他是不知權變的，他是狷狷自守的。他也想和光同塵，以求達政治上的目的，然而他又沒有那麼靈敏的手碗。他的潔白的心性，也不容他有違反本願的行動。於是他便站立在十字街頭：猶豫狐疑，徘徊不安。他的最後而最好的一條路便只有：「從彭咸之所居」。

在《九章》裡的九篇裡，大意也不外於此。《九章》本為不相連續的九篇東西，不知為什麼連合為一篇而總名之曰《九章》。這九篇東西，並非作於一時，作風也頗不相同。王逸說：「屈原既放，思君念國，隨事感觸，輒形於聲。後人輯之，得其九章，合為一卷。非必出於一時之言也。」他以《惜往日》、《悲迴風》二篇為其「臨絕之音」。其他各篇則不復加以詮次。後人對於他們的著作時日的前後，議論紛紜。《涉江》首句說，「餘初好此奇服兮，年既老而不衰」，似也為晚年之作。《惜誦》、《抽思》二篇，其情調與《離騷》全同，當系同時代的作品。《橘頌》則音節舒徐，氣韻和平，當是他的最早的未遇困厄時之作。然在其中，已深蘊著詩人矯昂不群的氣態了：「嗟爾幼志，有以異兮，獨立不遷，豈不可喜兮！深固難徙……」《思美人》仍是寫他自己的低徊猶豫。《哀郢》是他在被流放的別地，思念故鄉而作的。他等候著復召，卻永不曾有這個好音。他最後只好慨嘆的說道：「曼餘目以流觀兮，冀一反之何時！鳥飛反故鄉兮，狐死必首丘。信非吾罪而棄逐兮，何日夜而忘之！」《涉江》也是他在被放於南方時所作。

他既久不得歸，於是又作《懷沙》、《悲迴風》二賦，以抒其愁憤，且決志要以自殺了結他的貞固的一生。在這時，他已經完全失望，已經完全看不出有什麼光明前途了。國事日非，黨人盤據，「變白以為黑兮，倒上以為下，鳳皇在笯兮，雞鶩翔舞；同糅玉石兮，一概而相量」。當然不會有人知他。《懷沙》之作，在於「滔滔孟夏兮，草木莽莽」之時。他在那裡，已決死志，反而淡淡的安詳說道：「民生稟命，各有所錯兮，安心廣志，餘何畏懼兮。……知死不可讓，願勿愛兮。」在《悲迴風》裡，他極敘自己的悲愁：「涕泣交而淒淒兮，思不眠而極曙。終長夜之曼曼兮，掩此哀而不去。」他倒願意「溘死而流亡兮，不忍此心之常愁。」至於《惜往日》，或以為「此作詞旨鄙淺，不似屈子之詞，疑後人偽託也。」我們見她一開頭便說：「惜往日之曾信兮，受命詔以昭時，奉先功以照下兮，明法度之嫌疑」，似為直抄《史記》的《屈原列傳》而以韻文改寫之的，屈原的作品，絕不至如此的淺顯。偽作之說，當可信。

《九歌》、《天問》也頗有人說其皆非屈原所出。朱熹說：

昔楚南郢之邑，沅、湘之間，其俗信鬼而好祀。其祀必使巫覡作樂歌舞以娛神。蠻荊陋俗，詞既鄙俚，而其陰陽人鬼之間，又或不能無褻慢淫荒之雜。原既被逐，見而感之。故頗為更定其詞，去其泰甚。

是則朱熹也說《九歌》本為舊文，屈原不過「更定其詞，去其泰甚」而已。這個解釋是很對的。我們與其將《九歌》的著作權完全讓給了屈原或楚地的民眾，不如將這個鉅作的「改寫」權交給了屈原。我們看《九歌》中那麼許多娟好的辭語：「桂棹兮蘭枻，斲冰兮積雪；採薜荔兮水中，搴芙蓉兮木末；心不同兮媒勞，恩不甚兮輕絕」（《湘君》）。「帝子降兮北渚，目眇眇兮愁予。裊裊兮秋風，洞庭波兮木葉下」（《湘夫人》）。「秋蘭兮青青，綠葉兮紫莖。滿堂兮美人，忽獨與餘兮目成」（《少司命》）。「若有人兮山之阿，被薜荔兮帶女羅，既含睇兮又宜笑」（《山鬼》）。我們很不能相信民間的祭神歌竟會產生這樣的好句。有許多民間的歌曲在沒有與文士階級接觸之前，都是十分的粗豪鄙陋的。偶有一部分精瑩的至情語，也被拙笨的辭筆所礙而不能暢達。這乃是文人學士的擬作或改作，給他們以一種新的生命，新的色彩。《九歌》之成為文藝上的鉅作，其歷程當不外於此。

《九歌》有十一篇。或以《禮魂》為「送神之曲」，為前十篇所適用。或則更以最後的三篇：《山鬼》、《國殤》、《禮魂》，合為一篇以合於「九」之數，然《山鬼》、《國殤》諸篇，決沒有合為一篇的可能。但《九歌》實只有九篇。除《禮魂》外，《東皇太一》實為「迎神之曲」也不該計入篇數之內。

《九歌》的九篇（除了兩篇迎神、送神曲之外），相傳以為都是禮神之曲。但像「思公子兮未敢言」（《湘夫人》），「悲莫悲兮生別離，樂莫樂兮新相知」（《少司命》），「子交手兮東行，送美人兮南浦」（《河伯》），「既含睇兮又宜笑，子慕予兮善窈窕」（《山鬼》）諸情語，又豈像是對神道說的。或以為《聖經》中的《蘇羅門歌》不是對神唱的歌曲，而同時又是絕好戀歌麼？不知《蘇羅門歌》正是當時的戀歌；後人之取來作為聖歌，乃正是他們的附會。朱熹也知《九歌》中多情語，頗不易解得通，所以便說：「其言雖若不能無嫌於燕暱，而君子以有取焉。」我的意見是，《九歌》的內容是極為複雜的，至少可成為兩部分：一部分是楚地的民間戀歌，如《湘君》、《湘夫人》、《大司命》、《少司命》、《河伯》、《山鬼》六篇；一部分是民間祭神祭鬼的歌，如《雲中君》、《國殤》、《東君》、《東皇太一》及《禮魂》。

《天問》是一篇無條理的問語。在作風上，在遣辭用語上，全不像是屈原作的。朱熹說：「屈原放逐，徬徨山澤，見楚有先王之廟及公卿祠堂，圖畫天地山川神靈，琦瑋僪佹，及古賢聖怪物行事，因書其壁，向而問之，以渫憤懣。楚人哀而惜之，因共論述。故其文義不次序雲爾。」既是楚人所「論述」，可見未必出於屈原的手筆。且細讀《天問》全文，平衍率直，與屈原的《離騷》、《九章》諸作的風格完全不同。我們不能相信的是，以寫《離騷》、《九章》的作者，乃更會寫出「簡狄在台，嚳何宜？玄鳥致貽，女何喜？」那麼一個樣子的句法來。有人認為《天問》是古代用以考問學生的試題。這話頗有人加以非笑，以為在古代時，究竟要考問什麼學生而用到這些試題。我們以為以《天問》為試題，或未免過於武斷；但《天問》之非一篇有意寫成的文藝作品，則是無可懷疑的。她在古時，或者是一種作者所用的歷史、神話、傳說的備忘錄也難說。或者竟是如希臘海西亞特（Hesiod）所作的《神譜》，或亞甫洛杜洛斯（Apollodorus）的《圖書紀》。體裁乃是問答體的，本附有答案在後。後人因為答題過於詳細，且他書皆已有詳述，故刪去之，僅存其問題，以便讀者的記誦。這個猜測或有幾分可能性罷。

八　《大招》、《招魂》：描狀與宗教儀式的重疊鋪敘

《大招》或以為屈原作，或以為景差作。王逸以為：「疑不能明。」朱熹則直以為景差作。《招魂》向以為宋玉作，並無異辭。至王夫之、林雲銘他們，始指為屈原作。此二篇內容極為相同。假定一篇是屈原「作」的話，則第二篇絕不會更是他「作」的。但這兩篇原都是民間的作品。朱熹在《招魂》題下，釋曰：「古者，人死，則使人以其上服，升屋履危，北面而號曰『皋某復』。遂以其衣三招之，乃下，以覆屍。此禮所謂復。而說者以為招魂復魂。又以為盡愛之道，而有禱祠之心者，蓋猶冀其復生也。如是而不生，則不生矣。於是乃行死事。此制禮者之意也。而荊楚之俗乃或以是施之生人。」此種見解，較之王逸的「以諷諫懷王，冀其覺悟而還之也」自然高明得多。《大招》之作用，也是同一意思。所以這兩篇「招魂」的文章，無論是屈原，是宋玉，是景差所「作」，其與作者的關係都是很不密切的，他們只是居改作或潤飾之勞而已。

這兩篇作品的影響，在後來頗不小。屈原的作品，如《離騷》，如《九章》，宋玉的作品，如《九辯》，都是浩浩莽莽的直抒胸臆之所欲言。他們只有抒寫，並不鋪敘。只是抒情，並不誇張。只是一氣直下，並不重疊的用意描狀。至於有意於誇張的鋪敘種種的東西，以張大他們的描狀的效力者，在《楚辭》中卻只有《大招》、《招魂》這兩篇。例如，他們說美人，便道：「朱唇皓齒，嫭以姱只。比德好閑，習以都只；豐肉微骨，調以娛只；魂乎歸徠，安以舒只；嫮目宜笑，蛾眉曼只；容則秀雅，稚朱顏只；魂乎歸徠，靜以安只。」（《大招》）他們說宮室，便道：「高堂邃宇，檻層軒些。層台累榭，臨高山些。

網戶朱綴，刻方連些。冬有宎廈，夏室寒些。川谷徑復，流潺湲些。光風轉蕙，氾崇蘭些。經堂入奧，朱塵筵些。」（《招魂》）說飲食，說歌舞，也都是用這種方法。又他們對於招來靈魂，既歷舉四方上下的可怕不可居住，又盛誇歸來的可以享受種種的快樂，這種對稱的敘述，重疊的有秩序的描狀，後來的賦家差不多沒有一篇不是這樣的。《三都賦》是如此，《七發》是如此，《簫賦》也是如此。「賦者，鋪也」一語，恰恰足以解釋這一類的賦。《大招》、《招魂》的重疊鋪敘，原是不得不如此的宗教的儀式。卻不料反開了後來的那麼大的一個流派。

九　宋玉與楚辭：文學巨匠與文學謎團

在《楚辭》裡，可指名的作家，屈原以外，便是宋玉了。《史記》在《屈原列傳》之末，提起這樣的一句話：「屈原既死之後，楚有宋玉、唐勒、景差之徒者，皆好辭而以賦見稱。」司馬遷並沒有說起宋玉的生平。在《漢書．藝文志》裡，於「宋玉賦十六篇」之下，也只注著「楚人，與唐勒並時，在屈原後也。」《韓詩外傳》（卷七）及《新序》（雜事第一及第五）裡，說起：宋玉是屈原以後的一位詩人，事楚襄王（《韓詩外傳》作懷王）為小臣，並不得志。他在朝廷的地位，大約是與漢武帝時的司馬相如、枚皋、東方朔諸人相類。與他同列者有唐勒、景差諸人，皆能賦。他的一生，大約是這樣的很平穩的為文學侍從之臣下去。他的死年，大約在楚亡以前。他與屈原的關係，以上幾部書都不曾說起過。只有王逸在他的《楚辭章句》上說：「宋玉者，屈原弟子也。」（《九辯．序》）這話沒有根據。大約宋玉受屈原的影響則有之，為實際上的師弟則未必然。他在當時頗有一部分的勢力，他的鋒利的談片，或為時人所豔稱，所以他有許多軼事流傳於後。

他的著作，《漢書・藝文志》說有十六篇，今所有者則為十四篇。在其中，唯《九辯》一篇，公認為宋玉所作，並無異議。這一部大作，也實在是足以代表宋玉的文藝上的成功。她是以九篇詩歌組成的。那九篇的情調，也有相同的，也有不相同的，大約絕不會是同時之作。《九辯》之名，或為當時作者隨手所自題（《九辯》原為古詩名），或為後人所追題。在《九辯》裡的宋玉，其情調與屈原卻大有不同。他也傷時，然而他只說到「悼餘生之不時兮，逢此世之亻狂攘」而止；他也怨君之不見察，然而他也只說到「君棄遠而不察兮，雖願忠其焉得；欲寂莫而絕端兮，穿不敢忘初之厚德」而止；他也罵世，然而他只說到「何時俗之工巧兮，滅規榘而改鑿。獨耿介而不隨兮，願慕先聖之遺教」而止。他是蘊蓄的，他是「溫柔敦厚」的。

《九辯》裡寫秋景的幾篇是最著名的：「悲哉秋之為氣也，蕭瑟兮草木搖落而變衰，憭栗兮若在遠行，登山臨水兮送將歸。泬寥兮天高而氣清，寂寥兮收潦而水清。憯悽增欷兮，薄寒之中人，愴怳懭悢兮，去故而就新。坎廩兮貧士失職而志不平，廓落兮羈旅而無友生，惆悵兮而私自憐！。」簡直要一口氣讀到底，捨不得在中途放下。

宋玉的其他諸作，除《招魂》外，自《風賦》以下，便都有些靠不住。一則他們的文體是疏率的，與《九辯》之緻密不同。再則，他們的情調是淺露無餘的，與《九辯》之含蓄有情致的不同。三則他們的結構是直捷的，與《九辯》之纏綿宛曲者又不同。且像那樣的記事的對話體的賦，一開頭便說：「楚襄王遊於蘭台之宮，宋玉、景差侍」（《風賦》）；便說：「昔者，楚襄王與宋玉遊於雲夢之台」（《高唐賦》）；便說：「楚襄王與宋玉遊於雲夢之浦」（《神女賦》）；顯然不會是出於宋玉本人之手的。且《高唐賦》中簡直寫上了「昔者，楚襄王與宋玉遊於雲夢之台」，這還不是後人的追記麼？《笛賦》中還有「宋意將送荊卿於易於水之上，得其雌焉」之語。宋玉會引用到荊卿的故事麼？又《登徒子好色賦》與《諷賦》皆敘的是一件事；結構與情調完全是相彷彿的。《高唐賦》、《神女賦》與《高唐對》三篇也敘的是同一的事件。假定他們全是宋玉寫的，他又何必寫此同樣的若干篇呢？而第一次見於《古文苑》的《笛賦》、《大言賦》、《小言賦》、《諷賦》、《釣賦》、《舞賦》，其來歷更是不可問的。劉向見聞至廣，王逸也博採楚辭的作品。假定當時宋玉有這許多作品流傳著，他們還不會收入《楚辭》之中麼？

此外，楚人之善辭者，尚有唐勒、景差二人。《漢書．藝文志》著錄唐勒賦四篇，無景差的作品。《史記》卻提到過景差。王逸說：「《大招》，屈原之所作也，或曰景差，疑不能明也。」朱熹則斷《大招》為景差之作。但這二人都不甚重要。景是楚之同姓；景差大約與宋玉同時。唐勒也是與他們同時，也事楚襄王為大夫，且嘗與宋玉爭寵而妨害他。勒的作品，絕不可見。在《全上古三代秦漢三國六朝文》裡只有他的《奏士論》的殘文數語。

先秦的散文

這一章將深入研究中國春秋戰國時期的散文文學，這是中國文學史上一個極具影響力的時期，同時也是中國哲學發展的黃金時代。

一、春秋戰國時期的中國哲學與文學

本節將探討春秋戰國時期，這一個思想繁榮的時代，中國哲學和文學的緊密交匯。我們將了解這個時期的社會背景，以及哲學家們如何影響了文學創作和思想發展。

二、先秦哲學家與其思想

這一節將介紹一些先秦時期的重要哲學家，如孔子、老子、孟子等，並深入研究他們的思想體系和對當時社會的影響。我們將理解他們的個人觀點和哲學貢獻。

三、戰國時代思想界的繁榮與衰落

本節將關注春秋戰國時期思想界的繁榮和衰落。我們將討論思想家們的辯論和不同學派的競爭，以及這一時期的思想發展趨勢。

四、先秦時期的歷史書籍與思想家對比分析

最後一節將進行先秦時期的歷史書籍和思想家之間的對比分析。我們將研究《史記》、《春秋》等重要歷史文獻，並了解它們與當時思想家的互動和影響。

這一章將幫助我們更好理解中國古代文學和哲學的交匯，以及春秋戰國時期對中國文化和思想的深遠影響。

一　春秋戰國時期的中國哲學與文學

上古文學，在詩歌一方面，不過有《詩經》與《楚辭》的兩個總集，偉大的作家也只有幾個人。但在散文一方面，作家卻風起泉湧，極一時之盛。或為哲學家，或為政治家，或為辨士，或為歷史家，或為專門的學者。各有所長，各有所見，各有所執持。他們是抒達自己的意見而無諱避的。他們沒有什麼傳統的信仰與意見的束縛，他們各欲為開山祖，也各有他們的信徒。這個時代，論者每以為是中國哲學的黃金時代。

雖然他們並不以文學為業，但他們的文章，卻也是光彩煥發，風致遒美，其結構的嚴整，文句的精粹，都為漢以後散文作家所少見。他們每能以盛水不漏的嚴密的哲學思想，裝載於美麗多趣的文字裡，

驅遣著豐富的想像，生動的比喻，活潑而有情致的文辭，為他自己的應用。因此，他們的作品，便不唯成了哲學上的名著，也成了文學上的名著。

他們都是生活在從西元前570年（周靈王時）到西元前230年（秦始皇時）之間的一個時代的。這一個時代，即所謂春秋戰國的時代。這時，中國的各地，尤其是黃河流域，都繼續的陷在區域性戰爭的情形之中。爭戰不休，兵戈時舉。一切的傳統的道德與思想都已被打得粉碎。政治上社會上的紛紜也已達於極點。於是新創的哲學思想與政治觀念便應運而出。有的人表白出消極的厭世的破壞思想。有的人還要努力的維持古代的傳統思想，儲存古代的一切良好的制度，積極的與社會相爭鬥。有的人慾以仁愛及實用之學，來挽救這種的擾亂與民間的疾苦。有的人則更欲以嚴明的政治及法律來統轄這種的紛擾的局面。這些都是由社會的自然的趨勢裡，醞釀出他們的哲學來的。重要的派別有三：即所謂儒、道、墨者是。道家抱消極的厭世思想，儒家則主張保守與用世，墨家則以救天下博愛為己任。更有持極端的個人主義，雖拔一毛而利天下也不肯為的楊朱，以嚴刑峻法統治一國的商鞅、韓非，以詭辯伏人而自喜的公孫龍、鄒衍等待。但他們的影響究竟沒有儒、道、墨三家那麼大，他們的跟從者也沒有儒、道、墨三家那麼多。這三派的哲學家，各有其開山祖，儒家為孔丘，道家為李耳，墨家為墨翟。這一個時代，恰好也是希臘哲學的黃金時代；蘇格拉底，柏拉圖，亞利斯多德，西諾諸人相繼而起。我們沒有阿斯克洛士，優裡闢特似的大悲劇家，然而我們卻有許多的哲學家，足以與希臘哲學界東西相輝映。

二　先秦哲學家與其思想

在這些先秦哲學家中，最先出來的是老子。老子姓李，名耳，字聃（據《史記》），楚國人。關於他的神話甚多，有的說他活了二百餘歲，有的說他出關仙去。於是更有《老子化胡經》，《老子七十二變化圖》之作。道家也以他為他們的宗教的始祖。於是他便成了與釋迦牟尼的三身如來佛相配當的「三清」（即所謂「老子一炁化三清」）。孔子曾與他想見過。因為他做過周守藏室之吏，所以孔子向他問禮。大約他的生活時代與孔子相差不遠，其生當在西元前470年（周元王時）以前。老子所代表的思想是消極的，厭世的。他的書有《道德經》上下二篇，共八十一章，文字極簡直。他因為當時政治的齷齪，言治者紛然出，而天下愈擾，於是主張無為，主張無治，以為「不尚賢，使民不爭，不貴難得之貨，使民不為盜，不見可欲，使民心不亂。是以聖人之治，常使民無治無慾。」雞犬之聲相聞，而民至老死不相往來，這就是他的理想國的景象。他不主張法治，以為：「民不畏死，奈何以死懼之！」他不喜歡賢能與強力，而以謙下與柔弱為至德。他說：「江海所以能為百谷王者，以善下之，故能為百谷王。」又說：「天下莫柔弱於水，而攻堅強者，莫之能勝，其無以易之。」他的悲觀，極為徹透。他說：「天地不仁，以萬物為芻狗；聖人不仁，以百姓為芻狗。」這種悲觀的消極的思想，在當時極為流行：一部分的人，以生為苦，於是唱著：「知我如此，不如無生」，一部分的人則流於玩世不恭，譏笑一切僕僕道路的以救民救世為己任的人，如《論語》中所載長沮、桀溺諸人都是。老子便是他們的代表。

因為這一派厭世的消極的思想的流行，於是孔子便起來反抗他們，宣傳堯、舜、文、武之治，努力維持理想中的傳統的政治的與社會的道德，以中庸的積極的態度，始終不懈的從事於改良當時的政治，以復於他所理想的古代清明的政治狀況。他在當時的影響極大。跟從他學習的有三千多人，主要的弟子有七十餘人。他名丘，字仲尼，魯國人。生於西元前551年（即周靈王二十一年），卒於西元前479年（即周敬王四十一年）。他的事跡與言論，許多書上都有紀載，但以《論語》所記者為最可靠。他曾做過魯國的司空及司寇。後來去官周遊列國。到了六十八歲時，復回魯地。專心著述，編訂《尚書》、《詩經》、《周易》及《春秋》，還訂定的《禮》與《樂》。卒時，年七十三。孔子的思想，是入世的，是積極的。《論語》雖為曾子的門人所記，文字雖極簡樸直捷，卻能把孔子的積極的思想完全表現出。老子主張無治無為，孔子則主張有為，主張政刑與德禮為治世者所必要。他說：「道之以政，齊之以刑，民免而無恥。道之以德，齊之以禮，有恥且格。」孔子是極力欲維持理想中的道德的。所以齊陳恆殺其君，孔子三日齋而請伐齊。季氏舞八佾於庭，孔子說道：「是可忍也，孰不可忍也！」當時的人常譏嘲孔子之僕僕道路，而無所成。但孔子則不悲觀。「楚狂接輿歌而過孔子曰：『鳳兮，鳳兮！何德之衰！往者不可諫，來者猶可追。已而已而，今之從政者殆而。』孔子下，欲與之言，趨而闢之，不得與之言。長沮、桀溺耦而耕，孔子過之，使子路問津焉。長沮曰：『夫執輿者為誰？』子路曰：『為孔丘。』曰：『是魯孔丘歟？』曰：『是也。』曰：『是知津矣！』問於桀溺。桀溺曰：『子為誰？』曰：『為仲由。』曰：『是魯孔丘之徒歟？』對曰：『然。』曰：『滔滔者天下皆是也，而誰以易之！且而與其從辟人之士也，豈若從辟世之士哉。』耰而不輟。子路行以告。夫子憮然曰：『鳥獸不可與同群。吾非斯人之徒與而誰與！天下有道，丘不與易也！』」（《論語·微子》）這種精神，真足以感動一切時代的人！

較孔子略後，而與孔子具有同樣的積極的救世的精神者為墨子。墨子主張博愛，非攻。他的勢力，在當時也極大。老、孔、墨三派的思想，幾乎三分天下。墨子名翟，或以他為宋人，或以他為魯人。他的生活時代約在西元前500年（周敬王時）到西元前416年（周威烈王時）之間。關於墨子的書，有《墨子》五十三篇。但未必為墨子所自著。一部分是墨者記述墨子的學說與行事的，一部分是後人加入的。墨子有孔子的積極救世的精神，其救助被損害之國的熱情，且較儒者尤為強烈。孟子的「墨子兼愛，摩頂放踵利天下，為之」數語，即足表現他的精神。楚國使公輸般造雲梯欲攻宋。墨子走了十日十夜，趕去見公輸般，說服了他，使他中止攻宋。但同時，他與儒家有好幾點相反對。儒者主張王者之師，並不反對戰爭。墨子則徹底的主張非攻。儒者主張愛有等次。墨子則主張博愛。儒者不信鬼而信天命，重禮樂，重視喪葬之事。墨子則主張明鬼而非命，提倡節葬而非樂。

儒、道、墨三派，各有其信徒。然他們的學說傳世既久，便又起了分化。韓非子在《顯學篇》裡，將儒、墨二家的分化，說得非常詳細。他說：「自孔子之死也，有子張之儒，有子思之儒，有顏氏之儒，有孟子之儒，有漆雕氏之儒，有仲良氏之儒，有孫氏之儒，有樂正氏之儒。自墨子之死也，有相裡氏之墨，有相夫氏之墨，有鄧陵氏之墨。故孔、墨之後，儒分為八，墨離為三。」《漢書．藝文志》著錄道家為三十七家，除伊尹、太公及老子經傳經說之外，自文子、蜎子、關尹子、莊子、列子、老成子、長盧子、王狄子，以至公孫牟、中子、老萊子、黔婁子等不下十餘家。他們既各自著書立說，則當然又各有他們的見地與主張了。這三大派的分化，一方面使儒道墨的學說互相影響，互相採納，一方面使儒道墨的學說益為分歧迷亂，不能有截然的分野。分化的結果，遂陷入不可避免的衰落的途程中。又他們既「取捨相反不同，而皆自謂真孔墨，孔墨不可復生，將誰使定後世之學乎？」（《韓非子．顯學篇》）自己一派的互相爭論的結果，又使後來者目迷五色，耳紛八音，有無所適從之苦。這都是迫促他們以就於滅亡的。

墨家之書，存者僅《墨子》一作。儒家之書，於《論語》外，存於今者，在《禮記》中有《大學》、《中庸》二篇，《大學》相傳為曾子及其門人所作的。《中庸》相傳為孔子之孫子思所作。又有《孝經》，相傳系孔子為曾子說的，由後人記載下來。還有其他各書，但都不甚重要。其中最重要的，且最有影響於後來的文學的作品的，為《孟子》和《荀子》。

孟子名軻，鄒人。生於西元前 372 年（即周烈王四年），卒於西元前 289 年（即周赧王二十六年），卒時，年八十四。他曾受業於子思的門人，見過齊宣王、梁惠王，所如不合，「退而與萬章之徒，序《詩書》，述仲尼之意，作《孟子》七篇。」（《史記》）有的人頗疑《孟子》，以為系後人所偽作，有的人則以為《孟子》一書未必為軻所自著，而是弟子所記述的。大約以後說為較可靠。當孟子時，天下競言功利，以攻伐從橫為賢。孟子乃稱述唐虞三代之德，痛言功利之害，宣傳仁義之說，努力維持儒家的道德。是以時人都以他為「迂遠而闊於事情」。但他一方面卻也染了戰國辯士之風，頗好辯難，喜以比喻宣達他的辭更富於文學的趣味，辭意駿利而深切，比喻贍美而有趣。他和孔子相差不過一世紀多，而作風之不同已如此。

荀子名況，字卿，趙人。初仕齊，三為祭酒。齊人或讒荀卿。卿乃適楚。春申君用他為蘭陵令。春申君死，荀卿失官，因家蘭陵，著書數萬言而卒。卿的生活時代約在西元前 310 年至 230 年左右。他的書《荀子》，有三十三篇，內有賦五篇，詩二篇。漢魏六朝以至唐，最流行之文體之一，即為賦，而其名實自荀卿始創之。荀卿並不墨守儒家的思想。他批評墨、道及諸子之失時，對於儒家之子思、孟子也不肯放過。他主張人性是惡的，反對孟子性善之說。主張法後王，反對儒家法先王之說。又主人治，反對天治。對於盤據於中國人的心中的「相」的觀念，加以嚴肅的駁詰。其影響是很大的。

道家的支流，最著者為莊子。他的書，為後來文學者所最喜悅。莊子名周，蒙人。嘗為蒙漆園吏。與梁惠王、齊宣王同時。約死於西元前275年左右。他甚博學，最喜老子的學說，著書十餘萬言。其文字雄麗洸洋，自恣以適己。「以天下的沉濁，不可與莊語。以巵言為曼衍，以重言為真，以寓言為廣。獨與天地精神往來，而不敖倪於萬物。不譴是非，以與世俗處。……上與造物者遊，而下與外生死無終始者友。」（《天下篇》）他的書，《莊子》，現在存三十三篇，其中《讓王》、《說劍》、《盜跖》、《漁父》諸篇，是後人偽作的。他最喜以美麗而雄辯的文辭自恣其所言。像《秋水》、《去篋》諸篇都是最漂亮的散文。

道家於莊子之外，尚有關尹子、文子、列子亦皆各有遺文傳於世。《關尹子》及《列子》皆偽作。《文子》則柳宗元也以它為駁書：「其渾而類者少，竊取他書以合之者多。凡孟、管輩數家皆見剽竊。」（柳宗元《辯文子》）故這裡俱不詳之。

三　戰國時代思想界的繁榮與衰落

持其說以自騁於世者，於儒、道、墨三家外，還有不少。《孟子》裡說及的，有許行及楊朱。許行與「其徒數十人，皆衣褐捆屨，織席以為食。」他主張「賢者與民並耕而食，饔飧而治。」他的徒從以為「從許子之道，則市賈不貳，國中無偽，雖使五尺之童適市，莫之或欺。布帛長短同則賈相若，麻縷絲絮輕重同則賈相若，五穀多寡同則賈相若。」（《孟子．滕文公上》）楊朱的學說，也見於《孟子》。孟子說：

「楊朱墨翟之言盈天下。天下之言，不歸楊則歸墨。楊氏為我，是無君也；墨氏兼愛，是無父也。」最後他又慨然的說道：「能言距楊、墨者，聖人之徒也！」（《孟子．滕文公下》）楊朱之學說能引起孟子那麼激烈的反抗，當然在那個時候一定流傳得很廣。「天下之言，不歸楊則歸墨」，由這句話可知楊朱的勢力已與墨翟並駕齊驅的了。《莊子．天下篇》所敘列的「天下之治方術者」有儒家，有以墨翟、禽滑釐為中心的墨家，有宋鈃、尹文，有彭蒙、田駢、慎到，有關尹、老聃，有莊周他自己，有惠施。他所評論者凡七家。每一家都有簡略的敘述。荀子的《非十二子篇》，則所非者凡六派，十二人。一派是它囂、魏牟，一派是陳仲、史鰌，一派是慎到、田駢，一派是墨翟、宋鈃，一派是惠施、鄧析，一派是子思、孟軻。韓非子的《顯學篇》則說到儒、墨二家及其所分化的十一支派。司馬遷在《史記》的《孟子荀卿列傳》中，所敘列的除荀、孟之外，則有：齊之騶忌、騶衍、淳于髡、慎到、環淵、接子、田駢、騶奭；趙之公孫龍、劇子；魏之李悝；楚之尸子、長盧；阿之籲子（即芉子）。「世多有其書」。宋則有墨翟。他父親司馬談作《論六家要旨》（《史記》卷一百三十，《太史公自序》），所舉的六家則為陰陽、儒、墨、名、法、道德，也各給以評判。到了劉向，則總諸子為十家，實則「其可觀者九家而已」。十家者，一儒家，二道家，三陰陽家，四法家，五名家，六墨家，七縱橫家，八雜家，九農家，十小說家。這可見那時的思想界是如何的熱鬧。劉向的敘列，可以說是最有系統的。但這些家派的著作，今百不存一。我們要研究他們，實在是異常的困難。但在那些有書遺留下來的「諸子」中，有一部分還是後人蒐集重編的（如《尸子》），有一部分又顯然可以看出他是偽託的（如《商子》）。公孫龍、鄧析諸人的書也不甚重要。現在都不講。只講比較重要的韓非。

韓非是韓國的公子，喜刑名法術之學。與李斯同事區荀卿。他口吃，不能說話，而善於著書。他看見韓國日以削弱，數以書諫韓王，不見用。退作《孤憤》、《五蠹》、《內儲說》、《外儲說》、《說林》、《說難》十餘萬言以見志。後韓國使非於秦。非在秦被殺。他死的時候，是西元前233年（即秦始皇十四年）。他的書《韓非子》，有五十五篇，其中一部分是他自己著的，一小部分是後人加入的。他的文辭緻密而深切，後來論文家受他的影響者甚多。

《漢書．藝文志》著錄縱橫家自蘇子（秦）、張子（義）、龐煖以下至蒯子（通）、鄒陽、主父偃等凡十二家，其中除漢人以外，先秦作者，如蘇張二人，雖已無書傳世，然他們的辯辭，卻為《戰國策》儲存得不少。《戰國策》為古代最好的散文名作之一。他的精華所在，便是諸辯士的論難的文章與其足以聳動人主聽聞的議論。所以張儀、蘇秦的絕好的政論，我們卻仍能很愉快的享受到。他們的長處，在於能夠度察天下的大勢而出之以引人入勝的妙喻好句，出之以動人心脾的危辭險語。在政論上說來，實在是一種傑作，後人很少能及得到的。賈誼不過悲憤而已，陸贄不過懇切而已，若蘇、張之作，才可當得起雋脆清俊，深入無間之稱。我們沒有對公共講述的大演說家狄摩桑尼士、西塞羅等人。然我們卻有可同樣的不朽的政論者蘇、張。尚有《管子》一書，託名管仲著，《晏子》一書，託名晏嬰著，《孫子》一書，託名孫武著，《吳子》一書，託名吳起著，以及其他如《鬻子》之屬，雖亦議論中聽，結構綿密，而其中類多為後人所偽作，所以這裡也都不講。

春秋戰國時代的燦爛無經的思想界，到了戰國之末，漸漸的衰落下來。於是有秦相呂不韋，集許多賓客，使各著所聞，以為八覽，六論，十二紀，名之日《呂氏春秋》。這一部無所不包的雜書，就是中國古代思想界的總結集。到了秦始皇統一各國，焚天下之書，以愚天下人民之耳目，各種的思想便是一時被撲滅無遺。漢興，儒、道二派的餘裔又顯於時，但俱苟容取媚於世，已完全沒有以前的那種救世的，積極的精神了。

四　先秦時期的歷史書籍與思想家對比分析

我們如將先秦的歷史家與先秦的哲學家比較一下，我們便知道歷史家在散文上所占的地位實在是非常的渺小的。先秦的歷史書籍，有被稱為「斷爛朝報」的《春秋》；有依據這個編年體裁而敘述得比較詳細的《左傳》；有依國別編次，並無敘述的系統的《國語》、《國策》，此外更有唯一的傳記：《穆天子傳》。像《春秋》、《竹書紀年》等編年體的歷史，本來不算是什麼有組織的東西。他們不過依了時間的自然順序以記載歷年所發生的史蹟而已。他們是編緝方法最原始的史籍。唯《春秋左氏傳》較為進步，常有許多著意的描狀，足稱為一部有文學趣味的歷史。《左氏傳》為左丘明作。左丘明的生平我們知道得很少。據說，他是一個盲人。孔子的《春秋》起於魯隱西元年（西元前 722 年），終於魯哀公十四年（西元前 481 年），左丘明的傳，則書孔子卒，直至哀公二十七年始告終止。

《國語》記載自西元前 990 年（周穆王十二年）到西元前 453 年（周貞定王十六年）的諸國的史蹟。相傳這部書亦為左丘明所作。左丘明作《春秋傳》，意有未盡，「故復採錄前世穆王以來，下訖魯悼、智伯之誅，邦國成敗，嘉言善語，……以為《國語》」，這部書的性質與《春秋傳》不同。《春秋傳》編年，《國語》則分國敘述。凡二十一卷，分敘周、魯、齊、晉、鄭、楚、吳及越等八國的重要的史事。《戰國策》繼續《國語》

的體例，而敘三家分晉至楚漢未起之前的重要史事。《戰國策》在文學上的威權不下於《春秋左傳》及《國語》。而「國策」的時代是一個新的時代，舊的一切，已完全推倒，完全摧毀，所有的言論都是獨創的，直捷的，包含可愛的機警與雄辯的。所有的行動都是勇敢的，不守舊習慣的，都是審辯直接的，利害極為明瞭的。因此，《戰國策》遂給讀者以一個新的特創的內容。她如一部中世紀的歐洲的傳奇，如一部記述魏、蜀、吳三國的史事的小說《三國志演義》，使讀者永遠的喜歡讀她。《戰國策》初名《國策》，或名《國事》，或名《短長》，或名《長書》，或名《修書》，卷帙亦錯亂無序。漢時劉向始把她整理過，定名為《戰國策》，分之為三十三篇。所敘的諸國，為東周、西周、秦、齊、楚、趙、魏、韓、燕、宋、衛及中山。

《穆天子傳》為晉時束皙所見之「汲冢書」之一。其體裁與《春秋》、《國語》、《國策》三書俱異，乃敘周穆王遊行之事。《左傳》言：「穆王欲肆其心，周行天下，將皆必有車轍馬跡焉。」大約穆王的遊行天下的事，必為當時所盛傳的。所以有人記錄他的遊蹤，作為此傳。文字多殘闕，其中敘述穆王見西王母，及盛姬之死與葬事，極為渾樸動人，是古代最有趣的文字之一。

尚有《越絕書》、《吳越春秋》及晉史《乘》、楚史《檮杌》諸書，大概都是纂輯古書中的記載而為之的。《越絕》記越王句踐前後的事，相傳為子貢撰，或子胥所為，俱是依託之言。或斷定為漢時袁康，吳平所撰。《吳越春秋》敘吳、越二國之事，自吳太伯起至句踐伐吳為止，亦為漢人所作（《古今逸史》題為漢趙曄撰。）晉史《乘》及楚史《檮杌》二書，則歷來書目俱不載，至元時乃忽出現。顯然是好事者所偽作的。二書前有元大德十年吾丘衍序，以為此書乃他自己發現。實則即他自己輯集《左傳》、《國語》、《說苑》、《新序》及諸子書中關於晉、楚的記事而編成的。

秦與漢初文學

這一章將深入探討秦始皇統一天下後，以及漢代初期，中國文學面臨的政治與文化轉變。這一時期是中國文學發展史上的關鍵時刻，見證了文學的蛻變和不凡情感的崛起。

一、秦始皇及李斯：統一天下的政治與文化轉變

本節將深入研究秦始皇統一天下的政治背景和對文化的影響。我們將探討秦代文學的特點，以及李斯等政治家如何影響了當時的文學發展。

二、漢初文學的蛻變與諸辯士的光芒

這一節將關注漢代初期文學的轉變。我們將研究漢代文學的特色，並聚焦一些優秀的文學作品和諸辯士的光芒。這個時期的文學在政治動盪中嶄露頭角，為後來的文學發展鋪平了道路。

三、漢初詩歌的初現與詩人的不凡情感

最後一節將介紹漢代初期詩歌的初現和一些優秀詩人的不凡情感。我們將深入研究他們的詩作，理

解他們對當時政治和社會的反應，以及他們在文學史上的重要地位。

這一章將幫助我們更好地理解秦代和漢代初期的中國文學，以及文學如何反映和受到政治、文化轉變的影響。同時，我們也將欣賞到一些當時傑出文學家的作品，感受他們的情感和思想。

一 秦始皇及李斯：統一天下的政治與文化轉變

秦在很早的時候，便是一個強悍的國家，她的民族也是一個強悍的民族。在《秦風》裡，我們已看出她具有著剛毅不屈的氣概，堅恆奮發的情操：「豈曰無衣，與子同袍。王於興師，修我戈矛，與子同仇。」商鞅變法之後，秦國更一天一天的強大了。戰國時代，魏、韓、趙、齊、燕、楚諸國互相攻戰爭奪，無一寧日。秦或加入其中，總是取利而歸。她的函谷關卻從未被敵人侵入過一次。等到合從連橫說蜂起之時，秦的聲勢已足以震撼天下而有餘了。列國莫不兢兢自保，但已不能阻止住秦人鐵蹄的蹂躪。在十數年之間，秦遂亡韓，滅趙，墟魏，下楚，入燕，平齊，「六王咸伏其辜，天下大定」。

秦的統一天下是古代史上一件絕大的事故。從前的統一，不過分封藩王，羈縻各地的少數民族而已。他們仍然保持其封建的制度，不甚受命於中央。到了秦皇統一之後，方才將根深柢固的分散的地方王國的制度打得粉碎，改天下為郡縣，以其常勝的精兵，駐在各地管轄鎮壓著，正如羅馬兵之留鎮於東方，亞歷山大兵之鎮守於波斯、印度各地一樣。當「三世皇帝」孺子嬰的時候，戰國諸王的遺臣遺民，又蜂起而各舉獨立之旗。但他們卻都不過曇花的一現，不必等到劉邦的統一，而都已死的死，逃的逃了。舊式的地方國家已非當時時勢所能允許其存在的了。

秦始皇和他的丞相李斯，眼光都是極為遠大的，不僅在政治方面，即在思想方面，學術方面，文字方面，也都力求其能統一。在李斯未執政權之前，呂不韋已致賓客，編緝呂覽（即《呂氏春秋》），有八覽：《有始覽》、《孝行覽》、《慎大覽》等；六論：《開春論》、《慎行論》等；十二紀：《孟春紀》、《仲春紀》、《季春紀》等。這部書本沒有一貫的主張，然而其氣魄卻是偉大的，無所不包，無所不談，大有要將天下的學術囊括於一書以內之雄心。及天下統一了之後，始皇、李斯卻更進一步的求統一天下的學術思想，以定於一尊。諸子紛爭之時，同派的每欲壓倒了異派的學者，如孟子之攻楊、墨，荀子之非十二子。不過他們都是沒權力，只不過嘴裡嚷嚷打倒而已。到了秦始皇，他卻真的以政治的力量來統一或泯滅一切「異端」的思想了。他又使中國的文字統一了，正如他們之使天下的車，同一軌轍。他們不許學者「道古而害今，飾虛言而亂實。」「史官非秦記，皆燒之，非博士官所職，天下敢有藏《詩》、《書》、百家語者，悉詣守尉雜燒之。有敢偶語《詩》、《書》棄市，以古非今者族，吏見知不舉者與同罪。」以如此的嚴刑峻法，對待學者，於是古代的學術精華，一掃而空。直到了漢惠帝之時，挾書還是有禁。歐洲中世紀的基督教徒，對於古典文學的毀害，還沒有秦始皇在短促的時間對於中國古典文學的毀損那麼重大。這實在是中國學術文藝的一個絕大的厄運。秦始皇在政治上雖給中國民族以很大的貢獻，在文化上，他卻是一個古今無比的罪人。

在那麼深誅痛惡異派思想與「處士橫議」的一個時代，在挾書有禁，藏書有罪，偶語詩書棄市的一個時代，文學的不能發達，自無待說。不僅列國的諸王臣民不能有什麼痛傷亡國的作品出現，即秦地的文人，歌頌大一統的光榮的作品也絕無僅有。李斯所稱的奏記，以及博士官所職的詩書，已付於咸陽一火，絕不可得見。今所以得見者不過幾篇公詔奏議以及刻石文而已。沒有一個時代遺留的作品像秦代那麼少的。秦代沒有一個詩人，沒有一個散文作家，所有的，只不過一位善禱善頌的李斯！

李斯，楚上蔡人，少年時為郡小吏。後從荀卿學帝王之術。學已成，度楚王不足事，而六國皆弱，無可為建功者，乃西入秦。適秦方逐客，李斯議亦在逐中。他乃上書諫逐客，以為秦之四君，皆以客之功，使秦成帝業。客本無負於秦。「夫物不產於秦，可寶者多，士不產於秦，而願忠者眾。今逐客以資敵國，損民而益仇，內自虛而外樹怨於諸侯，求國無危，不可得也。」秦王乃除逐客之令。時李斯已行，秦王使人追至驪邑，始還。卒用其計謀。二十餘年，竟並天下，以斯為丞相。始皇卒，斯為趙高所譖，二世乃下之獄。二世二年，斯論腰斬咸陽市。斯出獄，顧謂其中子道：「吾欲與若復牽黃犬，俱出上蔡東門逐狡兔，豈可得乎！」遂父子相哭，而夷三族。斯的散文，明潔而嚴於結構，短小精悍，而氣勢殊為偉大。凡秦世的大製作，始皇遊歷天下，在泰山各處所立的碑碣，其文皆為斯所作。今錄《之罘東觀刻石》一文為例：

唯二十九年，皇帝春遊，覽省遠方，逮於海隅。遂登之罘，昭臨朝陽，觀望廣麗。從臣咸念：原道至明，聖法初興，清理疆內，外誅暴強。武威帝暢，振動四極。禽滅六王，闡並天下。災害絕息，永偃戎兵。皇帝明德，經理宇內。視聽不怠，作立大義。昭裝置器，咸有章旗。職臣遵分，各知所行。事無嫌疑，黔首改化。遠邇同度，臨古絕尤。常職既定，後嗣循業。長承聖治，群臣嘉德。祗誦聖烈，請刻之罘。

二　漢初文學的蛻變與諸辯士的光芒

漢初文學，仍承秦弊，沒有什麼生氣。儒生們但知定朝儀，取媚於人主，對於文藝復興的工作，一點也不曾著手。秦代所有的挾書律，也至惠帝四年（西元前 191 年）方才廢止。文、景繼之，始稍有活氣。這時，分封同姓諸王於各國，於是諸辯士又乘時而起，各逞其驚世的雄談，為自己的利益而奔走著。頗有復現戰國時代的可驚羨的政談與橫議的趨勢。但同姓諸王國既因七國之被削而第二度破滅，這種風氣便也一時煙消雲滅。一般的才智之士，或者「投筆從戎」，有開闢異域之雄心；或馳騁於文壇，以辭賦博得盛名；或者拘拘於一先生之言，抱遺經而終老。這個情形在漢武帝時代，達到了她的極峰。

劉邦不喜儒。「諸客冠儒冠來者，沛公輒解其冠溺其中。與人言，常大罵。」（《漢書．酈食其傳》）跟從於他身邊的儒生辯士，如酈食其、婁敬、陸賈、叔孫通等，皆是食客而已，不能與蕭何、張良等爭席而坐。除陸賈外，他們皆不著書。陸賈，楚人，有口辯。從劉邦定天下，居左右，常使諸侯。以說趙佗功，拜為太中大夫。賈時前說詩書。劉邦乃命他道：「試為我著秦所以失天下，吾所以得之者何，及古成敗之國。」賈凡著十二篇。每奏一篇，邦未嘗不稱善。稱其書曰《新語》。《新語》雖今尚存在，但是後人所依託，非賈的原書。他又能辭賦。《漢書．藝文志》有「陸賈賦三篇」。但其文已佚。文帝時有賈誼，亦善於辭賦，而其散文也頗可觀。賈誼，洛陽人。年十八，以能誦詩書屬文，稱於郡中，為河南吳公所知。吳公為廷尉，言誼年少，頗通諸家之書。文帝召以為博士。是時，誼年二十餘。文帝以其能，悅之，超遷歲中至太中大夫。當時諸法令所更定及列侯就國，其說皆誼發。但為讒臣所間，竟不得大用，而出他為長沙王太傅。後歲餘，文帝復召入，拜他為梁懷王太傅。這時，匈奴強侵邊，諸侯僭擬，地過古制。誼數上疏陳政事，多所欲匡建。後梁王墜馬死。誼自傷為傅無狀。常哭泣。歲餘亦死，年三十三。他的散文議論暢達而辭勢雄勁，審度天下政治形勢也極洞徹明瞭，但已不復有戰國時代狂飈烈火似的偉觀壯彩了。本傳稱其著述凡五十八篇。然今所傳有《新書》五十八篇，卻非其舊，多取《漢書》誼本傳所載之文割裂章段，顛倒次序而加以標題。景帝之時，智謀之士頗多，如晁錯，如鄒陽，如枚乘，其說辭皆暢達美麗而明於時勢，有類於戰國諸說士。枚乘字叔，淮陰人，曾兩上書諫吳王，當時稱其有先知之明。晁錯，潁川人，為景帝內史，號曰「智囊」，即首謀削諸侯封地者。吳楚反，以誅錯為名。錯遂被殺。錯洞明天下大勢，言必有中。在文帝時，初上書言兵事，論防禦匈奴，復言守備邊塞，勸農力本。此皆尚時之急務。又有鄒陽，齊人，初事吳王濞，後從孝王遊。賈山，潁川人。嘗給事潁陰侯為騎。孝文時，嘗言治亂之道，借秦為喻，名曰《至言》。

三　漢初詩歌的初現與詩人的不凡情感

漢初，詩人絕少。陸賈有賦三篇，朱建有賦二篇，趙幽王有賦一篇，皆見於《漢書．藝文志》，今並片語隻字無存；所存者唯劉邦的歌詩二篇而已。一為過沛時所作的「大風起兮雲飛揚」，一為對戚夫人所唱的「鴻鵠高飛，一舉千里」。到了文、景之時，詩人方才輩出。《漢書．藝文志》所載者，有莊夫子賦二十四篇，賈誼賦七篇，枚乘賦九篇。又有唐山夫人的《安世房中樂》等等。莊夫子的賦今僅存《哀時命》一篇。他名忌，一作嚴忌，會稽吳人，字夫子。與枚乘等同為梁孝王客。他的《哀時命》與賈誼的《吊屈原賦》、《鳥賦》相類，皆是模仿屈原的《離騷》、《九章》，以抒寫他自己的不得意感的。我們看：

> 哀時命之不及古人兮，夫何予生之不遘時！
> 往者不可扳援兮，倈者不可與期。
> 志憾恨而不逞兮，抒中情而屬詩。
> 夜炯炯而不寐兮，懷隱憂而歷茲。
> 心鬱鬱而無告兮，眾孰可與深謀。
> 欲愁悴而委惰兮，老冉冉而逮之。

還有不逼肖《離騷》的調子？

賈誼的境遇有些和屈原相同，便自然的同情於屈原。他為長沙王太傅，度湘水，為賦以吊屈原道：「造託湘流兮敬吊先生，遭世罔極兮乃殞厥身。嗚呼哀哉兮逢時不祥！鸞鳳伏竄兮鴟梟翱翔；闒茸尊顯兮讒諛得志，賢聖逆曳兮方正倒植。……彼尋常之汙瀆兮，豈能容吞舟之魚。橫江湖之鱣鯨兮，固將制於螻蟻。」他不唯是哭屈原，也且在自哭了。他在長沙三年，有鵩鳥飛入其舍，止於坐隅。鵩似鴞，不祥鳥也。誼即以謫居長沙，長沙卑濕。長沙卑溼，誼自傷悼，以為壽不得長，乃為賦以自廣。在這個地方，我們頗可想得愛倫·坡作《烏鴉詩》的一個環境來。然誼終於自己寬慰的說道：「其生兮若浮，其死兮若休，澹乎若深泉之靜，泛乎若不繫之舟。不以生故自寶兮，養空而浮。德人無累，知命不憂，細故蒂芥，何足以疑。」又有《惜誓》，見《楚辭》。王逸以為「不知誰所作也。或曰賈誼，疑不能明也。」

今讀其首句：「惜餘年老而日衰兮」，便知決非誼之所作。

在這個漢賦的初期，《離騷》的模擬是很流行著的。但到了景帝之時，大詩人枚乘出現，卻將漢賦帶到了別一條道路上去。乘所作有《七發》諸賦，而以《七發》為最著。《七發》的結構極似《楚辭》中的《招魂》、《大招》，顯然受有她們的很深的影響。此種文體的結構，皆至為簡單。像《七發》，便分為如下七段：

序曲：楚太子有疾，吳客往問之。他以為太子之病，可以要言妙道，說而去之。

第一段：他初以音樂說太子，琴聲是那樣的淒美，然而太子卻病不能聽。

第二段：繼以飲食說太子，美味那麼多，廚手又是那麼高明，然而太子卻病不能嘗。

第三段：更以駿馬名騎說太子，馬是那樣的神駿，然而太子卻病不能乘。

第四段：再以宮苑池觀之樂導太子，又有賓客賦詩，美人侍宴，然而太子卻病不能遊。

第五段：又以遊獵之樂說太子，太子之病雖未痊，然而已有起色。

第六段：於是他更以到廣陵之曲江觀濤之說進。太子還是病不能興。

第七段：最後，吳客道，將為太子奏方術之士，論天下之精微，理萬物之是非。太子便據幾而起，涊然汗出，霍然病已。

這種幼稚簡單的結構，與其浮誇汗漫的敘寫，給後來的漢賦以絕大的影響。

楚歌在漢初，最為流行。於劉邦《大風》、《鴻鵠》二歌外，更有可述者。項羽歌：「力拔山兮氣蓋世，時不利兮騅不逝；騅不逝兮可奈何，虞兮虞兮奈若何！」乃是這絕代英雄最後的哀號。

越幽王名友，為呂后所囚而死；他在囚時曾作一歌：「為王餓死兮誰者憐之？呂氏絕理兮託天報仇！」誠乃是一首最坦白的悲憤詛咒之作。劉章在諸呂用事時，曾作「深耕概種，立苗欲疏，非其種者，鋤而去之」一歌，具有很巧妙的雙關之意。唐山夫人為劉邦姬，作《安世房中樂歌》十六章。《漢書．禮樂志》說：「凡樂樂其所生。禮不忘其本。高祖樂楚聲，故房中樂，楚聲也。」房中樂並沒有詩的情緒，不過是皇室的樂歌，用以歌頌皇德祀神而已。

更有韋孟，魯國鄒人，為楚元王傅，傅子夷王及孫王戊。戊荒淫不遵道，孟作詩諷諫。後徙家於鄒，又作一詩。這兩篇詩都是模擬《詩經》的四言之作，具有老成人的婆心苦口的教訓式的格言的。

辭賦時代

這一章將帶領我們進入漢代文學的鼎盛時期，這一時期被稱為辭賦時代。我們將深入探討漢代文學的弘麗和系統性發展，以及這一時期的文學趨勢。

一、漢代文學的鼎盛時期：弘麗與系統的文學趨勢

本節將介紹漢代文學的鼎盛時期，特別強調文學作品的弘麗和文學發展的系統性。我們將了解當時的文學風格和趨勢，以及一些重要的文學家。

二、漢代辭賦：體制弘偉，光彩輝煌，卻缺乏深刻詩思

這一節將聚焦漢代的辭賦文學，詳細介紹其特點和特色。我們將探討辭賦的弘偉體制，以及它在當時文學領域的光彩輝煌。同時，我們也將討論辭賦相對於詩歌而言的不足之處，主要體現在其缺乏深刻的詩思。

三、後漢文學中的辭賦大家

最後一節將介紹後漢時期一些傑出的辭賦大家，他們在漢代文學的發展中扮演著重要的角色。我們將深入研究他們的辭賦作品，了解他們的文學成就和對後世文學的影響。

這一章將幫助我們更深入地了解漢代文學的精彩時刻，特別是辭賦在文學領域的繁榮。我們將欣賞到當時文學家的才華，同時也探討了辭賦相對於詩歌的優缺點，以及它們在文學史上的地位。

一　漢代文學的鼎盛時期：弘麗與系統的文學趨勢

從漢武帝以後到建安時代之前，我們稱之為辭賦時代。漢武帝是一位雄才大略的人，在文學上，他也是一位雄才大略的人。自文、景以來，漢民族經過了幾十年的休養生息，經濟的能力已足使他們向外發展了，政治又已上了軌道。幸運兒的漢武帝恰恰生在此時，便反守為攻，使喚著許多名將向北方進兵。把千年來的強敵匈奴，攻打得痛深創鉅，再不敢正眼兒南窺。這是秦始皇所未竟的功，也是漢高、文、景所不敢想望的事業。同樣的政治與經濟的安定與發達，使文學也跟著繁盛起來。

這個大時代，就文而言，有兩個大傾向。一個傾向是弘麗的體制，縵誕的敘述，過度的描狀，誇張的鋪寫。這一方面的代表人是司馬相如、東方朔、枚皋。別一個傾向是規模偉大的著作，吞括前代一切知識、成績，而給他們以有系統有組織的敘狀。這一方面的代表人是司馬遷與劉安。這是必然的一種結果。生活上多了餘裕的富力與時間，便自然的會傾向於精細的雕飾的文彩一方面去。同時碰上了這樣的一個大時代，也自然而然的會有將前代的種種事物告一個總結束的雄心。

二　漢代辭賦：體制弘偉，光彩輝煌，卻缺乏深刻詩思

漢賦是體制弘偉的，是光彩輝煌的，但內容卻是相當空虛的。我們遠遠的看見了一片霞彩，一道金光，卻把握不到什麼。他們沒有什麼深摯的性靈，也沒有什麼真實的詩的雋美；他們只是一具五彩斑爛的中空的畫漆的立櫃。他們不是什麼偉大的創作；他們的作者們也不是什麼偉大的詩人們。從賈誼、枚乘以來，漢代辭賦家便緊跟著屈原、宋玉們走去。但獲得的不是屈、宋的真實的詩思，卻是他們的糟粕。我們可以說，兩漢的時代，乃是一個詩思消歇，詩人寥寞的時代。

漢賦作者們，對於屈、宋是亦步亦趨的；故無病的呻吟便成了騷壇的常態。又沿了《大招》、《招魂》和荀卿賦的格局而專以「鋪敘」為業。所謂「賦」者，遂成了遍搜奇字，窮稽典實的代名辭。這是很有趣味的。幾位重要的辭賦作家，同時便往往也是一位字典學者；像司馬相如曾作《凡將篇》，揚雄嘗著《方言》。

漢賦雖未必是真實偉大的東西，卻曾經消耗了這三百年的天才們的智力。他們至少是給予我們以若干弘麗精奇的著作。劉徹（漢武帝）他自己是一位很好的詩人。在這個時代而有了像劉徹這樣的一位真實的大詩人，實不僅是「慰情聊勝無」的事。他為當時許多無真實詩才的詩人的東道主，而他自己卻是一位有真實的詩才者。他一即位，便以蒲車安輪去征聘枚乘，不幸乘道死。他讀了司馬相如的賦，自恨

生不同時，而不意相如卻竟是他的同時代的人。《漢書．藝文志》載其有自造賦二篇。今所傳之《李夫人歌》：「是邪？非邪？立而望之，偏何姍姍其來遲！」及《秋風辭》：「秋風起兮白雲飛，草木黃落兮雁南歸。蘭有秀兮菊有芳，懷佳人兮不能忘……」《落葉哀蟬曲》：「羅袂兮無聲，玉墀兮塵生，虛房冷而寂寞，落葉依於重扃。」以及其他，都是很雋美的。又有《李夫人賦》：「去彼昭昭就冥冥兮，既下新宮，不復故庭兮。」見於《漢書．外戚傳》。集合於他左右的賦家有司馬相如、東方朔、嚴助、劉安、吾丘壽王、朱買臣諸賦家。大歷史家司馬遷也善於作賦（《漢書．藝文志》載司馬遷賦八篇）。

司馬相如字長卿，蜀郡成都人（前 179～前 117）。初事景帝為武騎常侍，非其所好。後客遊梁，著《子虛賦》。梁孝王死，相如歸，貧無以自業。至臨邛，富人卓氏女新寡，聞相如鼓琴，悅之，夜亡奔相如。卓氏怒，不分產於文君。於是二人在臨邛買一酒舍酤酒。文君當鑪。相如身自著犢鼻褌，與保庸雜作，滌器於市中。卓氏不得已，遂分與文君僮百人，錢百萬。相如因以富。武帝時相如復在朝，著《天子遊獵賦》。後為中郎將，略定西夷。不久病卒。所著尚有《大人賦》、《哀秦二世賦》、《長門賦》等。相如之賦，其靡麗較枚乘為尤甚。《子虛賦》幾若有韻之地理志，其山川則什麼，其土地則什麼，其南則什麼，所有物產地勢，無不畢敘。像《子虛賦》：「云夢者，方九百里，其中有山焉。其山則盤紆茀郁，隆崇嵂崒；岑崟參差，日月蔽虧，交錯糾紛，上干青雲。罷池陂陀，下屬江河。其土則丹青赭堊，雌黃白附，錫碧金銀，眾色炫耀，照爛龍鱗。」什麼都被拉牽上去了；不問是否合於實際。後來的賦家，像班固、張衡、左思諸人受此種影響為最深。

東方朔，齊人，也善於為賦。他喜為滑稽之行為。作《七諫》、《答客難》等。其與相如諸賦家異者，為在相如諸人的賦中，絕不能見出他們自己的性格，而朔的賦則頗包含著濃厚的個性。他的《答客難》一作，尤為著名，引起了後人的無數的擬作。所謂曼倩的滑稽的風趣，頗可於此見之。他本是謾罵，卻寫成了冷知的自解。他「自以為智慧海內無雙」；而「積數十年，官不過侍郎，位不過執戟。」自己也不知怎麼解釋，便只好以「彼一時也，此一時也……今天下平均，合為一家，動發舉事，猶運之掌，賢與不肖，何以異哉！」為無可奈何的託辭。大政治家的劉徹對於嚴安、主父偃等的待遇，和文人的東方朔、枚皋等是不同等級的；其間的作用，頗可測知。

嚴助為忌的族子。作賦三十五篇，今一篇無存。又劉安作賦八十二篇，吾丘壽王作賦十五篇，朱買臣作賦三篇（皆見《漢書．藝文志》），枚皋作賦百二十篇。傳於今者也絕少。劉安為漢宗室，曾封淮南王，所作《招隱士》曾被編入《楚辭》中，但乃是他的客所為，並非他作。

此後的辭賦作家，有王褒、張子喬諸人。張子喬官至光祿大夫，曾作賦三篇，今也無一篇見存。王褒字子淵，為諫議大夫，作賦十六篇。其《洞簫賦》、《聖主得賢臣頌》、《四子講德論》、《甘泉宮頌》等皆有名於時。其《九懷》一篇，則被王逸選入《楚辭》中。但那時最重要的賦家卻要算是揚雄。雄字子雲，蜀郡成都人（前53～後18）。他是典刑的一位漢代作家，以模擬為他的專業。既沒有獨立的思想，更沒有濃摯的情緒，他所有的僅只是漢代詞人所共具有的遺麗辭用奇句的工夫而已。然韓愈諸人卻以他為孔、孟道統中的承前啟後的一員，真未免過於重視他了。雄所作，幾乎沒有一書一文不是以古人為模式的。古人啟發了他的文趣，也啟發了他的思想。他讀了《易》，便作《太玄經》；讀了《論語》，便作《法言》；讀了《楚辭》，便作《反離騷》、《廣騷》、《畔牢愁》；讀了東方朔的《答客難》，便作《解嘲》。

甚至《論語》十三篇，他的《法言》也是十三篇。而雄的賦如《甘泉》、《羽獵》、《長楊》等，也是以司馬相如諸賦為準則，除堆砌美辭奇字，行文穩妥炫麗之外，便什麼也沒有了。

三　後漢文學中的辭賦大家

後漢的辭賦作家，也完全不脫西京的影響；西京有什麼，東京的作家一定是有的。司馬相如有《子虛賦》，班固便有《兩都賦》；東方朔有《答客難》，班固便有《答賓戲》，張衡便有《應間》；枚乘有《七發》，張衡便有《七辯》。兩漢人士模擬之風本盛，而以東京為尤甚，而辭賦作家則尤為甚之甚者。許許多多的辭賦，皆可以一言而蔽之曰：「無病而呻」；而其結構布局，更有習見無奇的。

東京的第一個重要的辭賦作家是班固。固字孟堅（32～92）扶風安陵人。年九歲，能屬文，為蘭台令。述作《漢書》，成不朽之業。其所著之賦，以《兩都賦》為最著。《兩都賦》之結構，絕似《子虛賦》。先言西都賓盛誇西都之文物地產以及宮闕之美於東都主人之前，東都主人則為言東都之事以折之，於是西都賓為其所服。又作《答賓戲》，則為仿東方朔《答客難》者。永元初（西元89年），大將軍竇憲出征匈奴，以固為中護軍。後憲敗，固被捕，死於獄中。

同時有崔駰也善為辭賦，所作《達旨》仿揚雄《解嘲》。其他《反都賦》諸作，今已散佚。馮衍字敬通，京兆杜陵人，亦以能作賦名，王莽時不仕，更始立，衍立漢將軍。光武時為曲陽令。所作有《顯志賦》及《書銘》等。張衡字平子，南陽西鄂人（78～139）。所作有《西京賦》、《東京賦》、《南都賦》、《周天大象賦》、《思玄賦》、《塚賦》、《髑髏賦》等；又有《七辯》、《應間》，仿枚乘、東方朔之作。此種著作在現在看來，自不甚足貴，其足以使他永久不朽者，乃在他的《四愁詩》：

我所思兮在太山，欲往從之梁父艱，側身東望兮涕沾翰。
美人贈我金錯刀，何以報之英瓊瑤。
路遠莫致倚逍遙，何為懷憂心煩勞。

此詩之不朽，在於它的格調是獨創的，音節是新鮮的，情感是真摯的。雜於冗長浮誇的無情感的諸賦中，自然是不易得見的傑作。衡並善於天文，為太史令，造渾天儀，候風地動儀，精確異常，乃是中國古代最大的一位天文家。後出為河間相，有政聲，徵拜尚書，卒。

李尤字伯仁，廣漢雒人（55?～137?）。初以賦進，拜蘭台令史。與劉珍等撰《漢記》，後為樂安相，卒。有《函谷關賦》、《東觀賦》等。其《九曲歌》雖僅餘二句：「年歲晚暮時已斜，安得力士翻日車」（下闕），卻已顯其弘偉的氣魄。

馬融字季長，扶風茂陵人（79～166）。為漢季之大儒，但亦工於作賦，善鼓琴，好吹笛，達生任性，不拘儒者之節。常坐高堂，施絳紗帳，前授生徒，後列女樂。所作以《笛賦》為最著。

王逸之叔師，南郡宜城人，元初中舉上計吏，為校書郎。順帝時為侍中。其不朽之作為《楚辭章句》一書，他自己之《九思》亦列入其中。此外尚作《機賦》、《荔枝賦》等。

蔡邕字伯喈，陳留圉人（133～192）。為漢末最負盛名之文學者。召為議郎，校正六經文字，自書丹於碑，使工鐫刻，立於太學門外。觀視及摹寫者車乘日千餘輛，填塞街陌。後免去。董卓專政，強迫邕詣府，甚敬重之，三日之間，週歷三台，拜左中郎將。卓被殺，邕竟被株連死獄中。所作文章甚多，賦以《述行》為最著。有詩名《飲馬長城窟行》者，辭意極婉美：

青青河畔草，綿綿思遠道。
遠道不可思，夙昔夢見之。
夢見在我傍，忽覺在他鄉。
他鄉各異縣，輾轉不相見。

編邕集者多把她列入。《文選》則題為無名氏作。

五言詩的產生

這一章將帶領我們深入探討五言詩的產生過程，這種詩體在中國文學史上占據極其重要的地位。

一、五言詩的起源與發展

本節將介紹五言詩的起源和發展，我們將追溯其源頭，了解它是如何從古代詩歌演變而來的。同時，我們也將探討五言詩在不同時期的變化和演進。

二、五言詩的萌芽：民間情感與文人精華

這一節將討論五言詩的早期形式，特別強調民間情感和文人精華在其發展中的作用。我們將了解五言詩如何反映了古代中國社會的情感和價值觀。

三、漢末五言詩的偉大敘事詩篇

在這一節中，我們將探討漢末五言詩的偉大敘事詩篇，這些作品在文學史上占有重要地位。我們將深入研究這些詩篇的內容和作者，了解它們的價值和影響。

四、五言詩的黃金時代：蔡邕、秦嘉、酈炎等早期作家的探索與成就

這一節將介紹五言詩的黃金時代，特別關注早期作家如蔡邕、秦嘉、酈炎等人的詩歌探索和成就。我們將深入了解他們的作品和對五言詩的貢獻。

五、漢代樂府詩與雅樂：音樂、文學與社會的交融

最後一節將討論漢代樂府詩與雅樂之間的關係，以及音樂、文學和社會之間的交融。我們將了解樂府詩在當時的重要性，以及它們對五言詩的影響。

這一章將幫助我們更深入地理解五言詩的起源、發展和多樣性。我們將探討不同時期五言詩的特點，並欣賞早期詩人的傑出作品以及樂府詩在文學史上的獨特地位。

一 五言詩的起源與發展

五言詩的產生，是中國詩歌史上的一個大事件，一個大進步。《詩經》中的詩歌，大體是四言的。《楚辭》及楚歌，則為不規則的辭句。楚歌往往陷於粗率。而四言為句，又過於短促，也未能盡韻律的抑揚。又其末流乃成了韋孟《諷諫詩》，傳毅《迪志詩》等等的道德訓言。五言詩乘了這個時機，脫穎而出，立刻便征服了一切，代替了四言詩，代替了楚歌，而成為詩壇上的正宗歌體。自屈原、宋玉之後，大詩人久不產生。五言詩體一出現，便造成建安、正始、太康諸大時代。曹操、曹植、陶潛諸大詩人便

也陸續的產生了。詩思消歇的「漢賦時代」遂告終止。

五言詩產生在什麼時候呢？鍾嶸《詩品》託始於李陵。蕭統的《文選》也以「良時不再至，離別在須臾」幾篇為李陵之作。徐陵選《玉台新詠》則以「西北有高樓」、「青青河畔草」諸作為枚乘之詩。如果枚乘、李陵之時，五言詩的體格已經是那麼完美了，則他們的起源自當更遠在其前了。至少五言詩是當與漢初的《楚辭》及楚歌同時並存的。然而，在漢初，我們卻只見有「大風起兮雲飛揚」，「諸呂用事兮劉氏微」，「力拔山兮氣蓋世」，卻絕不見有五言詩的蹤影。即在武帝之時，也只有「陸沈於俗，避世金馬門」（東方朔歌），「鳳兮鳳兮歸故鄉」（司馬相如歌），「秋風起兮白雲飛」（武帝《秋風辭》）；卻絕不見有五言詩的蹤影。那麼，枚乘、李陵的「良時不再至」，「西北有高樓」等等的至完至美的五言詩，難道竟是如摩西的《十誡》，莫哈默德的《可蘭經》似的從天上落下，由上帝給予的麼？像這樣的奇蹟，是文學史上所不許有的。

我們且看，主持著李陵、枚乘為五言之祖的人，到底有提出什麼重要證據來沒有。

鍾嶸、蕭統皆以李陵為五言之祖。然鍾嶸他自己已是游移其辭：「古詩眇邈，人世難詳，推其文體，固炎漢之制，非衰周之倡也。」《昭明文選》，先錄《古詩十九首》，題曰古詩，並不著作者姓氏，其次乃及李陵之作。然鍾嶸嘗說：「其外『去者日以疏』四十五首雖多哀怨，頗為總雜。舊疑是建安中曹、王所制。」「去者日以疏」正在《古詩十九首》中。鍾氏既疑其為「建安中曹、王所制」，而蕭統卻反列於李陵之上。可見這兩位文藝批評家對於這些古作的時代與作者，也是彼此矛盾，且滿肚子抱了疑問的。

劉勰說：「成帝品錄三百餘篇，朝章國採，亦雲周備，而辭人遺翰，莫見五言。所以李陵、班婕妤見疑於後代。」此語最可注意。《漢書．藝文志》選錄歌詩，最為詳盡，自高祖歌詩二篇，以至李夫人及幸貴人歌詩三篇，南郡歌詩五篇等，凡二十八家，三百一十四篇，無不畢錄。假如李陵有如許的佳作，《藝文志》的編者是絕不會不記錄下來的。又《漢書》傳記中，所錄詩賦散文，至為繁富。李陵傳中，亦自有其歌：「徑萬里兮度沙漠，為君將兮奮匈奴。路窮絕兮矢刃摧，士眾滅兮名已隤。老母已死，雖欲報恩將安歸！」這是蘇武還漢時，李陵置酒賀武，與武決別之詩。所謂李陵別蘇武詩，蓋即此詩而已。別無所謂「良時不再至」諸作也。這詩乃是當時流行的楚歌的格式，也恰合李陵當時的情緒與氣概。「良時不再至，離別在須臾，屏營衢路側，執手野踟躕」，「攜手上河梁，遊子暮何之。徘徊蹊路側，悢悢不能辭」，「嘉會難再遇，三載為千秋。臨河濯長纓，念子悵悠悠」。這三首「別詩」，誠極纏綿悱惻之致，然豈是李陵別蘇武之詩！又豈是「置酒賀武曰：『異域之人，一別長絕』，因起舞而歌，泣下數行，遂與武決」的李陵所得措手的！《古文苑》及《藝文類聚》中，又李陵的《錄別詩》八首，「有鳥西南飛」、「爍爍三星列」等等，則更為不足信了。

蘇武亦傳有「結髮為夫妻」、「黃鵠一遠別」諸詩，其不足信，更在李陵詩之上。像：「結髮為夫妻，恩愛兩不疑。歡娛在今夕，燕婉及良時。征夫懷往路，起視夜何其。參辰皆已沒，去去從此辭！」誠是一篇悲婉之極的名作，卻奈不能和蘇武這一個人名聯合在一處何！又有武《答李陵詩》一首，見《古文苑》及《藝文類聚》；《別李陵詩》一首，見《初學記》。則更為顯然的偽託。

為什麼鐘、蕭諸人定要將這些絕錄好辭抬高了三個多世紀而與李陵、蘇武發生了關係呢？可能的解釋是：自「五胡亂華」之後，中原淪沒，衣冠之家不東遷則必做了胡族的臣民，蘇、李的境況，常是他們所親歷的。所以他們對於蘇、李便特別寄予同情。基於這樣的同情，六朝人士便於有意無意之中，為蘇、李製造了，附加了許多著作。有名的《李陵答蘇武書》便是這樣動機偽作出來的。將許多無主名的古詩黏上了蘇、李的名字，其動機當也是這這樣的。

至於五言詩始於枚乘之說，則連鍾嶸、蕭統他們也還不知道。這一說，較之始於蘇、李的一說為更無根據，更無理由。第一次披露的，是徐陵編輯的《玉台新詠》。他以《古詩十九首》中的《西北有高樓》、《東城高且長》、《行行重行行》、《青青河畔草》、《庭中有奇樹》、《迢迢牽牛星》、《明月何皎皎》、《涉江採芙蓉》八首，定為枚乘作，更加了《蘭若生春陽》一首。大約硬派這九首「古詩」於枚乘名下的，當是相沿的流說，未必始於徐陵。劉勰在他的《文心雕龍》中已說起：「古詩佳麗，或稱枚叔」。徐陵好奇過甚，以此「或稱」，徑見之著錄了。

總之，五言詩發生於景、武之世（西元前 156～前 87 年）的一說，是絕無根據的。在六朝以前沒有人以五言詩為始自景、武之世，也沒有一首五言詩是可以確證其為景、武之世之所作。虞美人答項羽「力拔山兮氣蓋世」一歌的：「漢兵已略地，四方楚歌聲，大王意氣盡，賤妾何聊生！」（見《史記正義》）以及卓文君給司馬相如與之決絕的《白頭吟》：「皚如山上雪，皎若雲間月，聞君有兩意，故來相決絕！」（見《西京雜記》）固與蘇、李、枚乘同為不可靠的。即班婕妤的怨歌行：「新裂齊紈素，皎結如霜雪。裁成合歡扇，團團似明月。出入君懷袖，動搖微風發。常恐秋節至，涼飆斂炎熱，棄捐篋笥中，恩情中道絕。」作於成帝（西元前 32～前 7 年）之時者，劉勰且以為疑，《文選》李善注也以為「古詞」。則西漢之時，有否如此完美的五言詩，實是不可知的。顏延之《庭誥》說：「李陵眾作，總雜不類。元是假託，非盡陵制。至其善篇，有足悲者。」蘇東坡答劉沔書說：「李陵、蘇武贈別長安詩，有『江漢』之語，而蕭統不悟。」（《通考》引）洪邁《容齋隨筆》說：「《文選》李陵、蘇武詩，東坡云後人所擬。余觀李詩云：『獨有盈觴酒。』盈，惠帝諱。漢法觸諱有罪，不應陵敢用。東坡之言可信也。」顧炎武《日知錄》說：「李陵詩，『獨有盈觴酒』，枚乘詩，『盈盈一水間』。二人皆在武、昭之世而不避諱，又可知其為後人之擬作，而不出於西京矣。」又《文選旁證》引翁方綱說：「今即以此三詩論之，皆與蘇李當日情事不切。史載陵與武別，陵起舞作歌『徑萬里兮』五句，此當日真詩也。何嘗有攜手河梁之事。所以『河梁』一首言之，其曰：『安知非日月，弦望自有時。』此謂離別之後，或尚可冀其會合耳。不思武既南歸，即無再北之理。而陵云：『大丈夫不能再辱！』亦自知決無還漢之期。則此日月弦望為虛辭矣。」翁氏又說：「『嘉會難再遇，三載為千秋。』蘇、李二子之留匈奴，皆在天漢初年。其相別則在始元五年。是二子同居者十八九年之久矣。安得僅雲三載嘉會乎？……若準本傳歲月證之，皆有所不合。」錢大昕《十駕齋養新錄》也說：「七言至漢，而《大風》、《瓠子》，見於帝制；《柏梁》聯句，一時稱盛。而五言靡聞。其載於班史者，唯『邪徑敗良田』童謠，見於成帝之世耳。……要之，此體之興，必不在景、武之世。」由此可知以《古詩十九首》等無主名的五言詩為枚乘、蘇、李所作，是有了種種的實證，知其為無稽的；固不僅僅以其違背於文學發展的規律而已。

那麼五言詩，應該始於何時呢？五言詩的發生，是有了什麼樣的來歷的呢？我們所知道的，最早的最可靠的五言詩，是《漢書．五行志》所載的漢成帝時代的童謠：

邪徑敗良田，讒口亂善人。

桂樹華不實，黃雀巢其顛。
昔為人所羡，今為人所憐。

及班固的《詠史詩》：「三王德彌薄，唯後用肉刑。太倉令有罪，就逮長安城。」這些五言詩，都是很幼稚的。可見其離草創的時代還未遠。又《漢書》載永始、元延間（西元前 16 ~ 前 9 年）《尹賞歌》：「安所求子死？桓東少年場。生時諒不謹，枯骨後何葬。」《後漢書》載光武時（西元 25 ~ 55 年）《涼州歌》：「遊子常苦貧，力子天所富。寧見乳虎穴，不入冀府寺。」《後漢書》又載童謠歌云：「城中好高髻，四方高一尺；城中好廣眉，四方且半額；城中好大袖，四方全匹帛。」《崔氏家傳》載崔瑗為汲令，開溝造稻田，蒲鹵之地，更為沃壤，民賴其利。長老歌之道：「上天降神明，錫我仁慈父。臨民布德澤，恩惠施以序。穿溝廣溉灌，決渠作甘雨。」常璩《華陽國志》載太山吳資，孝順帝永建中（西元 126 ~ 131 年）為巴郡太守，屢獲豐年。人歌之云：「習習晨風動，澍雨潤禾苗。我後恤時務，我人以優饒。」其後資遷去，人思之，又歌云：「望遠忽不見，惆悵當徘徊。恩澤實難志，悠悠心永懷。」由此，我們可以知道，五言詩的草創時代，當在離西元前 32 年（成帝建始元年）不遠的時候。在這個草創時代，五言詩似尚在民間流傳著，為民歌，為童謠，雖偶被史家所採取，卻未為文人所認識。班固的《詠史》卻是最早的一位引進五言詩於文壇的作家。同時的傅毅，雖有人曾以《古詩十九首》中的「冉冉孤生竹」一首，歸屬於他，而論者也往往以為疑。張衡的《同聲歌》：「邂逅承際會，得充君後房。情好新交接，恐慄若探湯。不才勉自竭，賤妾職所當。綢繆主中饋，奉禮助蒸嘗。……」也與《詠史》一樣，正足以見草創期的古拙僵直的氣氛。直至東漢的季葉，蔡邕、秦嘉、孔融出來，五言詩方才開始了他的黃金時代。

二　五言詩的萌芽：民間情感與文人精華

五言詩之所以會發生於成帝時代的前後，似乎並不是偶然的事。在這個時候（西元前32年），中國與西域的溝通，正是絡繹頻繁之時。隨了天馬、苜蓿、葡萄等等實物，而進到中國的，難保不有新聲雅樂，文藝詩歌之類的東西。五言詩的發生，恰當於其時，或者不無關係罷。或至少是應了新聲的呼喚而產生的。最初是崛起於民間的搖籃中。所謂無主名的許多「古詞」、「古詩」，蓋便是那許多時候的民間所產生的最好的詩歌，經由文人學士所潤改而流傳於世的。因為論者既不能確知其時代，又不能確知其作者，所以總以「古詞」、「古詩」的混稱概括之。其播之於樂府者則名之為「樂府古辭」。這些「古詩」、「古詞」，氣魄渾厚，情思真摯，風格直捷，韻格樸質，無奧語，無隱文，無曲說，極自然流麗之致，劉彥和所謂：「結體散文，直而不野，婉轉附物，怊悵切情。」（《文心雕龍》）在在都足以見其為新出於硎的民間的傑作。

在最早的那些「古詩」、「古詞」裡，有一部分是抒情詩，又有一部分是敘事詩。而這兩方面都具有很好的成績。抒情詩自當以《古詩十九首》為主。在這十九首之中，作者未必是一人，時代也未必是同時。內容亦不一至。有的是民間的戀歌，有的是遊子思歸之曲，有的是少年懷人之什，有的是厭世的曠達的歌聲。或曾經過文人的不止一次的潤飾，或竟有許多是擬作。鍾嶸《詩品》，以為「舊疑以為曹、王之作。」或者這些詩，竟是到曹、王之時，才潤飾到如此的完備之境的吧。在這十九首中，情歌便占了十首。或出之於自己的口氣；或出於他人的代述。類多情意懇摯，措辭真率，不求乎工而自工，不求乎麗而自有其嬌媚迷人之姿。我們看《詩經》的陳、鄭、衛、齊諸風中的許多情詩，我們看流行於六朝時代的樂府曲子，如《子夜》、《讀曲》之屬，便知道這些情詩乃正是他們的真實的同類。其中最好的像第一首《行行重行行》：「行行重行行，與君生別離。相去萬餘里，各在天一涯。……相去日已遠，衣帶日已緩。浮雲蔽白日，遊子不顧返。思君令人老，歲月忽已晚。」第二首《青青河畔草》：「青青河畔草，鬱鬱園中柳。盈盈樓上女，皎皎當窗牖。娥娥紅粉妝，纖纖出素手。昔為倡家女，今為蕩子婦。蕩子行不歸，空床難獨守。」第六首《涉江採芙蓉》：「涉江採芙蓉，蘭澤多芳草。採之慾遺誰？所思在遠道。」都是寫得很嬌婉動人的。而第八首《冉冉孤生竹》：「冉冉孤生竹，結根泰山阿。與君為新婚，兔絲附女羅」云云，頗使我們想起了希臘人的葡萄藤依附於橡樹的常喻。第十八首《客從遠方來》，則彈著另外的一個戀歌的調子：

客從遠方來，遺我一端綺。
相去萬餘里，故人心尚爾。
文彩雙鴛鴦，裁為合歡被。
著以長相思，緣以結不解。
以膠投漆中，誰能別離此。

除了這些情歌之外，便是一些很淺近坦率的由厭世而遁入享樂主義的歌聲了；但也間有較為積極的憤慨的或自慰自勵的作品。這種坦率的厭世的人生觀，是民間所常蟠結著的。遇著「世紀末」更容易發生。《十九首》中自第三首《青青陵上柏》，第十一首《回車駕言邁》，第十三首《驅車上東門》以至第十四首《去者日以疏》，第十五首《生年不滿百》都是如此的一個厭世調子。「晝短苦夜長，何不秉燭遊」，便是其中一部分厭世的享樂主義者的共同的供語。「不如飲美酒，被服紈與素」，坦率的厭世主義者，便往往是隻求剎那間的享用的。又第四首《今日良宴會》，第七首《明月皎夜光》都是憤懣不平的調子。

於《十九首》外，更有好些抒情的「古詩」。這些古詩，其性質也甚為複雜，但大都可信其是民間的坦樸的作品。如《槁砧今何在》的：「菟絲從長風，根莖無斷絕。無情尚不離，有情安可別」；《高田種小麥》的：「高田種小麥，終久不成穗。男兒在他鄉，焉得不憔悴」，都是極為純樸可愛的。《採葵莫傷根》的兩首古詩。更是最流行的格言式的歌謠，意義直捷而淺顯：「採葵莫傷根，傷根葵不生。結交莫羞貧，羞貧友不成。甘瓜抱苦蒂，美棗生荊棘。利傍有倚刀，貪人還自賊。」像《步出城東門》：「步出城東門，遙望江南路。前日風雪中，故人從此去。」及《橘柚垂華實》、《十五從軍征》等等，也都是很深刻、瑩雋的詩篇。

民歌常因了易地之故，每有一首轉變於各地，成為好幾首的，也常襲用常唱常見的語句的。這在許多「古詩」、「古詞」裡都可以見到的。又我們如果仔細的讀了那許多「古詩」、「古詞」，便知道她們雖或經過了好幾次的文人的改作，或竟是文人的擬作，卻終於撲滅不了民歌的那種村樸的特色。民歌的天真自然的好處，往往是最不會喪失了去的；而一到了文人的筆下，也往往會變成更偉大的東西。失去了的乃是野陋，儲存了的卻都是她們的真實的美，且更加上了文士們的豐裕辭囊。

三　漢末五言詩的偉大敘事詩篇

五言的敘事詩，在這時候，並不發達。敘事詩的構成本比抒情詩為難。抒情詩可以脫口而出；敘事詩則非有本事，有意匠，有經營不可。在樂府古辭之中，原有些敘事詩，但大都不是以五言體寫成的；用五言詩寫的，只有《陌上桑》等一二篇耳。現在我們所講的五言體的敘事詩，在實際上只有兩篇。而這兩篇，卻都是很偉大的作品；結構都很弘現，內容也極動人，遣辭也很雋妙。民間敘事詩，假定在那時已經發達的話，這兩篇卻絕不是純然出於民間的，至少也是幾個傑出於民間的無名文人的大作，而經過了幾個大詩人的潤改的。這兩篇大作便是：《悲憤詩》（相傳為蔡琰作）與《古詩為焦仲卿妻作》。先說《悲憤詩》。

《悲憤詩》共有兩篇，一篇是五言體，一篇是楚歌體，更有一篇《胡笳十八拍》，其體裁乃是這時所絕無僅有的類似以音樂為主的「彈詞」體。這三篇的內容，完全是一個樣子的，敘的都是蔡琰（文姬）的經歷。由黃巾起義，她被虜北去起，而說到受詔歸來，不忍與她的子女相別，卻終於不得不回的苦楚為止。（琰為邕女，博學有才辯，適河東衛仲道。夫亡，無子，歸寧於家。興平中，天下喪亂，姬為胡騎所獲，沒於南匈奴左賢王。在胡中十二年，生二子。曹操遣使者以金璧贖之，而重嫁陳留董祀）。這三篇的結構也完全是一個樣子的，全都是用蔡琰自述的口氣寫的；敘述的層次也完全相同。難道這三篇全都是蔡琰寫作的麼？如此情調相同的東西，她為什麼以要同時寫作了三篇呢？以同一樣的戀愛的情緒，在千百種的幻形中寫出，以同一樣的人生觀念，在千百個方式中寫出，都是可能的；卻從來不曾有過，以同一個的故事，連布局結構都完全相同的，乃用同一種敘事詩的體裁，在同一個作家的筆下，連續表現三篇之多的。《胡笳十八拍》一篇，乃是沿街賣唱的人的敘述，有如白髮宮人彈說天寶遺事的樣子，有如應伯爵盲了雙目，以彈說西門故事為生的情形（應事見《續金瓶梅》）。難道這樣的一種敘事詩竟會出於蔡琰她自己的筆下麼？這當然是不可能的。所以三篇之中，《胡笳十八拍》不成問題的是後人的著作；且也顯然可見其為《悲憤詩》的放大。此外，尚有兩篇《悲憤詩》，到底那一篇是蔡琰寫的呢？楚歌體的一篇《嗟薄祐兮遭世患》比較寫的簡率些，五言體的《漢季失權柄》則比較的寫得詳盡些。《後漢書》謂：「琰歸董祀後，感傷亂離，追懷悲憤，作詩二章。」則此二章，五言體的與楚歌體的，皆是琰作的了。但所謂二章，未必便指的是不同體的二篇。或者原作本是楚歌體的；成後，乃再以當時流行的五言體重寫一遍的吧？不過細讀二詩，楚歌體的文字最渾樸，最簡練，最著意於練句造語；一開頭便自嘆薄祐遭患，門戶孤單，自身被執以北；以後便完全寫的她自己在北方的事。沒有一句空言廢話。確是最適合於琰的悲憤的口吻。琰如果有詩的話，則這一首當然是她寫的無疑。琰在學者的家門，古典的習氣極重；當然極有採用了這個詩體的可能。至於五言體的一首，在字句上便大增形容的了。先之以董卓的罪過，再之以胡兵的劫略，直至中段，才寫到自己。且琰的父邕原在董卓的門下，終以卓黨之故被殺。琰為了父故，似未便尋麼痛斥卓吧！詩中敘述胡兵擄略人民的事：「馬邊懸男頭，馬後載婦女」，大似韋莊的《秦婦吟》。像這樣的詩，雖用第一身的口氣寫之，實頗難信其為作者自身的經歷。最有可能的，是時人見到了琰的《悲憤詩》，深感其遭遇，便以五言體重述了出來。後人分別不清，便也以此作當為琰之作的了。五言詩體到了這時，正到運用純熟之境，作者們每想以這一種新成熟的新詩式，來試試新的文體，而五言體的《悲憤詩》及《古詩為焦仲卿妻作》二大名作，便是他們的偉大的試作的結果罷。

關於《古詩為焦仲卿妻作》一詩，頗有許多意見與問題。但其為中國古代詩史上的一篇最弘偉的敘事詩，卻沒有一個人否認。此詩共一千七百四十五字，沈歸愚以為是「古今第一首長詩」。敘的是一個家庭中的悲劇。其著作的時代似較晚，當是五言詩的黃金期中的作品。序文云：「時人傷之，為詩云爾」。假如序言完全可靠的話，此詩也是「漢末建安（西元 196 ～ 220 年）中」的「時人」所著的了。然論者對此，異議尚多。梁啟超說，像《孔雀東南飛》和《木蘭詩》一類的作品，都起於六朝，前此卻無有（《印度與中國文化之親屬關係》）。為什麼這一類的敘事詩會起於六朝呢？他主張，他們是受了佛本行贊一類的翻譯的佛教文學的影響。但有人則反對他的主張，以為《孔雀東南飛》之作，是在佛教盛行於中國以前。中國的敘事詩，並不是突然而起的。在漢人樂府中，已有了好些敘事詩，如《陌上桑》、《婦病行》、《孤兒行》、《雁門太守行》等皆是。蔡琰的《悲憤詩》也在漢末出現。又魏黃初（約西元 225 年）間，左延年有《秦女休行》。在這個時代（西元 196 ～ 225 年）的時候，寫作敘事詩的風氣確是很盛的。所以《孔雀東南飛》之出現於此時，並無足怪。五言詩在此詩實已臻於抒情敘事，無施不可的黃金期了。

四　五言詩的黃金時代：蔡邕、秦嘉、酈炎等早期作家的探索與成就

有主名的五言詩的早期作家，有蔡邕、秦嘉、酈炎諸人。蔡邕的《飲馬長城窟行》為五言詩中的最雋妙者之一，然或以為系古詞，非他所作。他的《翠鳥》一作，其情思便遠沒有《飲馬長城窟行》那麼雋美了：「庭陬有若榴，綠葉含丹榮。翠鳥時來集，振翼修形容。」

秦嘉字士會，隴西人。桓帝時仕郡上計，入洛，除黃門郎。病卒於津鄉亭。當他為郡上計時，其妻徐淑寢疾，還家不獲面別。他贈詩有云：「人生譬朝露，居世多屯蹇。憂艱常早至，歡會常苦晚。」「顧看空室中，彷彿想姿形。一別懷萬恨，起坐為不寧。」深情繾綣，頗足感人。然已離開民間歌謠的風格頗遠。

酈炎的《見志詩》二首，其一：「大道夷且長，窘路狹且促。修翼無卑棲，遠趾不步局……」趙一的《疾邪詩》二首：「河清不可俟，人命不可延。順風激靡草，富貴者稱賢。文籍雖滿腹，不如一囊錢。伊優北堂上，骯髒倚門邊」，及「勢家多所宜，咳唾自成珠；被褐懷金玉，蘭蕙化為芻。賢者雖獨悟，所困在群愚。且各守爾分，勿復空馳驅，哀哉復哀哉，此是命矣夫。」以及孔融的《雜詩》：「巖巖鐘山首，赫赫炎天路……呂望尚不希，夷齊何足慕」；《臨終詩》：「言多令事敗，器漏苦不密。」都是以五言的新體來抒寫他們的悲憤的。五言詩在此時，已占奪了四言詩及楚歌的地位，而成為文士階級常用的詩體了。五言詩到了這個時代，漸漸地離開民間而成為文人學士的所有物了。自成帝（西元前 32 年）至這時（西元 219 年）凡二百五十年，五言詩已由草創時代而到了她的黃金時代；已由民間而登上了文壇的重地了。

五　漢代樂府詩與雅樂：音樂、文學與社會的交融

當五言詩在暗地裡生長著的時候，其接近於音樂的詩篇，則發展而成為樂府。唯樂府不盡為五言的。《漢書》卷二十二說：「（武帝）乃立樂府，採詩夜誦，有趙、代、秦、楚之謳。以李延年為協律都

尉。」同書卷九十三又說：「李延年，中山人，身及父母兄弟皆故倡也。延年坐法腐刑，給事狗監中。女弟得幸於上，號李夫人……延年善歌，為新變聲。是時上方興天地諸祠，欲造樂，令司馬相如等作詩頌。延年輒承意絃歌所造詩，為之新聲曲。」又同書卷九十七上，說李夫人死，武帝思念不已，令方士齊人少翁招魂。武帝彷彿若有所遇，乃作詩道：「是耶非耶？立而望之。偏何姍姍其來遲？」因「令樂府諸音家絃歌之」。在這些記載中已可見所謂樂府，不外兩端，第一是「採詩夜誦，有趙、代、秦、楚之謳」，其次，是自作新聲，為新詞作新譜。然自制之作，本未足與民間已有之樂曲爭衡，而廟堂祭祀的詩頌雖譜以新聲，卻更不足以流傳於當時。世俗所盛行者，總不過是所謂「鄭、衛之聲」而已。《漢書》卷二十二又說：「是時（成帝時），鄭聲尤甚。黃門名倡丙〔、景武之屬富顯於世。貴戚五侯、定陵、富平外戚之家，淫侈過度，至與人主爭女樂。哀帝自為定陶王時，疾之，又性不好音，及即位，下詔曰：『……鄭、衛之聲興，則淫闢之化流，而欲黎庶敦樸家給，猶濁其源而求其清流，豈不難哉？……其罷樂府官。郊祭樂及古兵法武樂在經，非鄭、衛之樂者條奏，別屬他官。』」然皇帝的一封詔書又怎能感化了多年的積習呢？所以「樂府官」儘管罷去，而「百姓漸漬日久，又不制雅樂有以相變，豪富吏民湛沔自若。」

「雅樂」不要說「不制」，即製作了，也是萬萬抵抗不了俗曲的。已死的古樂怎敵得過生龍活虎的活人的歌曲。一時的提倡，更改革不了代代相傳，社會愛好的民間樂府。所以《晉書．樂志》說：「凡樂府古辭，今之存者，並漢世街陌謠謳。《江南可採蓮》、《烏生十五子》、《白頭吟》之屬是也。」晉世荀〔日助〕採舊辭施用於世，謂之清商三調。然而被於新聲的調句與古辭已很有異同。有一部分，我們現在只能知其新詞而忘其古辭，這是很可惜的。但有一部分，則古辭幸得儲存。《唐書．樂志》說：「平調、清調、瑟調，皆周房中曲之遺聲，漢世謂之三調。又有楚調、側調，楚調者，漢房中樂也。……側調者生於楚調，與前三調，總謂之相和調。」張永元《嘉技錄》說：「有吟嘆四曲亦列於相和歌。又有大麴十五篇，分於諸調。唯《滿歌行》一曲，諸調不載，故附見於大麴之下雲。」他們的話是不大可靠的，特別是以平、清、瑟三調為「周房中曲之遺聲」的一說。《晉書．樂志》的「前漢世街陌謠謳」一語最得其真相。我們一看那些古辭，便可知其實出於「街陌」，而非古代遺聲。

大抵漢代的樂府古辭，可分為相和歌辭，舞曲歌辭，及雜曲歌辭的三類。所謂雜曲歌辭，連《孔雀東南飛》亦在內，所包括的只是一個「雜」字而已。舞曲歌辭則大都為舞蹈之歌曲，文辭絕不可解者居大多數，我們現在所最要注意者唯相如歌辭及雜曲歌辭。

《相如歌辭》凡六類，又附一曲《滿歌行》，據張永元說是無可歸類的。第一類「相和曲」，我頗疑心她們真是相和而唱的。《公無渡河》、《江南可採蓮》以及《薤露歌》、《蒿里曲》都有相和相接而唱著的可能。《雞鳴高樹顛》、《烏生八九子》、《平陵東》也可和唱。唯《陌上桑》為第三人敘述的口氣，不像相和之曲。然《陌上桑》全文都為純美的五言詩體寫成，與其他相和曲完全不同。或是誤行混入的罷。第二類「吟嘆曲」，今只有《王子喬》一曲，且還是魏、晉樂所奏，非是本辭。全文似為祝頌之辭，如「令我聖朝應太平」之類。第三類「平調曲」，今存者有《長歌行》三首，《君子行》一首，《猛虎行》一首，這幾首都是五言的。《君子行》一首亦載《曹子建集》中。第四類「清調曲」，今存者有《豫章行》、《董逃行》、《相逢行》及《長安有狹斜行》四首。《相逢行》及《長安有狹斜行》文字較為簡捷，似當以本辭。第五類「瑟調曲」，今存者有《善哉行》、《隴西行》、《步出夏門行》、《折楊柳行》、《西門行》、《東門行》、《婦病行》、《孤兒行》、《雁門太守行》、《雙白鵠》、《豔歌行》二首及《豔歌》、《上留田行》等。在這個曲調中，頗多敘事的作品，這是很可注意的。像《東門行》、《孤兒行》及《婦病行》都是很好的敘事詩；在當時，大約是當作短篇的史詩或故事詩般的唱著的吧。第六類「楚調歌」，今所傳僅有三首。《皚如山上雪》共二首，一為本辭，一為晉樂所奏，《皚如山上雪》即相傳為文君作的《白頭吟》。「大麴」中，只有一篇《滿歌行》，但有二首，一為本辭，一為晉樂所奏。其情調與《怨歌行》及「人生不滿百」等皆甚相同。

在「雜曲歌辭」裡頗多好詩。《傷歌行》的「昭昭素明月」諸語，大似李白的「床頭明月光」。《悲歌》雖只是寥寥的幾句，卻寫得異常的沉痛：「悲歌可以當泣，遠望可以當歸。」《枯魚過河泣》似只是一首很有趣的兒歌：「枯魚過河泣，何時悔復及。作書與魴鱮與，相教慎出入。」

更有「郊廟樂章」，為朝廷所用的「雅樂」，其辭大都是出於詞臣之手。深晦古奧，甚不易解，大似舞曲歌辭。但也有極佳之作。此種郊廟樂章也可分為二類：郊廟歌辭（《漢郊祀歌》十九首）及鼓吹曲歌辭（《漢鐃歌》十八曲）。《漢郊祀歌》者，蓋即《漢書．禮樂志》所謂：「武帝定郊祀之禮，祠太一於甘泉……祭后土於汾陰……乃立樂府，採詩夜誦……以李延年為協律都尉。多舉司馬相如等數十人，造為詩賦，略論律呂以合八音之調，作十九章之歌。」詞臣應制所作的東西自易流於古奧。

《漢鐃歌》十八曲，中多不可解者。崔豹《古今注》曰：「短簫鐃歌，軍樂也。……漢樂有黃門鼓吹，天子所以宴樂群臣也。短簫鐃歌，鼓吹之一章爾，亦以賜有功諸侯。」《古今樂錄》曰：「《漢鼓吹鐃歌》十八曲，字多訛誤。」沈約謂：「樂人以音聲相傳，訓詁不可復解。凡古樂錄，皆大字是辭，細字是聲。聲辭合寫，故致然耳。」沈約之說最為近理。但也未必盡然。當亦有竄亂，或古語未來難知者。其中最好者像《戰城南》：「戰城南，死郭北。野死不葬烏可食。為我謂烏：且為客豪。野死諒不葬，腐肉安能去子逃！」而《有所思》與《上邪》二首，也皆為絕好的民間情歌。所可怪的是，在「郊廟樂章」的鼓吹曲辭中，為什麼竟有這些絕不類「廟堂」之作的民歌在？這可能有兩種解釋：第一是，民歌侵入《鐃歌》的範圍中去；第二是，《鐃歌》的曲調普及於民間，民間乃取之以制新詞。

漢代的歷史家與哲學家

這一章將引領我們深入了解漢代的歷史家和哲學家，他們對中國文化和思想的發展做出了卓越貢獻。

一、司馬遷與《史記》：一位偉大的史學家與他的傳世之作

本節將介紹司馬遷，一位偉大的史學家，以及他的傳世之作《史記》。我們將深入了解這部史書的內容、結構和對中國歷史的重要性。

二、劉向、劉歆與古典文獻整理：漢代文化的保存與再現

這一節將討論劉向和劉歆等學者，他們在古典文獻整理方面的貢獻。我們將了解他們如何保存和再現了漢代文化，以及他們對後世研究的影響。

三、後漢散文思想的轉變：從《漢書》到王充的《論衡》

最後一節將討論後漢散文思想的轉變，特別關注《漢書》和王充的《論衡》。我們將深入研究這些作品中的哲學思想和對當時社會的反映，以及它們對中國思想史的影響。

這一章將幫助我們更深刻地理解漢代的歷史和哲學家，以及他們的重要作品對中國文化和思想的影響。我們將探討古代史學和哲學的發展，以及這些思想如何反映了當時的社會和價值觀。

一　司馬遷與《史記》：一位偉大的史學家與他的傳世之作

這個時代，兩司馬並稱，然司馬遷的重要，實遠過於司馬相如。司馬相如以虛誇無實之辭，寫荒誕不真的內容，他以烏有先生、亡是公為其所創作的人物，其作品的內容，也不過是「烏有」、「亡是」之流而已。司馬遷的著作卻是另一個方面的，他的成就也是另一個方面的。他不誇耀他的絕代的才華，他低首在那裡工作。他排比，他整理古代的一切雜亂無章的史料，而使之就範於他的一個囊括一切前代知識及文化的一個創作的定型中。而他又能運之以舒捲自如，豐澤精刻的文筆。他的空前的大著《太史公書》（即《史記》）不僅僅是一部整理古代文化的學術的要籍，歷史的鉅作，而且成了文學的名著。中國古代的史書都是未成形的原始的作品，《太史公書》才是第一部正式的史書，且竟是這樣驚人的偉作。司馬遷於史著上的雄心大略，真是不亞於劉徹之在政治上。遷字子長，左馮翊夏陽人，生於西元前 145 年（景帝中五年丙申），其卒年不可考，大約在西元前 86 年（即漢昭帝始元元年乙未）以前。父談為太史令。遷「年十歲則誦古文，二十而南遊江、淮，上會稽，探禹穴，窺九疑，浮於沅、湘，北涉汶、泗，講業齊、魯之都，觀孔子之遺風，鄉射鄒、嶧，厄困鄱、薛、彭城，過梁、楚以歸。」初為郎中，後繼談為太史令。紬史記石室金匱之書。後五年（太初元年）始著手作其大著作《史記》。後李陵降匈奴，遷為之辯護，受腐刑。後又為中書令，尊寵任職。遷之作《史記》，實殫其畢生之精力。自遷以前，史籍之體裁，簡樸而散漫，像《國語》、《國策》、《春秋》、《世本》之類，都是未經剪裁的史料。於是遷乃採經摭傳，纂述諸家之作，合而為一書。其取材有根據於古書者，有記敘他自己的見聞，他友人的告語，以及旅遊中所得者。其敘述始於黃帝（西元前2697年），迄於漢武帝。「凡百三十篇，五十二萬六千五百字。」（《自序》）分本紀十二，年表十，九八，世家三十，列傳七十。本紀為全書的骨幹。年表、書、世家、列傳，則分敘各時代的世序，諸國諸人的事跡，以及禮儀學術的沿革。將古代繁雜無序的書料，編組成這樣完美的第一部大史書，其工作至艱，其能力也至可驚異。自此書出，所謂中國的「正史」的體裁以立。作史者受其影響者至二千年。此書不僅為政治史，且包含學術史，文學史，以及人物傳的性質。其八書——《禮書》、《樂書》、《律書》、《曆書》、《天官書》、《封禪書》、《河渠書》、《平準書》——自天文學以至地理學，法律，經濟學無不包括在內。其列傳則不唯包羅政治家，且包羅及於哲學家，文學家，商人，日者，以至於民間的游俠。在文字一方面亦無一處不顯其特創的精神。他串集了無數的不同時代，不同著者的史書，陶融冶鑄之為一，正如合諸種雜鐵於一爐而燒冶成了一段極純整的鋼鐵一樣，使我們毫不能見其湊集的縫跡。此亦為一大可驚異之事。且遷之採用諸書，並不拘拘於採用原文。有古文不可通於今者，則改之。在後來文學史上，《史記》之影響也極大。古文家往往喜擬仿他的敘寫的方法。實際上，《史記》的敘寫，雖簡樸而卻能活躍動人，能以很少的文句，活躍躍的寫出其人物的性格，且筆端常帶有情感。像下面《刺客列傳》（卷八十六）的一段，便是好例：

> 荊軻者，衛人也……日與狗屠及高漸離飲於燕市。酒酣以往，高漸離擊筑，荊軻和而歌於市中，相樂也。已而相泣，旁若無人者。……乃裝為遣荊卿……太子及賓客知其事者，皆白衣冠以送之，至易水

之上。既祖取道，高漸離擊筑，荊軻和而歌，為變徵之聲，士皆垂淚涕泣，又前而歌曰：「風蕭蕭兮易水寒，壯士一去兮不復還。」復為羽聲慷慨，士皆瞋目，發盡上指冠。於是荊軻上車而去，終已不顧。遂至秦。……軻既取圖奏之。秦王發圖，圖窮而匕首見。因左手把秦王之袖而右手持匕首揕之。未至身，秦王驚，自引而起，袖絕拔劍，劍長，操其室。時惶急，劍堅故不得立拔。荊軻逐秦王，秦王環柱而走。群臣皆愕，卒起不意，盡失其度。……惶急不知所為。左右乃曰：「王負劍。」負劍，遂拔以擊荊軻，斷其左股。荊軻廢，乃引其匕首以擲秦王，不中，中銅柱。秦王復擊軻，軻被八創。軻自知事不就，倚柱而笑，箕踞以罵曰：「事所以不成者，以欲生劫之，必得約契以報太子也。」

《史記》一百三十篇，曾缺十篇，褚少孫補之。其他文字間，亦常有後人補寫之跡。但這並無害於《史記》全體的完整與美麗。

二　劉向、劉歆與古典文獻整理：漢代文化的保存與再現

《太史公書》以外的散文著作，以《淮南子》為最著。《淮南子》為劉安集合門下賓客們所著的書。安為漢之宗室，封淮南王，好學喜士，為當時的文學者的東道主之一。後以謀反為武帝所殺。他曾招致天下諸儒方士，講論道德，總說仁義，著書二十一著，號曰《鴻烈》，即《淮南子》。尚有外篇，今不傳。此書亦囊括古代及當時的一切哲學思想以及許多形而上的見解，頗有許多重要的材料在內。文辭亦奇奧豐腴，有戰國諸子之風。

同時的儒學的作家，如董仲舒、公孫弘等皆有所作。董仲舒作《春秋繁露》。但他們的文字大都庸凡無奇，在散文上是無可述的。仲舒又有《士不遇賦》，也不過是憂窮愁苦的許多詠「士不遇」的作品的一篇而已。

幾個策士，如徐樂、嚴安、主父偃、吾丘壽王他們，其文辭都是很犀利的，內容也是很動人的審請度勢的切實議論。戰國說士之風似一時復活起來了，但偉大的漢武時代一過去，他們便也都銷聲匿跡了。

此後無甚偉大的散文著作。劉向、劉歆父子在西漢末葉的出現，又把散文帶到另一方面去。自漢興百數十年到劉向的時候，操於儒生之手的文藝復興，直不曾有過什麼成績，除了爭立博士，招收弟子之外。他們不過做實了「抱殘守闕」四字而已。為了利祿之故，死守著一先生之言，不敢修正，更不必望其整理或編纂什麼了。所以這百數十年來的文藝復興的時間，我們與其說是「復興」，不如說是在「典守」。（司馬遷說「百年之間，天下遺文古事靡不畢集太史公。」班固說：「於是建藏書之策，置寫書之官。下及諸子傳說，皆充祕府。至成帝時，以書頗散亡，使謁者陳農，求遺書於天下。」劉歆《七略》說：「外有太常、太史、博士之藏，內有延閣、廣內祕室之府。」此皆漢代收藏古籍之情形。）而有了這百數十年來的蒐集保守，便給予一個偉大的整理者劉向，以一個絕好的整理編纂的機會。

劉向字子政，為漢之宗室。他曾時時上書論世事，為當時的大政治家之一。又善於辭賦，作《九嘆》，見於《楚辭》中。而他的一生精力則全用於他的整理與編纂古典文籍上面。向與其子歆所撰的《七錄》，今已亡佚，然班固的《漢書．藝文志》卻是完全抄襲他的。所以《七錄》雖亡而實未亡。《漢書．

藝文志》將古典文籍分為七大部分，即所謂「七略」者是。「七略」者，一《輯略》，敘述諸書之總；二《六藝略》，記錄六經的註釋；三《諸子略》，登記九流十家之書；四《詩賦略》，登記純文藝的著作；五《兵書略》，登記行兵布陣以及軍法軍紀之書；六《數術略》，登記關於陰陽五行，星卜占卦諸數術的書；七《方技略》，登記醫術神仙之書。「大凡書六略──輯略在外──三十八種，五百九十六家，萬三千二百六十九卷。」這個浩翰的大文庫，其中每一部書都是經過向及其合作者(任宏、尹咸及李柱國)的校閱的。「每一書已，向輒條其篇目，撮其指意，錄而奏之。」像這樣偉大的一個工作，這樣清晰的一副頭腦，即以《太史公書》之牢籠百家較之，似也有所不及。經生們不配去整理古籍，他們也不能去整理。只有像向、歆那樣清晰前代思想制度、文學技術的變遷，而又有了博大「容忍」的心胸的，方才有整理的資格與能力。

向除了整理古典文籍之外，又加之以編纂。但他只是編纂，並不著述。他所編纂的書，今存者尚有：(一)《戰國策》，(二)《列女傳》，(三)《說苑》，(四)《新序》。此外如《新國語》等等皆已亡佚。《戰國策》在向之前，是傳本不同，異名極多的一部書，經了他的重加編纂之後，方才成了一部完整的書。《說苑》、《新序》、《列女傳》則皆蒐集故說舊聞，由他加以排比歸類的。和漢文帝時燕人韓嬰所作的《韓詩外傳》體例略同。《列女傳》專敘古代婦女的言行，以許多的故事，歸之於《母儀》、《賢明》、《仁智》、《貞順》、《節義》、《辯通》、《孽嬖》等幾個總目之下，每傳並附以頌一首。此書有一部分為後人所補入者。後來的人以附有頌者定為劉向原文，無頌者定為後人所補。在此三書中，有許多故事是很可感人的。又有《孝子傳》，相傳亦為向撰。

劉向子歆亦為當時一個極重要的學者。他繼續了他父親的遺志，完成了絕代的大著作《七略》；他又極力與當時以利祿為目的，門戶之見極重的經生們奮鬥，欲爭立《古文尚書》、《左傳》、《毛詩》於學官。他的《讓太常博士書》，暴露了當時經生們的偏私與無聊。他對於古學的熱忱直是充分的表白出來！他又極力表彰了一部絕代的理想政治的模式的《周禮》。後人每以《左傳》、《周禮》為他的偽作。但那實是不近情理的一個偏見。

三　後漢散文思想的轉變：從《漢書》到王充的《論衡》

後漢的散文，也以歷史及論文為主。歷史名著之重要者有二，皆為模擬古代名著之作。一為《漢書》，班固著，系模擬司馬遷的《史記》的；一為《漢紀》，荀悅著，系模擬左丘明的《左傳》的。

《漢書》的體例幾乎完全仿之於《史記》。《漢書》凡一百篇，計帝紀十二，表八，志十，列傳七十。這些帝紀、表、志、列傳，皆為《史記》所已有的體例。其與《史記》不同之點：一《漢書》是斷代的，其敘述起於漢之興起，止於王莽之時代，而《史記》則為古今通史；二《史記》有「世家」，而《漢書》則無之；三《史記》的「書」，《漢書》則改名為「志」。《漢書》的文字，武帝以前事，大抵直抄《史記》文字，很少更動；武帝以後，則根據其父彪所續前史之文而加以補述增潤。固寫此作，很費匠心，自永平中始受詔作史，潛精積思二十餘年，至建初中乃成。當世甚重其書，學者莫不諷誦。然當他死時，其中《八表》及《天文志》尚未告成，乃由其妹昭補成之。《漢書》原為斷代之史，僅記西漢二百二十九年間之事，然間有體例混淆者，如《古今人表》上及古代人物，《藝文志》也網羅古今著作。劉知幾的《史通》曾致不滿於班氏之書，鄭樵對於《漢書》尤力加詆毀，責備得他體無完膚。但這部歷史雖不是什麼創作，卻也頗有些很活躍的敘述，使我們不得埋沒了她。班固還著有《白虎通》，也是很重要的一部學術著作。桓寬的《鹽鐵論》乃是漢代有關經濟史的極有權威的辨論集。

荀悅字仲豫，潁川潁陰人（148～209）。好著述。初在曹操府中，後遷黃門侍郎。當時獻帝好典籍，常以班固《漢書》文繁難省，乃令悅依《左氏傳》體，以為《漢紀》三十篇。在沒有發展到「紀事本末」的一個體裁之前，其由「百科全書」體的歷史而重複回到比較簡樸，比較原始的編年體裁的《左傳》式，乃是必然的一個趨勢。論者謂其書「辭約事詳」頗為可觀。《左傳》式的史書，其較《史》、《漢》容易使人醒目處，也便在於他的「辭約事詳」。荀悅又作《申鑒》五篇，凡《政體》、《時事》、《俗嫌》各一篇，《雜言》二篇，也頗有些切中時弊的箴誡。然當時的形勢，已到了非漢室「瓦解」另換了一個新的局面不能急轉直下的傾向，所以悅的這些空論，全是無補於實際的政治的。

但在後漢的時候，學者思想已不復囿於儒家的專制之下。因了劉向父子的努力，古籍漸為學者所易見。於是加以研究，加以探討，加以比較之後，便到處發現其中的誇誕與矛盾之外，或有許多是不順適於後代文明社會的見解與觀點的。於是一二個勇敢的學者便捉住了這些所在，加以直覺的理性的評判。每一次繼於古籍整理之後，必有這樣的一次理性運動發生。而在劉向父子之後，也便來了一位大懷疑者王充。他開闢了後來的劉知幾、崔述等人的先路。他字仲任，會稽上虞人。曾師事班彪，仕郡為功曹，以數諫爭不合去。充卒於西元 90 年間。（漢和帝永元中）。他嘗閉門潛思，絕慶吊之禮，戶牖牆壁各置刀筆，遂成《論衡》八十五篇。《論衡》實為漢代最有獨創之見的哲學著作。當時儒教已為思想的統治者，而充則毅然能與之問難。他在《問孔篇》上說：

世儒學者，好信師而是古，以為賢聖所言皆無非，專精講習，不知難問。夫聖賢下筆造文，用意詳審，尚未可謂盡得實，況倉卒吐言，安能皆是。不能皆是，時人不知難；或是而意沉難見，時人不知問。案聖賢之言，上下多相違，其文前後多相伐者，世之學者不能知也。

又在《物勢篇》上說：

儒者論曰：天地故生人。此言妄也。夫天地合氣，人偶自生也。猶夫婦合氣，子則自生也。夫婦合氣，非當時欲得生子；情慾動而合，合而生子矣。且夫婦不故生子，以知天地不故生人也。

這些話都說得很勇敢。但充的文辭，殊覺笨重，不能暢達其意，這是很可惜的。

略後於充者有王符。符位元組信，安帝時人。志意蘊憤，隱居著書，以譏當時之得失，不欲彰顯其名，故曰《潛夫論》，凡三十六篇，但其言論卻無甚新意。

此後，至獻帝時，又有兩個論文家出現。一為仲長統。統字公理，山陽高平人（179～219）。性倜儻，不矜小節，默語無常，時人或謂之狂生。曾參曹操軍事。每論說古今及時俗行事，恆發憤嘆息，因著論名曰《昌言》，凡三十四篇。一為徐幹。幹字偉長，北海人（171～218），著《中論》二十餘篇。曹操曾屢闢之，俱不應。此數人的思想俱不脫儒家的範圍，遠沒有王充的大膽與成就。

建安時代

這一章將帶我們深入了解建安時代，這個充滿詩歌與文學輝煌的時期。

一、建安時期的詩壇盛況：曹操與曹丕的詩歌風采

在這一節中，我們將探討建安時代詩壇的盛況，特別關注曹操和曹丕的詩歌創作。我們將欣賞他們的詩歌風采，並了解他們如何在這個時期崭露头角。

二、曹植的詩歌之旅：從公子風華到悲憤之音

這一節將深入研究曹植的詩歌之旅，從他的公子風華到後來的悲憤之音。我們將探討他的詩歌風格轉變，以及這些轉變背後的故事和情感。

三、建安七子與曹植：詩歌與文學的輝煌時代

最後一節將討論建安七子以及他們在建安時代的詩歌和文學成就。我們將了解這個時代的文學輝煌，以及詩人們如何相互影響和競爭，塑造了這一時期的文學風貌。

這一章將帶領我們深入探討建安時代的文學，特別關注曹操、曹丕和曹植等詩人的作品，以及建安七子的文學貢獻。我們將欣賞這個時期的詩歌風采，並了解詩人們的情感和思想。

一　建安時期的詩壇盛況：曹操與曹丕的詩歌風采

建安時代是五言詩的成熟時期。作家的馳騖，作品的美富，有如秋天田野中的黃金色的禾稻，垂頭迎風，谷實豐滿；又如果園中的嘉樹，枝頭纍纍皆為晶瑩多漿的甜果。五言詩雖已有幾百年的歷史，卻只是無名詩人的東西，民間的東西，還不曾上過文壇的最高角。偶然有幾位文人試手去寫五言詩，也不過是試試而已，並不見得有多大的成績。五言詩到了建安時代，剛是蹈過了文人學士潤改的時代，而到了成為文人學士的主要的詩體的一個時期。

這個時期的作者們，以曹氏父子兄弟為中心。吳、蜀雖亦分據一隅，然文壇的主座卻要讓給曹家。曹氏左右，詩人紛紜，爭求自獻，其熱鬧的情形是空前的。

曹氏父子兄弟，不僅地位足以領導群英，即其詩才也足以為當時諸詩人的中心而無愧。曹操及子丕、植都是很偉大的詩人。尤以曹植為最有高才。屈原之後，詩思消歇者幾五六百年，到了這時，詩人們才由長久的熟睡中甦醒過來。不僅五言，連四言詩也都照射出夕陽似的血紅的恬美的光亮出來。

曹操字孟德，小字阿瞞，譙人。本姓夏侯氏，其父嵩，為曹氏的養子，故遂姓曹。操少機警有權數。年二十，舉孝廉為郎。除洛陽北部尉。光和末黃巾大起。拜騎都尉，討潁川起義軍。遷濟南相。董卓廢立時，操散家財，合義兵討卓。初平中，袁紹表薦他為東郡太守。建安中，操到洛陽，便總攬了政治大權。他迎帝都許。自為大將軍。破袁紹、袁術、斬呂布等，次第削平各地。獻帝以他為丞相，加九錫，爵魏王。他部下每勸他正位。他說道：「若天命有歸，孤其為周文王乎？」操子丕，果應其言，廢獻帝自立。追尊操為武帝。操頗受後人的唾罵。其實也未見得比劉裕、蕭道成、蕭衍、李淵、趙匡胤他們更卑鄙。然而他卻獨受惡名！他是一位霸氣縱橫的人，即在詩壇裡也是如此。他的詩是沉鬱的，雄健的，有如他的為人。當這個時候，古樂府的擬作風氣是很流行的，所以操詩多五言的樂府辭、如《蒿裡行》、《苦寒行》等；又四言詩也顯著復盛之況，所以操詩也多四言者，如《短歌行》等。《薤露》、《蒿裡》，本是輓歌曲子。操則襲用之，成為短的敘事詩；一以敘述何進召董卓事（《薤露》），一以敘述袁紹、袁術兄弟相爭，連年兵甲不解事（《蒿裡行》）。這兩詩多憤激之語，當是他早期之作。《苦寒行》是一首絕好的征夫詩。「我心何怫鬱，思欲一東歸」，這時操還是在不得意的時代吧。「行行日已遠，人馬同時饑。擔囊行取薪，斧冰持作糜」幾句寫得更為生動新穎，非取之於當前之情景必寫不出來。《卻東西門行》也是詠征夫的。「冉冉老將至，何時返故鄉？」又「狐死歸首丘，故鄉安可忘！」操暮年，或已厭於言兵了吧？操的四言詩寫的似乎較他的五言詩更為俊健可喜，如《短歌行》，如《龜雖壽》，都是當時不易見到的佳作。「月明星稀，烏鵲南飛，繞樹三匝，何枝可依？」（《短歌行》）諸語實為難得的寫景描情。「老驥伏櫪，志在千里。烈士暮年，壯心不已。」（《龜雖壽》）操的雄志是躍躍於紙背的。又《觀滄海》寫「東臨碣石，以觀滄海」時所見的海景也是很雋好的。操之詩，往往若無意於為文辭，而文辭卻往往是錯落有致，精彩自生的。《土不同》一首也是如此。詩人無不善感多愁，操的詩也是善感多愁，然於「心常嘆怨，慼慼多悲」（《土不同》）裡卻透露著一股英俊之氣，雖悲慼，卻並不頹廢。雖「憂從中來，不可斷絕」，卻終於沒有忘記了「山不厭高，海不厭深，周公吐哺，天下歸心」的壯志。此便是操之所以終與疏懶頹放的詩人不同的所在。

曹丕為操之長子。字子桓。操卒，丕嗣為丞相，魏王。建安末，廢獻帝為山陽公，篡漢，自即皇帝位。都洛陽，國號魏，改元黃初。在位六年卒，謚曰文帝。丕性好文學，雖居要位，並不廢業。博聞強識，以著作為務。所著有《典論》及詩賦百餘篇。像《典論》那樣的著作，是同時的詩人們所不敢輕於問鼎的。特別關於論文得失，臧否人物的一方面。他的詩，與操詩風格大不相同。操的詩始終是政治家的詩，丕的詩則完全是詩人的詩，情思婉約悱惻，能移人意，卻缺乏著剛勁猛健的局調。五言詩到了他的時代，方才開始脫離樂府的束縛。子恆的《雜詩》諸作，都是用王方體寫的。《雜詩》二首，其情韻尤為獨勝：「漫漫秋夜長，烈烈北風涼。展轉不能寐，披衣起徬徨。徬徨忽已久，白露沾我裳。俯視清水波，仰看明月光。天漢回西流，三五正縱橫。草蟲鳴何悲，孤雁獨南翔。」但我們如仔細一讀，便可見這些雜詩完全是模擬著《古詩十九首》的；不唯風格相類，即情調亦極相似。陸機等的此類的詩，直題之曰《擬古》，子恆則僅稱「雜詩」，其實也是「擬詩」之流。子桓的四言調，其情調也很婉曲。像《短歌行》，孟德的同名的一篇，如風馳雲奔，一氣到底，子桓之作則宛轉哀鳴，孺慕正深，極力的寫著：「其物如故，其人不存」的悲感。孟德雄莽，雜言無端，僅以壯氣貫串之而已，子桓則結構精審，一意到底；這確是大為進步之作品。又他的《善哉行》，只是感到「人生如寄」，便想起不必自苦，還是及時行樂，「策我良馬，被我輕裘。載馳載驅，聊以忘憂」，和孟德「周公吐哺」云云的情調已大異了。子恆更有數詩，與當時流行的詩體不大相類；如《燕歌行》則為七言，《寡婦》則為楚歌體。但其風調則始終是娟娟媚媚的。像《燕歌行》：「秋風蕭瑟天氣涼，草木搖落露為霜。……賤妾煢煢守空房，憂來思君不敢忘。……明月皎皎照我床。星漢西流夜未央，牽牛織女遙相望。爾獨何辜限河梁。」在無數的思婦曲中，這一首是很可以占一個地位的。《寡婦》的背景也在秋冬之交，「木葉落兮淒淒」之時。這時是最足以引起悲情的。《寡婦》之作原為傷其友人阮瑀之妻。當時風尚，每一詩題，往往有多人同時並作。故後來潘岳作《寡婦賦》，其序便假託的說道：「阮瑀既沒，魏文悼之，並命知舊作寡婦之賦。」

二　曹植的詩歌之旅：從公子風華到悲憤之音

曹植字子建，丕弟。少即工文。黃初三年，進侯為鄄城王，徙封東阿，又封陳。明帝太和六年卒，年四十一。謚曰思（192～232）。有《陳思王集》。植才大思麗，世稱繡虎。謝靈運以為天下才共一石，陳王獨得八鬥。論者也以為「其作五色相宣，八音朗暢」，為世所宗。植當建安、黃初之間，境況至苦。曹丕本來很猜忌他，到了丕一即位，便先剪除植的餘黨。植當然是很不自安的。自此以後，便終生在憂讒畏譏的生活中度過。他不得不懍懍小心，以求無過，以免危害。他本是一個詩人，情感很豐烈的，遭了這樣一個生活，當然要異常的怨抑不平的了。而皆一發之於詩。故他的詩雖無操之壯烈自喜，卻較操更為蒼勁；無丕之嫵媚可喜，卻較丕更為婉曲深入。孟德、子桓於文學只是副業，為之固工，卻不專。仲宣、公幹諸人，為之固專，而才有所限，造詣未能深遠。植則專過父兄，才高七子。此便是他能夠獨步當時，無與抗手的原因。

他的詩可劃成前後二期。前期是他做公子哥兒，無憂無慮的時代的所作；其情調是從容不迫的，其題材是宴會，是贈答：別無什麼深意，只是為做詩而做詩罷了。像《箜篌引》：「置酒高殿上，親友從我遊。中廚辦豐膳，烹羊宰肥牛。秦箏何慷慨，齊瑟和且柔。」像《名都篇》：「名都多妖女，京洛出少年。寶劍值千金，被服麗且鮮。」像《公宴》：「公子敬愛客，終宴不知疲。清夜遊西園，飛蓋相追隨。」像《侍太子坐》：「白日曜青春，時雨靜飛塵。寒冰闢炎景，涼風飄我身。」都只是從容爾雅的陳述，無繁弦，無急響。又像：「歡怨非貞則，中和誠可經」；「狐白足禦寒，為念無衣客」；「君子通大道，無願為世儒」的云云，也都是公子哥兒所說的話。

到了後期，植已飽嘗了煮豆然萁之痛，受盡了憂讒畏譏之苦，他的情調便深入了，峭幽了，無復歡愉之音，唯見哀愁之嘆。他的文筆也更精練，更蒼勁了，不再是表面上的浮豔，而是骨子裡的充實。他的精光，愈是內斂，他的文彩，愈見迫人。一個詩人是什麼也藏不住的；心中有了什麼，便非說出來不可；便非用了千百種的方式，說了出來不可。李後主高唱著：「無限江山，別時容易見時難」，子建便也高唱著：「本是同根生，相煎何太急！」這一類的詩，《子建集》中很不少，像「吁嗟此轉蓬，居世何獨然。長去本根逝，夙夜無休閒。……飄颻周八澤，連翩歷五山。流轉無恆處，誰知我苦艱。願為中林草，秋隨野火燔，糜滅豈不痛，願與根荄連。」（《吁嗟篇》）將他的「轉蓬」似的身世寫得異常的沉痛。然而「根荄」相連的「同生」之感，始終是離棄不了的。而《贈白馬王彪》一篇更簡直痛痛快快的破口了：「意毒恨之……憤而成篇」。

玄黃猶能進，我思鬱以紆。
鬱紆將何念，親愛在離居。

本圖相與偕，中更不克俱。
鴟梟鳴衡軛，豺狼當路衢。
蒼蠅間白黑，讒巧反親疏。
欲還絕無蹊，攬轡止踟躕。
踟躕亦何留！相思無終極。

這些，已盡可見子建的悲憤的心懷了；持比較煮豆然萁之作：「煮豆持作羹，漉豉以為汁。萁在釜下燃，豆在釜中泣。本是同根生，相煎何太急！」則「同根生」之語，似猶未免過於淺薄顯露，不似子建的口吻（按此詩本集不載，僅見《世說新語》，或不是子建所作。）

建安之世，擬《古詩十九首》等作的風氣甚盛，類皆題著「雜詩」之名。植亦有這樣的雜詩數首，「去去莫復道，沉憂令人老」諸語，當系脫胎於「棄捐勿復道」諸詩的。植寫樂府，也有一部分是利用著或襲用著古代的題材與作風的，例如《美女篇》，便顯然是脫胎於《羅敷行》的。「頭上金爵釵」諸語，形容美女裝飾，與「頭上倭墮髻」諸語之形容羅敷是無所異的，「行徒用息駕，休者以忘餐」與「行者見羅敷，下擔捋髭鬚。少年見羅敷，脫帽著帩頭。耕者忘其犁，鋤者忘其鋤。」，也沒有什麼不同。唯後半篇主意略異耳。《七哀詩》作者不少，植亦作有一篇。「明月照高樓，流光正徘徊」，一開頭便是一篇絕妙好辭。全篇情調則大似擬古的《雜詩》中的一篇。「願為西南風，長逝入君杯」，與《四坐且莫喧》的「從風入君懷」是顯然的同調。

三　建安七子與曹植：詩歌與文學的輝煌時代

建安時代之才士，集合於曹氏父子兄弟的左右者，有所謂「七子」的。魯國孔融文舉、廣陵陳琳孔璋、山陽王粲仲宣、北海徐幹偉長、陳留阮瑀元瑜、汝南應瑒德璉、東平劉楨公幹。這七人以外，更有：應瑒、楊修、吳質，繁欽，路粹、丁儀，丁廙等，也俱是時之才人。曹氏父子既好士能文，又善於評騭高下。故人才號稱最多。吳、蜀之地，本為古代文人之鄉者，這時卻反寂寂無聞，僅能仰望光芒萬丈的鄴都而興「才難」之嘆耳。七子之稱，始於曹丕。丕在《典論》上說道：

> 斯七子者，於學無所遺，於辭無所假。咸以自騁驥騄千里，仰齊足而並馳。以此相服，亦良難矣。蓋君子審己以度人，故能免於斯累，而作論文。王粲長於辭賦，徐幹時有齊氣，然粲之匹也。如粲之《初征》、《登樓》、《槐賦》、《征思》，幹之《玄猿》、《漏卮》、《圓扇》、《橘賦》，雖張、蔡不過也。然於他文未能稱是。琳、瑀之章表書記，今之雋也。應瑒和而不壯，劉楨壯而不密。孔融體氣高妙，有過人者。然不能持論，理不勝辭，至於雜以嘲戲，及其所善，揚、班儔也。

他的批評，頗稱的當。在七子之中，粲、幹皆以賦見長；琳、瑀則以章表書記見多。孔融為孔子之後，少有重名，舉高第，為侍御史。嘗與曹操爭議，為操所殺。融所作頗多，有集十卷。今所存的五言詩，像「遠送新行客，歲暮乃來歸。入門望愛子，妻妾向人悲。……孤墳在西北，常念君來遲。褰裳上墟丘，但見蒿與薇。白骨歸黃泉，肌體乘塵飛。生時不識父，死後知我誰。」（《雜詩》）其悲感發於真情，不能自已，故特別的深摯動人。

王粲，山陽高平人。有異才。漢獻帝西遷，粲亦徙居長安。後之荊州依劉表。表卒，曹操闢為丞相掾。賜爵關內侯，拜侍中。建安二十二年卒。有集。粲長於辭賦，《登樓賦》尤為人所稱。然四五言詩則不甚好，其歌功頌德的樂府不必說，即贈《蔡子篤詩》，《贈士孫文始》，以及《思親詩》、《公宴詩》諸作，也皆傷於平鋪直敘，缺乏情致。唯《七哀詩》三首，為未遇時所作，頗多傷感的氣氛，大似他的《登樓賦》。「荊蠻非吾鄉，何為久滯淫」，他久已有赴中原之志了。天下喪亂，人不能顧其家。仲宣為了避難求遇之故，乃棄鄉南去。不料仍是不遇，且又遇亂，所以益生悲嘆。「詩窮而後工」。仲宣這時方窮，故其詩也不復見淺率。陳琳廣陵人，避難冀州。袁紹使典文章，曾為紹作討曹操檄，天下傳誦。及袁氏敗，琳又投於操。操卻善待之，使他與阮瑀並為司空軍謀祭酒，管記室。軍國書檄多琳、瑀所作。徙門下督。有集十卷。琳不以善詩名，然所作卻很不弱，惜他的詩傳於今者太少耳。徐幹，北海人，為司空軍謀祭酒椽屬，五官中郎將文學。幹的詩，善作情語；即《答劉楨詩》也有：「與子別無幾，所經未一旬，我思一何篤，其愁如三春，雖路在咫尺，難涉如九關，陶陶朱夏別，草木昌且繁。」之語。他的《情詩》：「君行殊不返，我飾為誰榮？爐薰闔不用，鏡匣上塵生。綺羅失常色，金翠暗無精。嘉餚既忘御，旨酒亦常停。顧瞻空寂寂，唯聞燕雀聲。憂思相連屬，中心如宿酲。」寫得殊真率盡致。《室思》六首，也都是同樣的戀歌的調子；第三首：「自君之出矣，明鏡暗不治」諸句，後人擬作者極多，成了一個很流行的體制。劉楨，東平人，曹操闢為丞相椽屬。曹丕嘗宴諸文學。酒酣，命夫人甄氏出拜。坐中咸伏，楨獨平視。操聞之，不悅，乃收治罪。減死，輸作署吏。建安二十二年卒，有集四卷。曹丕道：「公幹有逸氣，但未遒耳。至五言詩之善者，妙絕時倫。」然楨詩今存者不多。「豈不罹凝寒，松柏有本性」，平視的氣概，躍然如見！阮瑀字元瑜，陳留人。少受學於蔡邕。曹操辟為司空軍謀祭酒，管記室。後為倉曹椽屬。建安十七年卒，有集五卷。瑀詩也是很質實的，並無浮辭豔語。其《駕出北郭門行》，甚似古樂府中的《孤兒行》及《婦病行》。應瑒，汝南人，漢泰山太守劭之從子。曹操避為丞相椽屬，轉平原侯庶子。後為五官中郎將文學。建安二十二年卒，有集二卷。瑒詩存者不多，俱傷平凡。

應璩為應瑒弟，不在七子之列。他博學好屬文，明帝時，歷官散騎常侍。曾為詩以諷曹爽。後為侍中，典著作。嘉平四年卒，有集十卷。璩所作以《百一詩》為最著。所謂「百一」者，義頗晦，解者因之而多。《丹陽集》說：「璩為爽長史，切諫其失如此，所謂百一者，庶幾百分有一補於爽也。」（此解亦見《文選・五臣注》引《文章志》。）《樂府廣題》則以為：「百者數之終，一者數之始。士有百行，終始如一者，以一士行而言也。」《七志》云：以百言為一篇者，以字數而言也。」此數說俱未允。百字之說更非。因《百一詩》今存五篇，每篇只有四十字，並無至百字以上者。據今存者而論，如「下流不可處，君子慎厥初」，諸首都並不高明。鍾嶸《詩品》以陶潛詩出於應璩，頗引起世人的駭怪。然璩詩本多，《唐書・藝文志》載璩《百一詩》，有八卷之多。李充《翰林論》說璩作五言詩百數十篇，孫盛也說璩作詩百三十篇。或者璩詩果有與淵明詩情調相似處，可惜已不可得見。

繁欽字休伯，機辨有文才，少得名於汝、潁間。為丞相主簿。建安二十三年卒。欽詩不甚為人所稱，然其造詣卻在粲、幹以上。如《定情詩》之類，實可登曹氏之堂：

我既媚君姿，君亦悅我顏。何以致拳拳？綰臂雙金環。
何以致殷勤？約指一雙銀。何以致區區？耳中雙明珠。
何以致叩叩？香囊系肘後。何以致契闊？繞腕雙條脫。

何以結恩情？佩玉綴羅纓。何以結中心？素縷連雙針。
何以結相於？金薄畫搔頭。何以慰別離？耳後玳瑁釵。
何以答歡忻？紈素三條裙。何以結愁悲？白絹雙中衣。
與我期何所？乃期東山隅。日旰兮不來，谷風吹我襦。
遠望無所見，涕泣起踟躕。……
日暮兮不來，淒風吹我襟。望君不能坐，悲苦愁我心。
愛身以何為，惜我華色時。

正是張衡的《四愁》的同類。應瑗有集十卷，今不傳。五言詩僅有一首，題《雜詩》，見於《初學記》，頗近民間的歌謠：「貧子語窮兒，無錢可把撮。」繆襲字熙伯，東海蘭陵人。有才學，多所敘述。闢御史大夫府。歷事魏四世。官至侍中尚書光祿勛。正始六年卒。襲詩有《魏鼓吹曲》十二首，皆敘述魏曹諸帝的功德者。此種宮廷詩人所作的頌詩，當然不會有什麼可觀的。

魏與西晉的詩人

本章將探討魏與西晉時期的詩人，這個時期有著豐富多彩的文學創作和詩歌交流。

一、建安後的詩人與竹林七賢

我們將從建安後期開始，探討這一時期出現的詩人，特別關注竹林七賢，了解他們的詩歌風格和思想。

二、太康時代的五言詩詩人

這一節將介紹太康時代的五言詩詩人，他們在詩歌創作方面取得了重要的成就，並對後來的文學產生了深遠影響。

三、晉代文士與詩詞交流：太康詩人及其他

最後一節將討論晉代文士之間的詩詞交流，尤其是太康詩人。我們將了解他們如何相互影響，並探討其他晉代詩人的作品。

這一章將帶領我們深入了解魏與西晉時期的詩人和詩歌創作，探討他們的文學成就以及詩詞交流對當時文學界的影響。

一 建安後的詩人與竹林七賢

繼於建安之後的是一個更熱鬧的詩人的時代。建安七子中像孔、陳、阮諸人，他們並不以作詩為業；但到了黃初以後，專業的詩人們便漸漸的多起來了。因了曹氏父子兄弟的提倡與感化，久已消歇的詩思，至此乃蓬蓬勃勃，呈現著如火如荼之觀；曆數百年而未中衰。他們的作風雖各不同，然阮、嵇諸作，信筆皆有雋氣，左延年的樂府，何晏的諸詩也都很可注意。他們一面承襲了初期的高邁，一面開啟了西晉的清雋；一面結束了七子的複雜的風格，一面關殖了陸、張、潘、左的工力深厚的詩業。

何晏字平叔，南陽宛人。娶魏帝女。然曹丕不甚信任之。黃初之際，未見有所事任。正始中，曹爽乃用他為中書，主選舉。宿舊多得濟拔。為司馬氏所殺。有《論語集解》十卷，《老子道德論》二卷，集十一卷。五言詩今存二首。在這二首中，頗可見出晏的真實的情緒來。《名士傳》載：「是時曹爽輔政，識者慮有危機。晏有重名，與魏姻戚，內雖懷憂而無復退也。著五言詩以言志。」擬古與「失題」的一首，所寫的完全是這種憂懼的心理。「常恐入網羅，憂禍一旦並。豈若集五湖，順流唼浮萍」，然而他雖欲如此，已是不可能的了。

左延年未知其裡名。《晉書·樂志》僅載其在黃初中以新聲被寵。他的《從軍行》雖為不全的殘作，卻已可見出是未必較杜甫、白居易諸同類的作品低劣的。「苦哉邊地人，一歲三從軍。三子到敦煌。二子詣隴西。五子遠鬥去，五婦皆懷身。」(下闕) 其《秦女休和》一篇，尤為敘事詩中的偉作；平平淡淡的寫來，樸樸質質的寫來，不必需要什麼繁辭華語，而好處自見：

步出上西門，遙望秦氏廬。
秦氏有好女，自名為女休。
休年十四五，為宗行報仇。
左執白楊刃，右據宛魯矛。
仇家便東南，僕僵秦女休。

嵇康字叔夜，譙國銍人。好言老、莊而尚奇任俠。寓居山陽。家貧，鍛以自給。與魏宗室婚，拜中散大夫。山濤為吏部，舉康自代。康答書頗詆訶之。當時司馬氏的權勢日甚，略略有遠見的人，皆已見禍至之無日，特別是與曹魏有關係的人。嵇康雖極力的頹唐自廢，終於不能自免。景元三年，康被司馬昭以細故殺之。有集十五卷。康在獄中時，曾作《幽憤詩》以見志。孫登對嵇康道：「子才多識寡，難乎免於今之世也。」康臨刑時，索琴彈之曰：「《廣陵散》自此絕矣！」康的詩，以四言為最多，且最好。陶潛的四言詩便頗似他的。他的《贈秀才入軍詩》十九首，很有幾首是極為雋妙的。四言詩的生命，已中絕了很久，想不到在建安、正始之時乃走上了中興之運，且有了很偉大的作家，如曹氏父子與嵇康。康的四言像「春木載榮，布葉垂陰。習習谷風，吹我素琴」；「目送歸鴻，手揮五絃。俯仰自得，遊心太玄」，如珠的好句，都是未之前見的。此種韶秀清玄的風格，也是未之前見的。在嵇康之後，在思想上固另闢了一條老莊的玄超的大路，一脫漢儒的陰陽五行，凡近實踐的淺陋；在詩歌上也別有了一條高超清雋的要道，一洗漢詩乃至建安詩中的淺近的厭世享樂的思想。在這一方面，康的《雜詩》與《遊仙詩》是很可以表現出這個新傾向來的。「遙望山上松，隆谷鬱青蔥。自遇一何高，獨立迥無雙。願想遊其下，蹊路絕不通。王喬棄我去，乘雲駕六龍。飄颻戲玄圃，黃老路相逢。授我自然道，曠若發童蒙。」（《遊仙詩》）

阮籍字嗣宗，陳留尉氏人，瑀之子。容貌瑰傑，志氣宏放。初闢太尉掾，進散常侍。司馬昭欲為其子炎求婚於籍。籍大醉六十日，不得言而止。後引為從事中郎。籍聞步兵廚多美酒，遂求為步兵校尉。縱酒昏酣，遺落世事。又對人能為青白眼。由是禮法之士深所仇疾。卻賴司馬昭常保持之。有集十三卷。嵇康與籍同為時人所疾，然康死而籍卻全，此中訊息當然是有關於政治的內幕的。籍的五言詩，有《詠懷》八十二首，其成就極為偉大。姑舉數首：

夜中不能寐，起坐彈鳴琴。薄帷鑒明月，清風吹我襟。
孤鴻號外野，翔鳥鳴北林。徘徊將何見？憂思獨傷心。
嘉樹下成蹊，東園桃與李。秋風吹飛藿，零落從此始。
繁華有憔悴，堂上生荊杞。驅馬舍之去，去上西山趾。
一身不自保，何況戀妻子。凝霜被野草，歲暮亦雲已。
灼灼西頹日，餘光照我衣。迴風吹四壁，寒鳥相因依。
週週尚銜羽，蛩蛩亦念饑。如何當路子，磬折忘所歸？

豈為誇譽名，憔悴使心悲。寧與燕雀翔，不隨黃鵠飛。
黃鵠遊四海，中路將安歸。

這八十二首的《詠懷詩》，作非一時，詠非一意，故我們只能將他們作八十二首詩看。其中有很高妙的詩篇，卻也有些質實無情趣的東西。「登高眺所思，舉袂當朝陽」，「揮褶無長劍，仰觀浮雲征」。在無數的悲憤詩，「士不遇賦」以及「人生幾何」的篇什裡，我們第一次見到那麼高邁可喜的名句，這實足以使我們心目為之一清新，為之一震撼的。在過於樸實的無玄想的，囿於現實的境地裡的作品中，忽然遇見了像籍的：「天地解兮六合開，星辰隕兮日月頽。我騰而上將何懷！」（《大人先生歌》）當然會很清警的遊心於別一個天地之中的。籍與嵇康、劉伶等七人常作竹林之遊，世目之為「竹林七賢」。努力於打破禮法的運動；以疏狂自放於物外。這種疏狂的行動，超於物外的主張，打破禮法的運動，不僅僅是如向來的見解所謂為了避世免禍之故的吧。這其間是具有更深厚的意義的。恰當於漢末「孝廉」掃地之時，曹操本身是個「孝廉」出身的，且憤然的要舉異才高能之士，不孝不義，為鄉黨所棄者與之同事；孔融也高唱著「非孝」之說。雖然許多儒家學說的擁護，還在竭力的攻擊這些非毀禮教，放蕩不羈的人物，然禮教的本身以及儒道的瑣碎禁忌的規律，已完全被時代所破壞了。一方面是佛教的輸入，給老、莊以一個新的同感，一方面政治的紛擾，需要的不是孝廉清謹之人士。於是疏於禮法的，便更要以此自己標榜著了。自王（弼）、何（晏）以至竹林七賢，幾乎都是這一派的人物。阮籍、這伶便是其中最著的代表人。

這時的詩人，尚有郭遐周，郭遐叔兄弟及阮侃，皆與嵇康相贈答。二郭未知其裡居。遐周贈康之作凡三首，皆傷於平衍質實，無足稱道。阮侃字德如，尉氏人。有俊才而飭以名理，風儀雅緻，與嵇康為友。仕至河內太守。他有《答嵇康詩》二首。

在此，還應一敘吳、蜀的作家們。韋昭作《吳鼓吹曲》十二曲，敘孫氏的祖德，只是廟堂之樂，在文學上無甚可稱。昭字弘嗣，吳郡雲陽人。少好學，能屬文。仕孫吳，官至中書僕射。為孫皓所殺。有《國語注》二十二卷，今存。

諸葛亮字孔明，琅邪陽都人。仕蜀，封武鄉侯，領益州牧。死謚忠武侯。有集二十五卷，《論前漢事》一卷，《集誡》二卷，《女戒》一卷。《論前漢事》等作皆不傳。史稱亮未遇時，躬耕隴畝，好為《梁甫吟》。《梁甫吟》今傳一首。「步出齊城門，遙望蕩陰裡。裡中有三墳，纍纍正相似。問是誰家墓？田疆古冶子。」只是一首很平常的詠史詩。

秦宓有《遠遊》一詩：「遠遊何所見？所見邈難紀。巖穴非我鄰，林麓無知己。虎則豹之兄，鷹則鷂之弟，困獸走環岡，飛鳥驚巢起。」頗具稚氣，難稱名篇。宓字子敕，廣漢綿竹人。劉備平蜀，以為從事祭酒。後為大司農。

二 太康時代的五言詩詩人

黃初、正始之後，便來了太康時代。司馬氏諸帝，雖非文人，且也非文人的衛護者，然而五言詩的成就，已臻於最高點，雖政局時時變動，文人多被殺害，終無損其發展。在秦漢久已蟄伏不揚的詩思，經過了建安諸曹的喚醒，便一發而不可復收了。三張，二傅，兩潘，一左，相望而出，詩壇上現著極燦爛的光明。即在建安、正始時代寂無聲息的東吳，這時也出現了陸氏兄弟。鍾嶸說道：「太康中，三張二陸兩潘一左，勃爾復興，……亦文章之中興也。」五言詩體到了這時，已成為文壇的中心，詩體的正宗，正如《詩經》時代之四言，《楚辭》時代之騷賦。故陸張潘左諸詩人，皆可直謚之曰：五言詩人。

三張者：張華，張載，張協；二傅者：傅玄，傅咸；兩潘者：潘尼，潘岳；二陸者：陸機，陸雲；一左者，左思。張華字茂先，范陽人。晉武帝受禪，以他為黃門侍郎。以力贊伐吳功，封廣武侯，遷尚書。後進為侍郎中中書監。盡忠匡輔，加封為公。元康六年拜司空。以與趙王司馬倫及孫秀有隙，被他們所害。有《博物誌》十卷，集十卷。華博學強記，當世無倫；歷居要位，自身又是一位詩人，故對於文人們極為維衛。太康文學之盛，他是很有功績的。關於他，頗有些不根的神話，像豐城劍氣之類的傳說。華的詩，鍾嶸頗貶之，以為「置之中品疑弱，處之下科恨少，在季孟之間矣。」其實，《詩品》的三品之分，本極可笑。華雖未必及陳王，至少可追仲宣。仲宣則列上品，茂先則並中品而不逮，何故？嶸又說：「其體華豔，興託不奇。巧用文字，務為妍冶。雖名高曩代，而疏亮之士，猶恨其兒女情多，風雲氣少。謝康樂云：『張公雖復千篇，猶一體耳。』」然華詩實能以平淡不飾之筆，寫真摯不隱之情。像他的《門有車馬客行》：「門有車馬客，問君何鄉士？捷步往相訊，果是舊鄰里。語昔有故悲，論今無新喜。」明白暢達，意近情深，這一類的詩，絕不是謝靈運他們所能賞識的。他的《情詩》「居歡惜夜促，在戚怨宵長。拊枕獨嘯嘆，感慨心內傷；」「巢居知風寒，穴處識陰雨。不曾遠別離，安知慕儔侶」等等也都是很佳妙可喜的。他所作，意未必曲折，辭未必絕工，語未必極新穎，句未必極穠麗，而其情思卻終是很懇切坦白，使人感動的。

張載字孟陽，安平人。博學有文章。起家佐著作郎。累遷弘農太守。長沙王乂請為記室督。拜中書侍郎。復領著作。稱疾歸卒。有集七卷。載詩在三張之中，最為駑下，他沒有深摯的詩情，也沒有穠麗的詩語。如他所擬的《四愁詩》四首，較之張衡的原作來，真要形穢。

張協字景陽，載弟，齊名於時。避公府掾，轉祕書郎。累遷中書侍郎，轉河間內史。時當諸王相攻，天下喪亂。協遂屏諸草澤，以屬詠自娛，不復出仕。終於家。有集四卷。他富於詩才，不唯高出於兄，且也過於茂先。鍾嶸《詩品》列之於上品，並論他道：「文體華淨，少病累。又巧構形似之言，雄於潘岳，靡於太仲。風流調達，實曠代之高手。調采葱菁，音韻鏗鏘，使人味之亹亹不倦。」所作存者，僅《雜詩》十一首，《詠史》一首，《遊仙詩》半首而已。茲錄其《雜詩》一首於下：

秋夜涼風起，清氣蕩暄濁。蜻蛚吟階下，飛蛾拂明燭。
君子從遠役，佳人守煢獨。離居幾何時，鑽燧忽改木。
房櫳無行跡，庭草萋以綠。青苔依空牆，蜘蛛網四屋。
感物多所懷，沉憂結心曲。

傅玄字休奕，北地泥陽人。博學善屬文，舉秀才。晉王未受禪時，為常侍；及即位，進爵為子，並為諫官；後遷侍中，轉司隸校尉。免官卒於家。謚曰剛。有《傅子》百二十卷，集五十卷。玄詩，鍾嶸列之下品，與張載同稱，且還以為不及載。（嶸曰：孟陽乃遠慚厥弟，而近超兩傅）。實為未允。玄詩傳於今者，佳篇至多，至少是可以和陸機、張協、左思、潘岳諸大詩人分一席地的，何至連張載也趕不上呢！他的詩有絕為清俊，絕為秀麗可愛者，如《雜言》及《車遙遙篇》等：

雷隱隱，感妾心。傾耳清聽非車音。

——《雜言》

車遙遙兮馬洋洋，追思君兮不可忘。
君安遊兮西入秦，願為影兮隨君身。
君在陰兮影不見，君依光兮妾所願。

——《車遙遙篇》

玄子咸，字長虞。剛簡有大節，風格峻整，識性明悟，好屬文論。雖綺麗不足，而言成規鑒。潁川庾純嘗嘆曰：「長虞之文，近乎詩人之作矣。」襲父爵。官至司隸校尉。有集三十卷。咸《七經詩》今傳者凡六經，都不過是格言或集句而已。《與尚書同僚詩》諸作，也大半是韋孟《在鄒》之遺風，離開真正的詩人之作，實在過於遼遠。但像《愁霖詩》：「舉足沒泥濘，市道無行車。蘭桂賤朽腐，柴粟貴明珠。」其樸質無文的作風，卻不同於時流。

陸機、陸雲，並稱二陸。機字士衡，吳郡人，大司馬陸抗之子。少有奇才，領父兵為牙門將。吳亡，入洛。張華深賞其才華。趙王倫輔政，引為參軍。大安初，成都王穎等起兵討長沙王乂，假機後將軍，河北大都督。因戰敗為穎所殺。有集四十七卷。張華說他：「人之為文常恨才少，而子更患其多。」鍾嶸《詩品》，置他於上品，稱他說：「才高詞贍，舉體華美。氣少於公幹，文劣於仲宣。尚規矩，不貴綺錯，有傷直致之奇。然其咀嚼英華，厭飫膏澤，文章之淵泉也。」然就機現在所遺存的詩篇上看來，他未必便是「高才絕代」的一個詩人。他的詩只是圓穩華贍而已，並無如何的駿逸高朗之致，纏綿深情之感。《擬古詩》十餘首，如擬《明月何皎皎》等，情態雖畢肖，而藻飾已趨於麗。《猛虎行》諸作，宜可剛勁猋發，而亦乃靡弱工整，亦足見其才之所限。又如《為顧彥先贈婦》詩，宜可深婉悱惻，若不勝情，乃亦多泛泛之言。唯他《贈顧彥先》一作，雖僅存四語，卻頗可注意：「清夜不能寐，悲風入我軒。立影對孤軀，哀聲應苦言。」所創造的詩境乃是同時代的作品中所少見的。

陸雲字士龍，少與兄機齊名。吳平，偕機同入洛。後成都王司馬穎表他為清河內史。機為穎所殺，雲亦遭害。有《陸子新書》十卷。雲在文藻方面，不能如機之繽紛，他的詩篇，更多冗長庸腐之作，如《大將軍宴會被命作詩》等四言。唯《谷風》一作，殊為清雋，頗像陶淵明的篇什。

論者評潘岳、潘尼，每以岳為高出於尼遠甚。實則嶽唯哀悼之詩最為傑出耳。岳字安仁，滎陽中牟人。姜姿儀，少時每出，婦人擲果滿車。善屬文，清綺絕世。舉秀才為郎。後遷給事黃門侍郎。素與孫秀有隙。及趙王司馬倫輔政，秀遂誣岳與石崇為亂，殺之。有集十卷。鍾嶸《詩品》謂：「《翰林》嘆其翩翩然如翔禽之有羽毛，衣服之有綃縠，猶淺於陸機。謝混云：潘詩爛若舒錦，無處不佳。陸文如披沙簡金，往往見寶。嶸謂：益壽輕華，故以潘為勝。《翰林》篤論，故嘆陸為深。余常言：陸才如海，潘才如江。」岳時有深情之作，故辭不求工而自工，不像陸機之情浮意淺，獨賴綺辭以掩其浮淺。像嶽的《悼亡詩》，陸機集中是不會有的。《哀詩》雖若曠達，實則悲緒更為深摯。「堂虛聞鳥聲，室暗如日夕」（《哀詩》），這類的詩句取之於當前而不是出之以鍛鍊的。潘尼字正叔，舉秀才，為太常博士。後齊王冏起義兵，引尼為參軍。事平，封安昌公，歷中書令。永嘉中遷太常卿。有集十卷。尼詩，今存者多為應制及贈答，無多大的作用。

左思字太沖，齊國臨淄人。徵為祕書郎。齊王司馬冏起義兵，引尼為參軍命他為記室。辭疾不就。因得以疾終於家。當時諸王爭權，日尋兵戈，陸、潘諸賢，皆不得免，唯思見機，得以善終。有集五卷。鍾嶸《詩品》列思於上品。他說：「文典以怨，頗為精切，得諷諭之致。雖野於陸機，而深於潘岳。謝康樂嘗言：左太沖詩，潘安仁詩，古今難比。」沈德潛頗不以他此言為然，以為：「鍾嶸評左詩，謂野於陸機而深於潘岳，此不知太沖者也。太沖胸次高曠，而筆力又復雄邁。陶冶漢、魏，自制偉詞，故是一代作手。豈潘、陸輩所能比埒。」德潛之推尊太沖，並非無故。太康之詩，大都辭有餘而意不足，文深而情淺，乏勁蒼之力，而多藻飾之功。即陸機、潘岳也都不免此譏。獨思之作，辭意並茂，肉骨皆雋，情固高曠不群，力亦健俊莫追。太康之際，實罕其儔。「一代作手」之稱，誠當舍潘、陸、張、傅而推思。思之所作存者不多，卻沒有一首不是很雋好的。他的《悼離贈妹詩》凡二首，雖運以四言，而深情轉暢：「以蘭之芳，以膏之明，永去骨肉，內充紫庭。至情至念，唯父唯兄。悲其生離，泣下交頸。」「將離將別，置酒中堂。銜杯不飲，涕洟縱橫。會日何短，隔日何長！仰瞻曜靈，愛此寸光。」（第二）太沖與妹素友愛，妹亦有文彩，乃被招入宮，生離亦同死別。「此其悼離」之情，所以更與尋常之別不同。他更具豪邁不群之氣概，高曠難及的意緒。我們一讀他的《詠史》、《雜詩》、《招隱》諸作，未有不為其傲倔之風格所動的。此種風格，在五言詩裡，曹操以外，唯太沖具之耳。

弱冠弄柔翰，卓犖觀群書。著論準過秦，作賦擬子虛。
邊城苦鳴鏑，羽檄飛京都。雖非甲胄士，疇昔覽穰苴。
長嘯激清風，志若無東吳。鉛刀貴一割，夢想騁良圖。

左眄澄江湘，右眄定羌胡。功成不受爵，長揖歸田盧。

——《詠史》

皓天舒白日，靈景耀神州。列宅紫宮裡，飛宇若雲浮。
峨峨高門內，藹藹皆王侯。自非攀龍客，何為歘來遊。
被褐出閶闔，高步追許由。振衣千仞崗，濯足萬里流。

——《詠史》

他的《詠史詩》並非專詠一人一事者，只是借歷史上的人物以抒己懷而已。「振衣千仞崗，濯足萬里流」，其雄氣是足吞數十百輩小詩人於胸中，曾不芥蒂的。

思妹名芬，即被徵入宮者。少好學，善綴文。武帝聞而納之。泰始八年，拜修儀，後為貴嬪。姿陋無寵，唯以才德見禮。她的詩存者僅二首，其中一首《感離詩》，即答思《悼離贈妹》之作者。雖文藻非甚麗，卻也是至情流露之作。

三　晉代文士與詩詞交流：太康詩人及其他

太康詩人，還不止三張、兩傅、二陸、一左、兩潘十人而已。荀勖字公曾，潁川人。初闢曹爽掾，晉武帝受禪，領著作祕書監，封濟北郡公。太康中遷尚書令。成公綏字子安，東郡白馬人。少有俊才，詞賦甚麗。張華雅重綏，薦為太常博士，遷中書郎，泰始九年卒。嵇喜字公穆，譙國銍至人，嵇康之兄。入晉拜揚州刺史，遷太僕宗正。嵇康子紹，字延祖，亦能詩，甫十歲而康死，事母孝謹。仕至散騎常侍。晉惠帝敗於蕩陰，百官左右皆奔，唯紹不去，以身衛帝，遂以見害。嵇含字君首，紹從子。以家於鞏縣亳丘，自號亳丘子。舉秀才，除郎中。惠帝時，官至平越中郎將，廣州刺史。程曉字季明，為昱之孫。嘉平中為黃門侍郎，遷汝南太守，有集二卷。曉常與傅玄贈答，其《嘲熱客》一作，卻多俚語俗言，與時流之競為典雅艱深之語者有殊。可算是古代詼諧之作中很重要的一個篇什：

平生三伏時，道路無行車。閉門避暑臥，出入不相過。
今世褦襶子，觸熱到人家。主人聞客來，顰蹙奈此何。
謂當起行去，安坐正諮嗟。所說無一急，沓沓吟何多！
疲倦向之久，甫問君極那。搖扇髀中疾，流汗正滂沱。
莫謂為小事，亦是一大瑕。傳戒諸高明，熱行宜見呵。

棗據字道彥，潁川長社人，善文辭。賈充伐吳，請為從事中郎。軍還，徙黃門侍郎，太子中庶子，卒。摯虞字仲治，京兆長安人。才學通博。舉賢良。官至光祿勛太常卿。世亂年荒，虞竟以餒卒。虞所著述甚富，有《三輔決錄注》七卷，《文章流別志論》二卷集十卷。束皙字廣微，陽平元城人，博學多聞。性沉退，不慕榮利。張華諸人闢之，為尚書郎。趙王倫欲請為記室，皙辭疾罷歸。皙以著《補亡詩》六首有名。司馬彪字紹統，晉之宗室。少薄行，為父所責，不得嗣爵。由是專精學習，博覽群籍。泰始中為祕書郎。後拜散騎侍郎。惠帝末卒。何劭字敬祖，陳國陽夏人，曾子。晉武帝踐阼，以他為散騎常侍；趙王倫篡位，以他為太宰。永寧元年卒。諡曰康。張翰字季鷹，吳郡人。有清才，縱任不拘。時人稱為江東步兵。齊王冏闢為東曹掾。在洛，見秋風起，思吳中菰飯、蓴羹、鱸魚膾，嘆曰：「人生貴得適意爾，何能羈宦數千里，以要名爵！」因作《思吳江歌》，命駕而返。夏侯湛字孝若，譙國人。幼有盛才，文章宏富。泰始中舉賢良，拜郎中。惠帝即位，湛為散騎常侍，元康初卒。王讚字正長，義陽人。博學有俊才。闢司空掾，歷散騎侍郎卒。孫楚字子荊，太原中都人。少負才氣，多所陵傲。初為石苞驃騎參軍，以不和去。後扶風王駿起為征西參軍。惠帝初拜馮翊太守卒。石崇字季倫，渤海人。年二十餘，為城陽太守。伐吳有功，封安陽鄉侯。累遷侍中。出為南中郎將，荊州刺史，領南蠻校尉。致富不貲。頗因此為人所側目。有愛妓綠珠，孫秀使人求之，不得。綠珠墮樓而死。崇亦因之被殺，且族其家。崇在當時，以豪富雄長於儕輩，儼然為一時文士的中心，其家金谷園每為詩人集合之所。崇自己也善於詩，其《王明君辭》尤有聲於世。又有《思歸引》、《思歸嘆》諸作，屢興「思歸引，歸河陽；假餘翼，鴻鶴高飛翔」、「感彼歲暮兮悵自愍，廓羈旅兮滯野都，願御北風兮忽歸徂」之思，然而他的地位卻已使他欲歸不得，終於及禍。曹攄字顏遠，譙國人。篤志好學，參南國中郎將，遷高密王左司馬。流人王道等侵掠城邑。遇戰，軍敗死之。更有郭泰機，河南人，與傅咸為友；鄭豐字曼季；孫拯字顯世，吳郡富春人；又夏靖諸人，皆與陸機、陸雲兄弟相贈答。其贈答諸詩，今並存於殘本《文館詞林》中。

最後，更應一提蘇伯玉妻的《盤中詩》。伯玉被使在蜀，久而不歸。其妻居長安，思念之，因作此詩。關於此詩時代，論者頗滋紛紜。馮唯訥的《古詩紀》，徑題為漢人作，固已有人紛紛駁之。《玉台新詠》次此詩於傅休奕詩後，則她當是太康之際的人物。此詩情意至為新雋：「當從中央週四角」一類的體裁，固鄰於遊戲，然殊無害於此詩的完美。

山樹高，鳥鳴悲。泉水深，鯉魚肥。
空倉雀，常苦饑。吏人婦，會夫稀。
出門望見白衣，謂當是而更非。
還入門，中心悲！
北上堂，西入階。急機絞，杼聲催。
長嘆息，當語誰。君有行，妾念之。
出有日，還無期。結巾帶，長相思。
君忘妾，天知之。妾忘君，罪當治。

漢、魏之際，智人頗喜弄滑稽，作隱語；若蔡邕之題《曹娥碑》後，曹操之嘆「雞肋」，成了一時的風氣，至晉未衰。由文字的離合遊戲，進一步而到了「當從中央週四角」一類的文字部位的遊戲，乃是極自然的趨勢。更進一步而到了蘇若蘭《迴文詩》的繁複的讀法，也是極自然的趨勢。

玄談與其反響

本章將探討玄談在漢代和晉代文化中的興起以及相關的反響。

一、漢代文化轉變：王充、玄談風氣和反對清議

我們將首先討論漢代文化轉變，特別關注王充和玄談思想的興起，以及對傳統清議的反對。

二、晉代名士的玄談風潮與反動

接著，我們將研究晉代名士如何參與玄談風潮，並討論反動力量的崛起，這些力量反對玄談的影響。

三、晉代名士與散文風潮的興起與轉變

最後，我們將探討晉代名士如何參與散文風潮的興起，並討論這一時期文化的轉變和發展。

這一章將幫助我們理解玄談思想在中國文化中的地位和影響，以及反對力量如何影響了文化發展。

一　漢代文化轉變：王充、玄談風氣、和反對清議

王充開始了對於古書的懷穎、問難之風。這把前漢若干年來的守一經、專一師的儒生們的迂狹可笑的觀念打得粉碎。自此以後，爭立某經或某師之說於學官的習慣便銷聲匿影。這持以較劉歆用盡大力以求立《左氏傳》於學官的事實，誠然是進步得很多了！以後，馬融、鄭玄們的解經，其心胸便闊大得多了。這樣的迂狹觀念的打破，乃是王、何、嵇、阮諸子的玄談的風氣之開創的遠因。

漢的時代，是以清議登庸學士文人的。「孝廉」之類，便是文人們出身的路階。最為世俗所豔稱的許武，不惜自汙以求其二弟的出仕的事，還算是較好的結果。其他以卑鄙作偽的手段而浪得浮名者更不知道有許多。所以遂生了「處士純盜虛聲」之嘆。曹操他自己也是一個「孝廉」出身。然到了他主政的時候，卻不惜再三再四的下令去求「得無有盜嫂受金而未遇，無知」的，「或負汙辱之名，見笑之行，或不仁不孝而有治國用兵之術」的賢士們。這種反動，是當然要有的。然幾百年來養成的臧否人物的「清議」，絕不是一二個人的命令所可得而挽回或消滅之的。而魏武所提倡的坦率不羈之風，遂反成為「清議」所羨稱的對象了。王、何諸子便在這樣的空氣裡以主持「清議」自居了。

再者，經典與章句之儒的拘束，幾百年來也夠使人討厭的了，遂有反抗的運動產生，專以談名理，講老、莊為業。恰好佛教哲學也輸入了。玄談之風，遂愈煽而愈烈。

二　晉代名士的玄談風潮與反動

我們懸想，那些名士們各執著麈尾，玄談無端，終日未已，或宣揚名理，臧否人物，相率為無涯岸之言，驚俗高世之行。彼此品鑒，互相標榜。少年們則發狂似的緊追在他們之後，以得一言為無上光榮。《世說新語》（卷二）裡嘗有一則故事，最足以見出他們那些人的風度來：

諸名士共至洛水戲。還，樂令問王夷甫曰：「今日戲，樂乎？」王曰：「裴僕射善談名理，混混有雅緻。張茂先論《史》、《漢》，靡靡可聽。我與王安豐說延陵、子房，亦超超玄箸。王武子、孫子荊各言其土地人物之美。王云：『其地坦而平，其水淡而清，其人廉且貞。』孫云：『其山嶵巍以嵯峨，其水渫而揚波，其人磊砢而英多。』」

《世說新語》又說：「裴郎作《語林》，始出，大為遠近所傳，時流年少，無不傳寫，各有一通。」這可見他們是如何成為流俗人的仰慕嚮往的中心。其結果，遂到了空談無聊，廢時失業。其熱中玄談的情形，竟至有如痴如狂之概：

孫安國往殷中軍許共語。……左右進食，冷而復暖者數四。彼我奮擲，麈塵尾毛悉隨落滿餐飯中。賓主遂至暮忘餐。

——《郭子》（《玉函山房輯逸書》本）

每個人略有才情的，便想做名士；一做名士，便曠棄世務，唯以狂行狂言為高。或腐心於片談，或視一言為九鼎，或故為坦率之行動，以自示不同於流俗。這樣的風氣一開，舉世便皆若狂人。當時守法拘禮的人們，當然要視他們為寇仇了。王孝伯嘗道：「名士不須奇才，但使常得無事，痛飲酒，讀《離騷》，便可稱名士也。」（見《郭子》）這是多麼刻骨的諷刺！便是本身善談名理的人物，像裴頠，便也引起反動了。頠字逸民，河東聞喜人，時人謂為「言談之林藪」。他深患時俗放蕩。「何晏、阮籍素有高名於世。口談浮虛，不遵禮法，尸祿耽寵，仕不事事。至王衍之徒，聲譽太盛，位高勢重，不以物務自嬰，遂相放效，風教陵遲。」（《晉書》卷三十五）乃著《崇有論》有釋其蔽。這篇大文章，關係很大，足以給當世崇尚老、莊虛無論者們以一個當心拳。他主張，「躬其力，任勞而後饗」。如「賤有，則必外形；外形，則必遺制；遺制，則必忽防；忽防，則必忘禮。禮制弗存，則無以為政矣。」然當時諸人則「立言藉於虛無，謂之玄妙；處官不親所司，謂之雅遠；奉身散其廉操，謂之曠達。故砥礪之風，彌以陵遲。……其甚者至裸裎，言笑忘宜。」更極力攻擊著老子的虛無論。「由此而觀，濟有者皆有也。虛無奚益於已有之群生哉！」頠的這些話足以代表了當時一大部分遠識中正之士的意見。然玄談之風已成，終於不能平熄下去。過江之後，此風猶熾。或以王、何之罪，上同桀、紂。晉之南渡，全為彼輩所造成。這話當然過於酷刻。然也足以見名士輩的翩翩自喜的風度是如何的足以引起反動。

三　晉代名士與散文風潮的興起與轉變

在政治上，王、何輩的玄談之風，或有一部分惡影響。然以社會、國家崩壞之罪孽全歸之他們，卻也未為持平之論。在散文壇上，則繼於步步拘束的無生氣的儒生的朽腐作風之後，而有了那麼坦率自然，放蕩不羈的許多東西出現，實是足令我們為之心目一爽的。這正如建安詩壇之代替是漢人的板澀無聊的辭賦一樣，玄談的風氣也扭轉了漢人的酸腐的作風，而回覆到恣筆自放，不受羈勒的自由境地上去。這時代的散文的成就，故是兩漢所未可同步的。

玄談始於王、何，而所謂「竹林七賢」者，更極推波助瀾之致。王弼、何晏皆生於漢、魏之際。晏字平叔，南陽宛人。文帝時拜駙馬都尉。後為吏部尚書，封關內侯，為司馬氏所殺。有《老子道德論》及《論語集解》等。他嘗祖述老、莊，為《無為》、《無名》之論。他說道：「天地萬物皆以無為為本。無也者，開物成務，無往不成者也。陰陽恃以化生，萬物恃以成形，賢者恃以成德，不肖恃以免身。」是所謂「無」者大有符咒似的作用在其中了。弼字輔嗣，山陽人。正始中為尚書郎，有《周易注》及《老子注》。他所論，存者皆為斷片；然像《戲答荀融書》：「夫明足以尋極幽微，而不能去自然之性」；《難何晏聖人無喜怒哀樂論》：「然則聖人之情，應物而無累於物者也。今以其無累，便謂不復應物，失之多矣。」這些話都是較何晏之僅以「無」字為論旨者遠為近情近理。他似只是主張著：純任天真，復歸自然的。

「竹林七賢」者，為山濤、阮籍、嵇康、向秀、劉伶、阮咸、王戎的七人。其中以嵇康、阮籍為最有文名。他們嘗為竹林之遊，世便稱之為「竹林七賢」。阮籍任性不羈。或閉戶視書，累月不出，或登臨山水，經日忘歸。尤好莊、老。嗜酒能嘯。他聞步兵廚營人善釀，有貯酒三百斛，乃求為步兵校尉。又能為青白眼。禮法之士，疾之若仇。他的《達莊論》、《樂論》都是很雄辯的。《大人先生傳》則為其自傳，其哲思幾全在於傳裡：「若先生者，以天地為卵耳。如小物細人，欲論其長短，議其是非，豈不哀也哉！」他是那樣傲世慢俗！劉伶嘗為《酒德頌》，其意也同此。伶字伯倫，沛國人。放情肆志，常以細宇宙，齊萬物為心。與阮籍、嵇康相遇，欣然神解，攜手入林。

嵇康有《與山巨源絕交書》，自敘生卒性情甚詳。所作《養生論》，辭旨至為犀利。他說道：「善養生者……清虛靜泰，少私寡慾。知名位之傷德，故忽而不營，非欲而強禁也；識厚味之害性，故棄而弗顧，非貪而後抑也。外物也累心不存，神氣也醇白獨著。曠然無憂患，寂然無思慮。」這便是他的自讚，他的宣言！向秀嘗與之論難，康再答之，益暢所欲言。又疊與呂子論難「明膽」；和張遼叔論難「自然好學」及「宅無吉凶攝生論」。又嘗暢論「聲無哀樂」的問題。他的談鋒頗犀利得可怕。唯往往止於中庸，不故為偏激之言。像他論宅無吉凶，乃結之以「吾怯於專斷，進不敢定禍福於卜相，退不敢謂家無吉凶也。」首鼠兩端，似不是大論文家的態度。阮籍便較他大膽、偏激得多了。

《晉書》敘嵇康、劉伶諸人，並及謝鯤、胡母輔之、畢卓、王尼、羊曼、光逸諸人，皆好為誇誕驚俗之行。光逸嘗避難渡江，往依輔之。輔之與謝鯤、畢卓、阮放、羊曼、桓彝、阮孚散髮裸裎，閉室酣飲，已累日。逸將排戶入。守者不聽。逸便於戶外脫衣露頭，於狗竇中窺之而大叫。輔之驚道：「他人絕不能爾，必我孟祖（逸字）也。」遽呼入。遂與飲，不捨晝夜。時人謂之八達。

同時王衍（字夷甫）、樂廣尤以一時重望，為任達者們的領袖。王澄、王敦、庾敳及胡母輔之，俱為衍所暱，號日四友。然他們卻都沒有什麼重要的製作。

晉代的論文家，善於持論者，尚有阮修，字宣子，也好《易》、《老》，善清言，與王衍交。主張無鬼論，以為「今見鬼者云，著生時衣服。若人死有鬼，衣服有鬼邪？」又有江統者，字應元，陳留圉人，元康中為華陰令。後遷黃門侍郎，散騎常侍，領國子博士。他的《徙戎論》是極有關係的政論。他追述諸夷人徙入內地的歷史及其在當日的情形，指陳形勢，至為明切。他說道：「今百姓失職，猶或亡叛，犬馬肥充，則有噬嚙，況於夷狄，能不為變！」最後便主張著：「可申諭發遣，還其本域。慰彼羈旅懷土之思，釋我華夏纖介之憂。惠此中國，以綏四方；德施永世，於計為長也。」這未始不是一策。然可惜已經太晚了。不久，五胡便如火山爆裂似的大舉變亂了！晉帝被殺，王家世族，皆倉皇渡江避難。整個政治的局面全換了樣子。而古代文學的歷程也閉幕於此大混亂的時代。當中世紀的最初的文壇開幕時，又是別一樣的面目了。

中世紀文學鳥瞰

本章將回顧中世紀中國文學的重要時期，探討文學、文化和政治的互動。

一、中世紀中國文學：中印文化交融的繁榮時代

我們將首先了解中世紀中國文學的繁榮時代，特別關注中印文化之間的交融，這對文學和思想產生了深遠影響。

二、中世紀中國文學：印度文化交融的繁榮時代與文體多樣化

接著，我們將討論印度文化在中國的交融，以及這一時期文體多樣化的特徵。

三、中世紀：政治黑暗與佛教的興盛

本章將探討中世紀的政治局勢，以及佛教在這一時期的興盛，對文學和文化的影響。

四、唐至金：中國政治與文化變遷的時代

我們將回顧唐、宋、金等時期，了解中國政治和文化的變遷，以及這些變遷對文學的影響。

五、蒙古征服與文學轉變：宋、金、蒙古時代的中國文化

最後，我們將討論蒙古征服時期的文學轉變，特別關注宋、金、蒙古時代的中國文化發展。

這一章將幫助我們理解中世紀中國文學的多樣性和變遷，以及政治和文化因素對文學的影響。

一　中世紀中國文學：中印文化交融的繁榮時代

中世紀文學開始於晉的南渡，而終止於明正德的時代，其時間凡一千二百餘年（西元 317～1521 年）。在中國文學史上，這一段的文學的過程是最為偉大，最為繁賾的。古代文學是單純的本土文學，於辭賦、四五言詩、散文以外，便別無所有了。這個時代，卻是印度文學和中國文學結婚的時代。在這一千二百餘年間，幾乎沒有一個時代曾和印度的一切完全絕緣過。因為受了印度文學的影響，我們乃於單純的詩歌和散文之外，產生出許多偉大的新文體，像變文，像諸宮調等等出來。在思想方面，在題材方面，我們也受到了不少從印度來的恩惠。我們可以說，如果沒有中印的結婚，如果佛教文學不輸入中國，我們的中世紀文學可能會是完全不相同的一種發展情況的。我們真想不到，在古代期最後的時候所輸入的佛教，在我們中世紀的文學史乃會有了那麼弘巨的作用！經過了那個弘麗絕倫的結婚禮之後，更

想不到他們所產生的許多寧馨兒竟個個都是那麼偉大的「巨人」！

凡在近代繼續生長著的文體，在這個時代差不多都已產生出來了。民間文學所給予我們許多大作家的影響，在這個大時代裡也很明白的可以看出。

歐洲文學史上的中世紀，是一個黑暗的時代。但我們的中世紀，卻是那樣的輝煌絢爛的一個大時代，幾乎沒有一紀一年不是天朗氣清的「佳日」。她不曾有過兼旬的霖雨，也不曾有過長久的陰晦無月的夜景。是那樣偉大的一箇中世紀！說起來便不禁得要令人神往！——雖然在政治上是常常的那樣的黑暗。

二　中世紀中國文學：印度文化交融的繁榮時代與文體多樣化

在這一千二百年間的中世紀的文學，其歷程可分為下列的三個時代：

第一個時代，從晉的南渡到唐開元以前。這仍是一個詩和散文的時代。但在詩和散文上，其思想題材，乃至辭語，已深印上佛教的影響在上面了。小說的前影在這時已可見到，但只是短篇的故事。《遊仙窟》的出現，才真實的開始了中國小說的歷史。在這個時代之末，七言詩已成為最流行的詩體。

第二個時代從唐開元、天寶到北宋之末葉。印度文學的影響，在這個時候，不僅僅自安於思想、題材或若干辭語的供給了；她們已是直捷的闖入我們文壇的中心了。印度所特有的以韻文和散文合組而成的文體，已在這時代成為「變文」，而占領了一個重要的地位，產生出很多偉大的作品。同時，許多新體的詩歌所謂「詞」者，也嶄然露出頭角來。「詞」的音樂，有一部分是受了印度及中央亞細亞諸國的樂歌的感應的；有一部分則為各地民間的產物。在散文壇上，這時也發生了一種革命的運動，即所謂古文運動的，起來打倒了既不便於抒情，更不便於論議、敘事的僵化了的駢偶文。其最高的成就乃見之於許多雋妙「傳奇文」上。

第三個時代，從南宋初年到明正德之末。這時，詩壇上是，於詞之外，更有了一種新體的可唱的詩，所謂「散曲」者出現。許多儒士，已是無條件的採納了許多印度的哲理到中國哲學裡去。說書的風氣，在第二時代僅流行於寺廟裡，僅為和尚們所主講著者，這時代卻大見流行，有了種種不同的分化。短篇的以白話寫成的小說，所謂「詞話」的，以至長篇的歷史小說，所謂「講史」的，因此遂產生出來。「變文」的勢力更大，一方面在「寶卷」的別名之下延長其生命下去，一方面更產出了另一個重要的文體，所謂「諸宮調」者出來。戲劇這一個重要的文體，也在此時出現了。她最初是在中國的東南部溫州流行著，後乃成為普遍性的。在北方，受了戲文及影戲等等的影響，並由諸宮調蛻化出一種別休的戲曲，所謂「雜劇」的出來。中世紀的文學乃告終止於諸種新的偉大的文體在發展得成熟的時候。許多偉大的名著，如暮春三月的落花如雨的新瓣，如秋日的霖雨的綿綿不絕的雨絲似的繼續不斷的出現。

三　中世紀：政治黑暗與佛教的興盛

這一千二百年間的政治和社會，常常陷於黑暗無比的深阱裡，恰似和光芒萬丈的文壇成一個黑白極顯明的反映。中國民族所遭受的痛苦和不幸，乃是古代期裡諸作家所不曾夢想得到的。至少總有八百年以上，中國中南部是在不斷的遭受著北部的諸少數民族的侵入的。其中有四百年以上，北方的全部被陷入少數民族的掌握之中。其中更有一世紀，乃至連南方的全部也都被一個遊牧民族的鐵蹄所蹂躪，所征服。所謂契丹（遼），所謂女真（金），所謂蒙古（元），他們此興彼滅的不斷的在中國政治舞台上活動著。而開其端者則為五胡的亂華。

從五胡亂華的時候，漢族開始養成能夠在少數民族的極大的壓迫之下生存著的耐力和勇氣。西元316年，劉曜陷長安。第二年劉聰殺愍帝。司馬睿便在江南自立為皇帝。是謂東晉的開始。世家大族紛紛的由中原逃到江南來。時時有志士們懷著恢復中原的雄心，但都只是若曇花的一現。中原及北部是陷入那樣的不可救藥的大混亂之中。五胡十六國，如萬蛇在坑中似的翻騰不已。到了西元440年，北魏太平真君統一了北地，人民方才略略有些安息的日子過。其後北魏又分裂為東西魏，再變而為北齊和北周。南朝也由宋而齊而梁而陳的數易其主。西元581年，楊堅代北周而有天下；過了九年，又平陳。南北二地始復見統一的局面。西元618年，李淵復代隋而建立唐帝國。一個更強而有力的中樞政府，遂以形成。

因了這四百年間是那樣的一個不太平的黑暗時代，於是佛教的勢力便乘機大為發展；上自皇帝，下到平民，殆無不受這個欲解脫人生痛苦的偉大宗教的洗禮。佛經的翻譯成了最重大的事業。無數的文士們專心致志的從事於此。梵音的使用，佛家故事的改譯，遂成了這個時代很重要的，且是對於後來很有影響的工作。

四　唐至金：中國政治與文化變遷的時代

第二個時代開始於唐帝國的全盛時代。繼於李世民的開創之後，李隆基的雄才大略，使得漢族和西方諸國有了更密切的關係。印度和西域的事物，急驟的輸入中國來。特別是音樂，碰到了好歌善舞的李隆基，立刻便有了很大的成就。我們開始的見到新體詩的「詞」的萌芽。但唐帝國對於外來民族仍是抱著羈縻的政策，且進一步而組織著正式的藩軍。這政策的不幸的結果，乃爆發於西元755年安祿山的舉叛旗。自此，天下又有了好幾年的紛亂。但這個紛亂，卻打破了大帝國的酣舞清歌的迷夢。在詩壇上產生了像杜甫、白居易般的大詩人。在散文壇上也開始發生了古文運動。唯中樞政府的統御力，自此便一蹶不振。軍閥專橫，民生困苦萬狀，乃至產生了許多空想的劍俠的故事。契丹開始表現其勢力於中國的北部及中原。西元907年，朱溫篡唐而自立。五代不過五十年，而已五易其姓。石敬瑭等且皆借契丹之力以入主中原。於是這個遼（契丹）民族的野心乃更大。趙匡胤雖統一了天下，而於遼卻是不敢「加遺一矢」的。西元1125年，宋與金同盟舉兵滅遼。第三年，這個勃興的金民族便又滅北宋而占有了北方的天下。宋高宗僅倚長江的天險而自保。又成了南北對峙的局面。

五　蒙古征服與文學轉變：宋、金、蒙古時代的中國文化

第三個時代開始於宋、金兩朝的南北對峙。金雖是勃興的少數民族，但入主北地以後，其文化也突

然的達到很高的地位。當中原的藝術家們正紛紛的逃過江南來時，一部分沒有遷徙得動的詩人們、小說家們，便在中原為金人而歌唱著，講說著故事。其結果遂產生了像董解元的《西廂記》和無名氏的《劉知遠諸宮調》那麼偉大的名著出來。稍後，便又由著大詩人關漢卿的大力，而創作了雜劇的一個新體的戲曲出來。同時，在南宋，說話人們正在創作他們的「詞話」，永嘉的劇作家們也正在編寫他們的戲文。

正在這時，北方忽如流星的經天似的出現了一個更強盛的以遊牧為生的蒙古民族。他們在幾個大政治家，大軍事家指揮之下，鐵騎所到，無不殘破，遂建立了一個曠古未有的蒙古大帝國，竟包括了一部分的歐洲乃至印度在內。西元 1234 年，蒙古滅金。過了四十五年，他們又一舉而滅了南宋。在這個強悍的民族的統治底下，漢族人民的痛苦之深是無待說的。但文壇卻並不見得怎樣黯淡。那時的農村經濟似是很充裕的。觀於杜善夫的《莊家不識勾欄》，一個農夫乃肯不經意的費了「二百文」去見識見識勾欄裡演劇的情形，其盛況是頗可由此明白的。大都和臨安是兩個文化的中心。雜劇和戲文在這個時期極為發達。長篇的歷史小說也產生得不少。但這個蒙古大帝國卻崩壞得很快。西元 1368 年，朱元璋的兵逐走了元順帝，恢復了漢民族的天下。在朱明統治之下的中國卻也並不怎樣快樂。朱姓諸皇帝是那樣的專制和無理性！洪武、永樂，都是殘忍成性的人物。文壇似乎反而較元代無生氣。成化、弘治、正德諸代，比較的有復興的氣象。偉大的傑作也時時有產生出來。然一切文體經歷了這許多年之後，都有些疲乏了；急待需要一個新的轉變。近代期的文學便在那樣的一個時候開始。

南渡及宋的詩人們

本章將深入研究南渡時期以及南朝宋代的詩人們，揭示這一時期文學的特點和重要詩人的作品。

一、南渡之後：中世紀文學的開端與六朝文學

我們將探討南朝時期的文學開端，特別是六朝文學的興起，這是中世紀文學的一個重要時期。

二、劉琨、郭璞：南渡文人的詩情畫意

我們會深入了解南渡時期的詩人劉琨和郭璞，以及他們在詩歌中表現的詩情畫意。

三、南渡時期的少數詩人和詩作

本章將介紹南渡時期的其他一些重要詩人和他們的詩作，展示這一時期文學的多樣性。

四、南渡時期的佛教哲理在詩歌中的體現

我們將討論南渡時期佛教哲理在詩歌中的體現，揭示佛教對當時文學的影響。

五、陶淵明：六朝詩壇的天真大詩人

特別關注陶淵明，這位六朝詩壇的天真大詩人，並研究他的詩歌作品。

六、六朝文壇的詩人群像：謝靈運、鮑照、顏延之等

最後，我們會呈現六朝文壇的詩人群像，包括謝靈運、鮑照、顏延之等，探討他們在中世紀文學中的角色和貢獻。

這一章將使我們更深入地了解南渡及宋代文學，以及這一時期詩人們的才華和創作。

一　南渡之後：中世紀文學的開端與六朝文學

晉的南渡是中國歷史上最大的變動之一，也是文學史上最大的變動之一。自南渡之後，中世紀的文學，便開始了。本土的文學，自此便逐漸的薰染上外來的影響。詩歌本是最著根於本土的東西，但在這時，於情調上，於韻律上也逐漸的有些變動了。從南渡到宋末，便是這個變動的前期。我們已可以看得出，南渡以來的詩人們的作風，和古代詩人們是有些不同了。這個不同，一部分的原因是由於五胡的紛擾、變亂所引起；另一方面卻已有些外來影響的蹤影可見。

五胡的變亂，直把整箇中原的地方，由萬丈的光芒的文化的放射區，一掃而成為黑暗的中心，回覆到原始的狀態裡去。在南渡的前後，中原是一無文學可談的（自北魏的起來，方才有所謂北地文壇的建

立）。跟隨了士大夫、王族們的南渡，文學的中心也南渡了。南渡後的許多年，南朝雖然曾數易其主，但並沒有多大的擾亂。劉氏倒了，蕭氏起來，蕭氏倒了，陳氏起來等等的事實，對於江南的全部似不甚有影響。故六朝的文學，其中心可以說常是在南方。

這個南渡時期的文士，自當以劉琨及郭璞為領袖。稍後，則有陶淵明挺生出來，若孤松之植於懸巖，為這時代最大的光榮。謝氏諸彥，鮑照和顏延年，其文采也並有可觀。

二　劉琨、郭璞：南渡文人的詩情畫意

劉琨的詩，存者雖不甚多，然風格遒勁，寄託遙遠，實足為當代諸詩人冠。《晉書》說：「琨詩託意非常，攄暢幽憤，遠想張、陳，感鴻門、白登之事，用以激諶。諶素無奇略，以常詞訓和，殊乖琨心。」我們讀了盧諶、劉琨的酬與答，立刻也便覺得琨詩是熱情勃勃的，諶詩不過隨聲應和而已。琨《重贈盧諶》道：「苟能隆二伯，安問黨與仇！中夜撫枕嘆，相與數子游。……功業未及建，夕陽忽西流。時哉不我與，去乎若雲浮。朱實隕勁風，繁英落素秋。狹路傾華蓋，駭駟摧雙輈。何意百煉剛，化為繞指柔！」而諶之答詩，卻只是「璧由識者顯，龍因慶雲翔」云云的情調。琨又有《扶風歌》：「左手彎繁弱，右手揮龍淵，顧瞻望宮闕，俯仰御飛軒。據鞍長嘆息，淚下如流泉」云云，也是具著極悲壯雄健之姿態的。琨字越石，中山人。永嘉初，為並州刺史。建興四年，投奔段匹磾。元帝渡江，加琨太尉，封廣武侯。後為匹磾所殺。諡曰愍。有集。

郭璞的作風卻和劉琨不同。琨是壯烈的，積極的，憤激的，是絕不忘情於世事的。璞卻是閒澹的，清逸的，託詞寓意的，高飛遠舉的。璞的《遊仙詩》十四首，其情調甚類阮籍的《詠懷》。但籍猶能為青白眼，有罵世不恭之言；璞則是一位真率的詩人，只是說著：「朱門何足榮，未若託蓬萊」的話。他慕神仙；他羨長生。他歌詠著：「青溪千餘仞，中有一道士。雲生梁棟間，風出窗戶裡」，「中有冥寂士，靜嘯撫清弦。放情凌霄外，嚼蕊挹飛泉。赤松臨上游，駕鴻乘紫煙。左挹浮丘袖，右拍洪崖肩」；他神往於「神仙排雲出，但見金銀台。陵陽挹丹溜，容成揮玉杯，姮娥揚妙音，洪崖頷其頤；升降隨長煙，飄颻戲九垓」的境地，他想望著要「尋我青雲友，永與時人絕」。然他明白，這些話都不過是遐思，是幻想，是一場的空虛的好夢，絕不會見之於實現的。他只是「寓言十九」而已。所以即在《遊仙詩》裡，他已是再三的慨嘆道：「雖欲騰丹溪，雲螭非我駕。愧無魯陽德，回日向三舍。臨川哀年邁，撫心獨悲吒。」他的一首「失題」：

君如秋日雲，妾似突中煙。
高下理自殊，一乖甫絕天。

卻是絕好的一篇情詩。他字景純，河東聞喜人。精於卜筮之術。王導引為參軍，補著作佐郎，遷尚書郎。後為阻王敦謀叛，被殺。追贈弘農太守。有集。

三 南渡時期的少數詩人和詩作

劉、郭同時的詩人們，可稱者殊少。唯楊方的《合歡詩》五首，較可注意。方字公回，少好學。司徒王導闢為掾。轉東安太守。後又補高梁太守。以年老棄郡歸，終於家。像《合歡詩》的「居願接膝坐，行願攜手趨。子靜我不動，子游我不留。齊彼同心鳥，譬此比目魚，情至斷金石，膠漆未為牢。但願長無別，合形作一軀。生為並身物，死為同棺灰」，「子笑我心哂，子戚我無歡。來與子共跡，去與子同塵」云云，都是最大膽的戀愛的宣言，和《子夜》、《讀曲》諸情歌唱同調的。其第三首：「獨坐空室中，愁有數千端。悲響答愁嘆，哀涕應苦言」；那樣的苦悶著，卻為的只是「白日入西山，不睹佳人來！」在戀中的詩人，其心是如何的烈火般的焦熱！

孫綽字興公，有《情人碧玉歌》二首，也是很動人的，其第二首，尤為嬌豔可愛：

> 碧玉破瓜時，相為情顛倒。
> 感郎不羞郎，轉身就郎抱。

湛方生嘗為衛軍諮議參軍，所作《天晴詩》：「青天瑩如鏡，凝津平如研。落帆修江渚，悠悠極長眄」，又《還都帆》：「白沙窮年潔，林松冬夏青」云云，在當時的詩壇裡乃是一個別調。

庾闡（字仲初，潁川人，徵拜給事中）的《採藥詩》，又《遊仙詩》十首，明是擬仿郭璞的，卻不是璞的同類。璞的《遊仙》，寄託深遠，對於人生的究竟，有愷切的陳述；闡的所述，則只是以浮辭歌詠神仙之樂而已，我們在那裡看不出一點詩人的性靈來。

顧愷之，字長康，晉陵無錫人。桓溫引為大司馬參軍，後為殷仲堪參軍，是當時有大名的畫家。他的詩，雖只有下列的一首《神情詩》的摘句（也見《陶淵明集》），卻可見出其中是充溢著清挺的畫意的：

春水滿四澤，夏雲多奇峰。
秋月揚明輝，冬嶺秀寒松。

這時的女流詩人也有幾個。謝道韞為謝奕女，王凝之妻。曾有和謝安等詠雪的聯句：「未若柳絮因風起」盛為人所傳。然她別的詩卻不能要稱。蘇若蘭為苻秦時秦州刺史竇滔妻，名蕙，嘗作《璇璣圖》寄滔，計八百餘言，題詩二百餘首，縱橫反覆皆為文章。這是最繁賾的一篇文字遊戲的東西。——遠較蘇伯玉妻《盤中詩》為繁賾！二蘇之間或者有些關係罷。到唐武則天時方盛傳於世。我意這當是許多年代以來才智之士的集合之作，未必皆出於蘇氏一人之手。正如《七巧圖》一類的東西一樣，年代愈久，內容便愈繁賾、愈完備。唯像這種遊戲的東西究竟是不會成為很偉大的詩篇的。

四　南渡時期的佛教哲理在詩歌中的體現

這時佛教的哲理已被許多和尚詩人們招引到詩篇裡去了。像「菩薩彩靈和，眇然因化生。四王應期來，矯掌承玉形」（支遁《四月八日贊佛詩》）；「一喻以喻空，空必待此喻。借言以會意，意盡無會處。既得出長羅，住此無所住。若能映新照，永珍無來去」（鳩摩羅什《十喻詩》）；「本端意何從，起滅有無際。一微涉動境，成此頹山勢」（惠遠《報羅什偈》），都是我們本土文學裡未之前見的意境。所謂「菩薩」，「由延」，「四王」，「八音」，「六淨」，「七住」，「三益」等等外來的辭語，也便充分的被利用著。這是很重要的一件事實，我們應該大書特書的記載著的。印度的影響第一次在中國文學裡所印染下來的痕跡，原來是這樣的！這或正和「伯理璽天德」、「巴律門」諸辭語之在譚嗣同、黃遵憲諸詩人的詩裡第一次被引用著的情形大不殊異罷。

支遁在諸和尚詩人裡是最偉大的一位。他字道林，本姓關，陳留人，或雲河東林慮人。幼隱居餘杭山。年二十五出家。後入剡。晉哀帝時在都中東安寺講道。留三載，遂乞歸剡山。太和元年終。有集。道林的「文采風流」，為時人追隨仰慕之標的。他的詩是沉浸於佛家的哲理中的，便題目也往往是佛家的。像《四月八日贊佛詩》、《詠八日詩》、《五月長齋詩》、《八關齋詩》等。他的《詠懷詩》在阮籍《詠懷》、太沖《詠史》、郭璞《遊仙》之外，別具一種風趣。像「詠發清風集，觸思皆恬愉。俯欣質文蔚，仰悲二匠徂。……無矣復何傷，萬殊歸一塗。道會貴冥想，罔象掇玄珠。悵快濁水際，幾忘映清渠。反鑒歸澄漠，容與含道符。心與理理密，形與物物疏」。那樣的哲理詩是我們所未之前見的。

鳩摩羅什，天竺人，漢義「童壽」。苻堅命將呂光伐龜茲，致之於中國。堅死，他留呂光所。光死，復依姚興，興待以國師之禮。晉義熙五年死於長安。他是傳播佛教於中土的大師之一，其全力幾皆耗於譯經上面（這將於下文詳之）。其詩不過寥寥二首。像《贈沙門法和》：「心山育明德，流薰萬由延」云云，也是引梵語於漢詩裡的先驅者。

又有惠遠，雁門樓煩人，本姓賈氏。年二十一，遇釋道安以為師。年六十後，便結宇匡廬，不復出山。至八十三而終。他的《廬山東林雜詩》：「希聲奏群籟，響出山溜滴。有客獨冥遊，徑然忘所適。

揮手撫雲門，靈關安足闢。流心叩玄扃，感至理弗隔。……妙同趣自均，一悟超三益」，也是很好的一篇哲理詩。相傳惠遠居廬山東林寺，送客不過溪。一日和陶淵明及道士陸靜修共話，不覺逾之。虎輒驟鳴。三人大笑而別。至今此遺蹟尚在。

帛道猷本姓馮，山陰人，有《陵峰採藥觸興為詩》一篇：「茅茨隱不見，雞鳴知有人。閒步踐其徑，處處見遺薪」，已具有淵明、摩詰的清趣。

竺僧度本姓王，名晞，字玄宗，東莞人，其出家時答其未婚妻苕華的詩：「今世雖云樂。當奈後生何。罪福良由己。寧云己恤他。」，已能很熟練的運用佛家之說的了。

五　陶淵明：六朝詩壇的天真大詩人

陶淵明生於晉末，是六朝最偉大的詩人。六朝的詩，自建安、太康以後，便有了兩個趨勢，第一是文彩塗飾得太濃豔，第二是多寫閨情離思的東西。固不待到了齊、梁的時代才是「連篇累牘，不出月露之形；積案盈箱，唯是風雲之狀」的。只有豪俠之士方能自拔於時代的風氣之外。陶淵明便是這樣的一位「出於汙泥而不染」的大詩人。他並不是不寫情詩，像《閒情賦》，寫得只有更為深情綺膩。他並不是不工於鑄辭，像他的諸詩，沒有一篇不是最雋美的完作。但他卻是天真的，自然的，不故意塗朱抹粉的。他是像蘇軾所言「外枯而中膏，似淡而實腴」的。黃庭堅也說：「謝康樂、庾義城之詩，爐錘之功，不遺餘力，然未能窺彭澤數仞之牆者。」在這個時代而有了淵明那樣的真實的偉大的天才，正如孤鶴之展翮於晴空，朗月之靜掛於夜天。大詩人終於是不會被幽囚於狹小的傳統的文壇之中的(沈、宋時代而有王摩詰的挺生，其情形恰與此同)！

淵明名潛，一云名淵明，字元亮。潯陽柴桑人。少有高趣。「嘗著文章自娛，頗示己志，忘懷得失。」曾出就吏職，一度為彭澤令。以不樂為五斗米折腰，賦《歸去來辭》而自解歸。遂不復出仕(365～427)。但他雖孤高，卻並不是一位寂寞無聞的詩人。他死時，顏延年為誄，徵思。梁時，昭明太子為其集作序，盛稱之，道：

> 其文章不群，辭彩精拔，跌宕昭彰，獨超眾類。抑揚爽朗，莫之與京。橫素波而傍流，干青雲而直上。語時事則指而可想，論懷抱則曠而且真。加以貞志不休，安道苦節，不以躬耕為恥，不以無財為病。自非大賢篤志，與道汙隆，孰能如此乎？

自唐韋應物以至宋蘇軾諸詩人皆嘗慕而擬之。他的作風雖不可及，卻是那樣為後人所喜悅！

淵明詩雖若隨意舒捲，只是蕭蕭疏疏的幾筆，其意境卻常是深遠無涯。郭璞《遊仙》、阮籍《詠懷》似都未必有他那麼「叔度汪汪」的情思。我們如果喜歡中國的清遠絕倫的山水畫，便也會望遠忘不了淵明的小詩，像「曖曖遠人村，依依墟裡煙。狗吠深巷中，雞鳴桑樹巔。戶庭無塵雜，虛室有餘閒。久在樊籠裡，復得返自然」；「山澗清且淺，可以濯吾足。撥我新熟酒，隻雞招近屬。日入室中暗，荊薪代明燭。歡來苦夕短，已復至天旭」(《歸園田居》)；「結廬在人境，而無車馬喧。問君何能爾，心遠地自偏。採菊東籬下，悠然見南山。山氣日夕桂，飛鳥相與還。此中有真意，欲辨已忘言」(《飲酒》)；「孟夏草木長，繞屋樹扶疏。眾鳥欣有託，吾亦愛吾廬，既耕亦已種，時還讀我書」(《讀山海經》)；這些詩都是五言詩裡最晶瑩圓潤的珠玉。他們有一種魔力，一捉住了你，是再也不會放走了你的。他們是那樣的深入於讀者的內心，不是以辭語，而是直捷的以最天真最濃摯的情緒和你想見的。不僅五言，即他運用了久已「褪色」的四言詩，也是同樣的可愛，像《停雲》、《時運》、《榮木》等，都是四言裡最高的成就，而使這個已經沒落了的詩體再來一次燦爛的「迴光返照」的。

邁邁時運，穆穆良朝；襲我春服，薄言東郊。
山滌餘靄，宇曖微霄。有風自南，翼彼新苗。
洋洋平澤，乃漱乃濯。邈邈遐景，載欣載矚。
稱心而言，人亦易足。揮茲一觴，陶然自樂。
……
清琴橫床，濁酒半壺。黃唐莫逮，慨獨在餘。

他嘗著《五柳先生傳》以自況：「閒靜少言，不慕榮利。好讀書，不求甚解！每有會意，便欣然忘食。性嗜酒。……期在必醉。既醉而退，曾不吝情去留。環堵蕭然，大蔽風日。短褐穿結，簞瓢屢空，晏如也。」這樣的一位心胸闊大的詩人自然不會說什麼無聊的閒話的！

六　六朝文壇的詩人群像：謝靈運、鮑照、顏延之等

陶、謝並稱，然淵明遠矣！靈運競於外物，徒知刻劃形狀。淵明則是「嘔出心肝來」的真摯的詩

人。不過在五言的進展上，靈運的地位也是不可蔑視的。鍾嶸《詩品》道：「元嘉中，有謝靈運，才高詞盛，富豔難蹤。固已含跨劉、郭，陵轢潘、左。故知……謝客為元嘉之雄，顏延年為輔。斯皆五言之冠冕，文詞之命世也。」顏延之嘗問鮑照，己與靈運優劣。照道：「謝五言如初發芙蓉，自然可愛。君詩若鋪錦列繡，亦雕繢滿眼。」這些話未免於靈運稍涉奢誇。然謝詩像「步出西城門，遙望城西岑。連障疊巘崿，青翠杳深沉。曉霜楓葉丹，夕曛嵐氣陰」（《晚出西射堂》）；「初景革緒風，新陽改故陰。池塘生春草，園柳變鳴禽」（《登池上樓》）；「時竟夕澄霽，雲歸日西馳。密林含餘清，遠峰隱半規。久痗昏墊苦，旅館眺郊歧。澤蘭漸被徑，芙蓉始發池」（《遊南亭》），也並不是什麼輕率的篇什。而像「林壑斂暝色，雲霞收夕霏。芰荷迭映蔚，蒲稗相因依」（《石壁精舍還湖中作》）；「連巖覺路塞，密竹使徑迷。來人忘新道，去子惑故蹊。活活夕流駛，噭噭夜猿啼。沉冥豈別理，守道自不攜」（《登石門最高頂》）；「殷憂不能寐，苦此夜難頹。明月照積雪，朔風勁且哀」（《歲暮》）尤富有自然之趣，不以雕琢為工。他為陳郡陽夏人，後移籍會稽。晉孝武帝時襲封康樂公。劉裕代晉，降爵為侯，起為散騎常侍。少帝時，出為永嘉太守。文帝徵為祕書監。撰《晉書》，未就，稱疾歸。他好為山澤之遊。嘗與賓客自始寧南山，伐木開徑，直到臨海，從者數百人。人驚疑其為山賊。後被殺於廣州，年四十九（385～433）。劉勰謂：「宋初文詠，……莊、老告退，而山水方滋。儷採百字之偶，爭價一句之奇。情必極貌以寫物，辭必窮力而追新，此近世之所競也。」在這一方面，靈運誠是功不蔽過的。

靈運族弟瞻及惠連也並能詩。瞻字宣遠，宋時為豫章太守，卒。所作存者不多，罕見才情。而像「夕霽風氣涼，閒房有餘清。開軒滅華燭，月露皓已盈」（《答靈運》）卻也未遜於靈運所作。惠連十歲能屬文。元嘉元年為彭城王法曹參軍，年三十七卒。有集。靈運嘗云，每有篇章，對惠連輒得佳句。在永嘉西堂裡詩，竟日不就，忽夢惠連，即得「池塘生春草」句，大以為工。但在惠連的集中，像「池塘生春草」那樣自然的辭語也是很少見的。他的成就，像「漣漪繁波漾，參差層峰峙。蕭疏野趣生，逶迤白雲起」（《泛南湖至石帆》），已算是很高的了。

同時又有謝莊的，字希逸。孝武帝時為吏部都官尚書，左衛將軍，又領參軍將軍。明帝時，加金紫光祿大夫，卒。有集。蕭子顯謂：謝莊之誄，起安仁之塵。其詩卻無甚可觀的。

顏延之與謝靈運齊名，時稱顏、謝。而延之所作，雕鏤之工更甚於靈運。延之字延年，琅邪臨沂人。性疏談，不護細行。劉裕即帝位，補太子舍人。元嘉三年，出為永嘉太守。因不得志，作《五君詠》以見意。孝武帝時為金紫光祿大夫，卒。贈特進，諡曰憲。他較好的篇章，像《夏夜呈從兄散騎車長沙》：「側聽風薄木，遙睇月開雲。夜蟬當夏急，陰蟲先秋聞」，也是很拘促於綺語浮辭之間的。有集。

與顏、謝鼎立於當時者有鮑照。然名位不顯，「故取湮當代」。但照卻是一位真實的有天才的作家，其對於後來的恩賜是遠過於顏、謝的。齊梁之間，照名尤著。然其險狹之處，挺逸之趣，則繼軌者無聞焉。照字明遠，東海人。初見知於臨川王義慶，為秣陵令。文帝時，選為中書舍人。帝方以文章自高。照懼，乃以鄙言累句自汙。時謂才盡。後佐臨海王子頊為前軍參軍。子頊敗，照也被害（421?～465?）。有集。鍾嶸評他的詩，以為「貴尚巧似，不避危仄。頗傷清雅之調。」杜甫則稱之曰：「俊逸鮑參軍。」他所作誠足當「逡逸」之評而無愧。在顏、謝作風籠罩一切之下，照的「俊逸」卻正是「對症之藥」。他喜為擬古之作，像「傷禽惡弦驚，倦客惡離聲。離聲斷客情，賓御皆涕零」（《代東門行》）；「蓼蟲避葵堇，習苦不言非。小人自齷齪，安知曠士懷」（《代放歌行》）；「薄暮塞雲起，飛沙被遠松。……

去來今何道，卑賤生所鐘」（《代陳思王白馬篇》），這些，都不僅僅是「擬古」而已，和左思的《詠史》，是同樣的具有更深刻的意義的。而《松柏篇》，擬傅玄者，尤為罕見的傑構：「事業有餘結，刊述未及成。資儲無擔石，兒女皆孩嬰。一朝放捨去，萬恨纏我情……墓前人跡滅，塚上草日豐，空林響鳴蜩，高松結悲風。長寐無覺期，誰知逝者窮」。借古人之酒杯，澆自己的傀儡，尤極沉痛。《擬行路難》十八首，幾乎沒有一首不是美好的：「瀉水置平地，各自東西南北流，人生亦有命，安能行嘆復坐愁」；「君不見河邊草，冬時枯死春滿道；君不見城上日，今暝沒山去，明朝復更出。今我何時當得然，一去永滅入黃泉」；「中庭五株桃，一株先作花。陽春妖冶二三月，從風簸蕩落西家。西家思婦見悲惋，零淚沾衣撫心嘆」；「銼蘗染黃絲，黃絲歷亂不可治。昔我與君始相值，爾時自謂可君意」；「君不見枯籜走階庭，何時復青著故莖；君不見亡靈蒙享祀，何時傾杯竭壺罌。君當見此起憂思，寧及得與時人爭！」這些，也都是爽脆之至，清暢之至的東西，又何嘗是什麼「危仄」！他的五言諸作也風格遒上，陳言俱去，像《贈故人馬子喬》：

寒灰滅更燃，夕華晨更鮮。
春冰雖暫解，冬水復還堅。
佳人舍我去，賞愛長絕緣。
歡至不留日，感物輒傷年。

又像「嚴風亂風起，白日欲還次」（《冬日》），「寐中長路近，覺後大江違……此土非我土，慷慨當訴誰！」（《夢歸鄉》）之類，又何嘗是什麼「危仄」！

同時，更有袁淑（字陽源，陽夏人，元嘉末，被殺），王微（字景玄，琅邪人），王僧達（琅邪臨沂人，孝武時為中書令，被殺），吳邁遠（他每作詩，得稱意語，輒擲地呼道：曹子建何足數哉！）諸人，皆有詩名，而篇章存者不多，未足以見其風格。又有湯惠休者，字茂遠，初入沙門，名惠休。孝武令還俗。位至揚州刺史。《詩品》道：「惠休淫靡，情過其才，世遂匹之鮑照。」顏延之卻薄惠休詩，以為「惠休製作，委巷中歌謠耳。」唯其鄰於委巷中歌謠，故尚富天真之趣。他的詩多為豔曲，且多為七言者，是很可注意的。七言詩在這時，當已在「委巷歌謠」裡發展著的了！姑錄他《白紵歌》一首，以見這種七言詩的一斑：

少年窕窈舞君前，容華豔豔將欲然。
為君嬌凝復遷延，流目送笑不敢言。
長袖拂面心自煎，願君流光及盛年。

女作家鮑令暉為鮑照妹。《詩品》稱其詩：「往往嶄絕清巧，擬古猶勝，唯百願淫矣。」她所作都為戀歌，像《寄行人》：「桂吐兩三枝，蘭開四五葉，是時君不歸，春風徒笑妾」，也甚近於「委巷歌謠」。

佛教文學的輸入

在本章中，我們將深入研究中世紀時期佛教文學如何傳入中國，以及它對中國文學的歷史和影響。

本章主要探討以下主題：

一、中世紀佛教文學傳入中國的歷史與影響

我們將探討中世紀時期佛教文學是如何傳入中國的，以及這個傳入對中國文學發展的歷史和影響產生了什麼樣的影響。

二、佛教文學傳入中國：南北朝時期的翻譯與文學影響

我們將深入研究南北朝時期的佛教文學翻譯活動，以及這些翻譯如何影響了當時文學創作和文學思想。

這一章將有助於我們更深入地了解中古時期中國文學中的佛教元素，以及佛教文學如何豐富並影響了中國文學的發展。

一　中世紀佛教文學輸入中國的歷史與影響

中世紀文學史裡的一件大事，便是佛教文學的輸入。從佛教文學輸入以後，我們的中世紀文學所經歷的路線，便和前大不相同了。我們於有了許多偉大的翻譯的作品以外，在音韻上，在故事的題材上，在典故成語上，多多少少的都受有佛教文學的影響。最後，且更擬仿著印度文學的「文體」而產生出好幾種弘偉無比的新的文體出來。假如沒有中、印的這個文學上的結婚，我們中世紀文學當絕不會是現在所見的那個樣子的。關於佛教文學的影響，本章暫時不講。我們在下文裡將詳述之。本章所講的只是在六朝的時候，佛教文學輸入中國的一段歷史。

佛教文學的翻譯事業，總有一千年以上的歷史。最早的翻譯事業的開始，究竟在於何時，我們已不能知道。相傳有漢明帝求法之說。明帝永平八年（西元65年）答楚王英詔裡，已用了「浮屠」、「伊蒲塞」、「桑門」三個外來的名辭，可見當時佛教的典籍已有人知道的了。相傳最早的翻譯的書是攝摩騰所譯的《四十二章經》，同來的竺法蘭也譯有幾種經。但《四十二章經》只是編集佛教的精語以成之的，並不是翻譯的書；其句法全學《老子》。這可見較早的介紹，只是一種提要式的譯述；其文體也總是犧牲外來文學的特色以牽就本土的習慣的。

可考的最早的譯者為漢末桓、靈時代（西元147年以後）的安世高、支曜、安玄、康巨、嚴佛調等。安世高為安息人，支曜為月支人，康巨為康居人，他們皆於此時來到洛陽，宣傳佛教，所譯皆小品。嚴佛調則為最早的漢人（臨淮人）譯者，和安玄合作，譯有《維摩詰經》等。到了三國的時候，主要的譯者若支謙、康曾會、維只難、竺將炎等仍皆是外國人。維只難是天竺人，黃初三年（西元222年）到武昌，與竺將炎合譯《曇缽經》（今名《法句經》），用四言、五言的詩體，來裝載新輸入的辭藻，像「假令盡壽命，勤事天下神，象馬以祠天，不如行一慈」（《慈仁品》）；「夫士之生，斧在口中。所以斬身，由其惡言」（《明哲品》），都給我們詩壇以清新的一種哲理詩的空氣。支謙譯經甚多，影響很大，在其中，以《阿彌陀經》、《維摩詰經》為最重要。謙本月支人而生於中國，故所譯殊鮮「格格不入」之弊。西晉的時候，竺法護是最重要的譯者。他本月支人，世居敦煌。嘗赴西域，帶來許多梵經，譯為漢文。《高僧傳》說：「所獲《賢劫》、《正法華》、《光贊》等一百六十五部，孜孜所務，唯以弘通為業，終身寫譯，勞不告倦。」和他合作的有聶承遠、道真父子二人。「此君父子比辭雅便，無累於古。」竺法護譯文弘達欣暢，雍容清雅，未始非聶氏父子潤飾之力。

二　佛教文學輸入中國：南北朝時期的翻譯與文學影響

但翻譯的最偉大時代還在西元317年以後。這時候是五胡亂華，南北分朝，民生凋敝到極點的時候。然佛教徒卻以更勇猛的願力，在這個動亂的時代活動著。據《洛陽伽藍記》所載，洛陽佛寺，在元魏的時候，大小不啻千數。雖也曾遇到幾次的大屠殺和迫害，然無害於佛教的發展。南朝的蕭衍，身為皇帝，也嘗捨身於同泰寺。其他著名的文士，若謝靈運、沈約等無不是佛弟子。著名的文學批評家劉勰且成了和尚。我們如讀著《弘明集》及《廣弘明集》便知這時候佛教勢力是如何的巨大。范縝的《神滅論》剛一發表，攻擊者便紛紛而至。慧琳的《白黑論》方才宣布，宗炳、何尚之便極力的壓迫他，至詆之為「假服僧次，而毀其法」。他們是持著如何的蔑視異端的狂熱的宗教徒的態度！為什麼佛教在這時會大行於世呢？一則是許多年一的暗地裡的培植，這時恰大收其果；二則亂華的諸胡，其本為佛教的信仰者甚多；三則喪亂的時代，無告的人民最容易受宗教的薰染，而遁入未來生活的信仰之中；四則中國本土的宗教，實在是原始，無組織，故受佛教的影響，而無能抵抗。然許多佛教徒持著「殉教」的精神，在宣傳，在講道，在翻譯，卻也是最重要的一因。

從晉的南渡（西元318年）起，到隋的滅陳（西元589年）止，只有二百七十多年，然據《開元釋教錄》所記載，南北二朝譯經者凡有九十六人，所譯經共凡一千零八十七部，三千四百三十七卷。如果非宗教的熱忱在迫驅著他們，怎麼會有那麼弘偉的成績可見呢。在這九十幾個翻譯家裡，最重要者為鳩摩羅什、佛陀跋陀羅、法顯、曇無懺、拘那羅陀諸人。

鳩摩羅什是六朝翻譯界裡最重要的一位大師。其父天竺人，母龜茲王之妹。釋道安聞其名，勸苻堅迎之。堅遣呂光滅龜茲，挾什歸。未至而堅已亡。鳩摩羅什遂依呂光於涼州，凡十八年。故通曉中國語言文字。至姚興滅後涼，始迎他入關，於弘治三年十二月（西元402年）到長安。在姚秦弘始十一年（西元409年）卒。他在長安凡九年，所譯的經凡三百餘卷，其中有《大品般若》、《小品金剛般若》、《十住》、《法華》、《維摩詰》、《首楞嚴》、《持世》等經，又有諸種律、論等。鳩摩羅什通漢文，門下又多高明之士（有僧肇、僧睿、道生、道融，時號四聖，皆參譯事），故所譯遂暢達弘麗，於中國文學極有影響。《金剛》、《維摩詰》、《法華》諸經，於六朝及唐文學上尤為輸入印度文學的風趣的最重要的媒介。《維摩詰經》是一部絕錄的小說，敘述居士維摩詰有病，佛遣諸弟子去問病，自舍利弗、大目犍連以下，皆訴說維摩詰的本領，不敢前去。後來只有文殊師利肯去。這部經，在中國文學上影響極大。在唐代嘗被演成偉大的《維摩詰經變文》。底下引羅什譯文一段：

佛告阿難，「汝行詣維摩詰問疾。」阿難白佛言：「世尊，我不堪任詣彼問疾。所以者何？憶念昔時，世尊身有小疾，當用牛乳。我即持缽詣大婆羅門家門下立。時維摩詰來謂我言：『唯，阿難，何為晨朝持缽住此？』我言：『居士，世尊身有小疾，當用牛乳，故來至此。』維摩詰言：『止，止，阿難，莫作是語。如來身者，金剛之體，諸惡已斷，眾善普會，當有何疾？當有何惱？默住，阿難，勿謗如來。莫使異人聞此粗言，無命大威德諸天及他方淨土諸來菩薩得聞斯語。阿難，轉輪聖王以少福故，尚得無病，豈況如來無量福會，普勝者哉？行矣，阿難，勿使我等受斯恥也。外道梵志若聞此語，當作是念：何名為師，自疾不能救，而能救諸疾人？可密速去。勿使人聞。當知，阿難。諸如來身，即是法身，非思欲身。佛為世尊，過於三界。佛身無漏，諸漏已盡。佛身無為，不墜諸數。如此之身，當有何疾？』時我，世尊，實懷慚愧，得無近佛而謬聽耶？即聞空中聲曰：『阿難，如居士言，但為佛出五濁惡世，現行斯法，度脫眾生。行矣，阿難，取乳勿慚！』世尊，維摩詰智慧辨才為若此也，是故不任詣彼問疾。」

羅什所譯《法華經》，影響也極大。此經於散文外，並附有韻文的「偈」。這乃是把印度所特有的韻、散文雜為一體的一種「文體」灌輸到中國來的一個重要的事件。後來「變文」、「寶卷」、「彈詞」乃至「小說」，皆是受這種影響而產生的。

曇無懺，中天竺人，北涼沮渠蒙遜時，到姑臧。初於玄始中譯《大般涅槃經》，次譯《大集》、《大雲》、《悲華》、《地持》、《金光明》等經，復六十餘萬言。而《佛所行贊經》五卷的移植，尤為佛教文學極重要的事實。《佛所行贊經》(buddha charita) 為佛教大詩人馬鳴（Asvahosha）所著，以韻文述佛一生的故事。

曇無懺，以五言無韻詩體譯之，約九千三百餘句，凡四萬六千多字，可以說是中國文學裡一首極長的詩。

北部的譯者極多，最重要者唯斯二人。至南朝重要的翻譯家，則有：佛陀跋陀羅（中名覺賢），迦維羅衛人。初至長安，甚為羅什所敬禮。後乃南下。宋武帝禮供之。他在南方所譯的，凡經論十五部，百十有七卷。其中以《大方廣佛華嚴經》六十卷為最有影響。又有法顯，俗姓龔，平陽武陽人，以晉隆安二年（西元 399 年）遊印度求經典。義熙十二年返國。凡在印度十五年，所歷三十餘國。著有《佛國記》，是今日研究中、印交通及印度歷史的最重要的著作之一。他自陸去，從海歸，故把當時水陸二途的交通，寫得很詳盡。他帶回經典不少，自己也動手譯《方等泥洹經》等。同時又有求那跋羅陀、智嚴、室雲（譯《佛本行經》）諸譯者。到了梁、陳間則有拘那羅陀（中名真諦），本西天竺優禪尼國人，以大同十二年由海道到中國。所譯有《攝大乘論》、《唯識論》、《俱舍論》、《大乘起信論》等凡六十餘部，二百七十餘卷。他所給予中國哲學的影響是很大的。

當這二百七十餘年間，南北二朝政治下雖成對立之勢，宗教卻是同一的。佛教徒們常交通往來於二大之間。慧遠嘗向鳩摩羅什問學，覺賢不容於北，便赴南朝。在宗教上，南北可以說是統一的。

但佛教文學是一個陌生的闖入者，其不能融洽於中國本土文學是自然的現象。但傳教者們總是要求本土的人們的了解與讚許的。所以初期的譯者、述者們不是編述《四十二章經》，便是譯《曇缽經》，或其他小品，寧願以牽就本土的趣味為主。鳩摩羅什諸人所譯，也多所刪節，移動。所以他自己嘗不滿意的說：「改梵為秦，失其藻蔚。雖得大意，殊隔文體。有似嚼飯與人，非徒失味，乃令嘔噦也。」然即此「失味」的翻譯，在中國文學上已是產生了十分重大的影響了。

新樂府辭

本章將探討六朝時期新樂府辭的興起和發展，這些辭章帶有清新健美的特點，反映了少年男女的情懷，並融合了民間情歌的風華和文人詩的精髓。

本章的主要內容包括：

一、六朝新樂府辭：少年男女情懷的清新健美

我們將深入研究六朝時期新樂府辭的特點，這些辭章常常描繪了少年男女之間的愛情與情感，具有清新健美的風格。

二、六朝新樂府辭：民間情歌的風華與文人詩的融合

本節將探討新樂府辭如何成功地融合了民間情歌的情感豐富性和文人詩的藝術性，形成獨特的文學風格。

三、梁代橫吹曲與胡曲的融合：五胡亂華時期的新聲

我們將討論梁代橫吹曲和胡曲的融合，這反映了當時五胡亂華的歷史背景，並展示了新聲的發展。

這一章將有助於我們理解六朝時期文學的多樣性，以及新樂府辭在中國文學史上的重要地位。它不僅豐富了文學創作的形式，也反映了當時社會文化的變遷。

一　六朝新樂府辭：少年男女情懷的清新健美

六朝文學有兩個偉大的成就，一是佛教文學的輸入，二是新樂府辭的產生。但在六朝，佛教文學還沒有很巨大的影響。翻譯作品是如潮水似的推湧進來了。其作用，卻除了給予「故事」與俊語新辭之外，並不曾有多少的開展。翻譯作品的本身，有若干固是很弘麗很煌亮，有若彗星的經天，足以撼動人的心肝；有若煙火的升空，足以使人目眩神移。但一過去了，便為人所忽視。像把泰山似的大巖，擲到東海裡去，起了一陣的大浪花。但沉到底了，其影響也便沒有了。我們可以說，在唐以前，佛教文學在中國文學裡所引起的發酵性的作用，實是微之又微的。直到連印度文學的體制也大量輸入了時，方才是火候純青，醴酒澄香的時期，而「變文」一類的偉大的體制便也開始產生出來。

所以，實際上為六朝文學的最大的光榮者乃是「新樂府辭」。有人說，六朝文學是「兒女情多，風雲氣少」。新樂府辭確便是「兒女情多」裡的產物。有人說，六朝文學是「連篇累牘，不出月露之形」。新樂府辭確便是「風花雪月」的結晶。這正是六朝文學之所以為「六朝文學」的最大的特色。這正是六朝文學

之最足以傲視建安、正始，踢倒兩漢文章，且也有殊於盛唐諸詩人的所在。人類情思的寄託不一端，而少年兒女們口裡所發出的戀歌，卻永遠是最深摯的情緒的表現。若遊絲，隨風飄黏，莫知其端，也莫知其所終棲。若百靈鳥們的歌囀，晴天無涯，唯聞清唱，像在前，又像在後。若夜溪的奔流，在深林紅牆裡聞之，彷彿是萬馬嘶鳴，又彷彿是松風在響，時似喧擾，而一引耳靜聽，便又清音轉遠。他們輕喟，輕得像金鈴子的幽吟，但不是聽不見。

他們深嘆，深重得像餓獅的夜吼，但並不足怖厲。他們歡笑，笑得像在黎明女神剛穿了桃紅色的長袍飛現於東方時，齊張開千百個大口對著她打招號的牽牛花般的嬉樂。他們陶醉，陶醉得像一個少女在天陰雪飛的下午，圍著炭盆，喝了幾口甜蜜蜜的紅葡萄酒，臉色緋紅得欲燃，心腔跳躍得如打鼓似的半沉迷，半清醒的狀態之中。他們放肆，放肆得像一個「半馬人」追逐在一個林中仙女的後邊，無所忌憚的求戀著。他們狂歌，狂歌得像阮籍立在絕高的山頂在清嘯，山風百鳥似皆和之而同吟。總之，他們的歌聲乃是永久的人類的珠玉。人類一天不消滅，他們的歌聲便一天不會停止。「搗麝成塵香不滅，拗蓮作寸絲難絕。」他們是那樣的頑健的永生著！六朝的新樂府便是表現著少年男女們的這樣的清新頑健的歌聲的，便是坦率大膽的表現著少年男女們這樣的最內在、最深摯的情思的。

在中國文學史上，可以說，沒有一個時期有六朝那麼自由奔放，且又那麼清新健全的表現過這樣的少年男女們的情緒過的。在《詩經》時代與《楚辭》時代，他們是那樣清雋的歌唱出他們的戀歌：「月出皎兮，佼人僚兮，舒窈糾兮，勞心悄兮」；「滿堂兮美人，忽獨與余兮目成」。然而他們究竟是遼遠了，太遼遠了，使我們聽之未免有些模糊影響。《古詩十九首》時代，比較得近，卻只是千篇一律的「迢迢牽牛星，皎皎河漢女，纖纖濯素手，札札弄機杼」，並未能使我們有十分廣賾與深刻的印象。溫、李諸人的歌詩，卻又是置上了一層輕紗的。明、清的許多民間情歌，又往往粗獷坦率得使我們覺得有些聽不慣。六朝的新樂府辭卻是表現得恰到好處的。他們真率，但不獷陋；他們溫柔敦厚，但不隱晦。他們是明白如話的。他們是清新宛曲的。他們的情緒是那樣的繁賾，但又是那樣的深刻！像他們那樣的：「歡欲見蓮時，移湖安屋裡。芙蓉繞床生，眠臥抱蓮子」（《楊叛兒》），「不能久長離，中夜憶歡時，抱被空中啼」（《華山畿》），以及：

打殺長鳴雞，彈去烏臼鳥；
願得連暝不復曙，一年都一曉。

——《讀曲歌》

都是那麼大膽、顯豁，卻又是那樣的溫柔敦厚的。

二　六朝新樂府辭：民間情歌的風華與文人詩的融合

所謂新樂府辭，和漢、魏的樂府是很不相同的。漢、魏樂府的題材是很廣賾的，從思歸之嘆，孤兒之泣，挽悼之歌，以至戰歌、祭神曲，無所不包括。但新樂府辭便不同了。她只有一個調子，這調子便是少年男女的相愛。她只有一個情緒，那便是青春期的熱戀的情緒。然而在這個獨絃琴上，卻彈出千百種的複雜的琴歌來，在這個簡單的歌聲裡，卻翻騰出無數清雋的新腔出來。差不多要像人類自己的歌聲，在一個口腔裡，反反覆覆，任什麼都可以表現得出。新樂府辭的起來，和《楚辭》及五言詩的起來一樣，是由於民間歌謠的升格。郭茂倩《樂府詩集》及馮唯訥《古詩紀》皆別立一類，不和舊樂府辭相雜。他們稱之為「清商曲辭」。這有種種的解釋。「清商樂一曰清樂。」這話頗可注意。所謂「清樂」，便是「徒歌」之意罷（《大子夜歌》：「絲竹發歌響，假器揚清音。不知歌謠妙，聲勢出口心」，可為一證）。故不和伴音樂而奏唱的舊樂府辭同列。蓋凡民歌，差不多都是「徒歌」的。在「清商曲」裡，有江南吳歌及荊楚西聲，而以吳歌為最重要（至今吳歌與楚歌還是那麼以婉曼可愛）。馮唯訥謂「清商曲古辭雜出各代」。而始於晉。這見解不差。在晉南渡以前，這種新歌是我們所未及知的。到了南渡之後，文人學士們方才注意到這種民歌，正如唐劉禹錫、白居易之注意到《柳枝詞》等等民歌一樣。其初是好事者的潤改與擬作。後乃見之絃歌而成為宮廷的樂調。這途徑也是民歌升格運動的必然的程式。

「吳聲歌曲」當是吳地的民歌。其中最重要的為《子夜歌》。《唐書·樂志》：「晉有女子名子夜，造此聲，聲過哀苦。」這話未必可信。「後人更為四時行樂之詞，謂之《子夜四時歌》，又有《大子夜歌》、《子夜警歌》、《子夜變歌》，皆曲之變也。」（《樂府解題》）今存這些「子夜歌」凡一百二十四首，幾乎沒有一首不是「絕妙好辭」。像「攬枕北窗臥，郎來就儂嬉。小喜多唐突，相憐能幾時？」「夜長不得眠，明月何灼灼。想聞散喚聲，虛應空中諾。」（《子夜歌》）「春林花多媚，春鳥意多哀。春風復多情，吹我羅裳開」；「初寒八九月，獨纏自絡絲。寒衣尚未了，郎喚儂底為？」（《子夜四時歌》）那麼漂亮的短詩，確是我們文庫裡最圓瑩的明珠。「歌謠數百種，《子夜》最可憐」（《大子夜歌》），這可想見那歌聲的如何宛曼動人。

此外又有《上聲歌》、《歡聞歌》、《歡聞變歌》、《前溪歌》、《阿子歌》、《團扇郎》、《七日夜女郎歌》、《黃鵠曲》、《懊儂歌》、《碧玉歌》、《華山畿》、《讀曲歌》等，皆是以五言的四句（或三句）組織成之的。其間以《懊儂歌》、《華山畿》及《讀曲歌》為最重要。像「懊惱奈何許！夜聞家中論，不得儂與汝」（《懊儂歌》）；「歔欷暗中啼，斜日照帳裡。無油何所苦，但使天明爾」（《讀曲歌》），都可算是很清雋的情歌。《華山畿》及《讀曲歌》多有以一句的三言及二句的五言組織之者，像「松上蘿，願君如行雲，時時見經過」（《華山畿》）；「百花鮮，誰能懷春日，獨入羅帳眠」（《讀曲歌》），其歌唱的調子也許是大不相同的。

「西曲歌」為「荊楚西聲」，其情調與組織大都和「吳聲歌曲」相同。其中重要的歌調，有《三洲歌》、《採桑度》、《青陽度》、《孟珠》、《石城樂》、《莫愁樂》、《烏夜啼》、《襄陽樂》等。像「望歡四五年，實情將懊惱。願得無人處，轉身與郎抱」（《孟珠》），「布帆百餘幅，環環在江津。執手雙淚落，何時見歡還？」（《石城樂》），「莫愁在何處？莫愁石城西。艇子打兩槳，催送莫愁來」（《莫愁樂》）；和《子夜》、《讀曲》的情調是沒有什麼殊別的。所不同者，「西曲歌」為長江一帶的情歌，故特多水鄉、別離的風趣耳。

這些民歌的風調，很早的便侵入於文人學士的歌詩裡去。所謂「宮體」，所謂「春江花月夜」等等的新調，殆無不是受了「新樂府辭」的感應的。最早的時候，相傳為王獻之與其妾桃葉相酬答的短歌，便是受這個影響的。釋寶月的《估客樂》，沈約《六憶》之類，也是從《子夜》、《讀曲》中出的，蕭衍嘗擬《子夜》、《歡聞》、《碧玉》諸歌，像「含桃落花日，黃鳥營飛時，君住馬已疲，妾去蠶欲饑」（《子夜四時歌》），宛然是晉、宋的遺音。其他如蕭綱、蕭繹、張率、王筠諸人的所作，無不具有很濃厚的這種民間情歌的成分在內。陳叔寶所作，尤為淫靡；不獨擬作《估客樂》、《三洲歌》而已，且還造作「《黃驪留》及《玉樹後庭花》、《金釵兩鬢垂》等曲，與倖臣等制其歌詞。綺豔相高，極於輕蕩。男女唱和，其音甚哀。」（《隋書．樂志》）惜今 存者獨有《玉樹後庭花》：「映戶凝嬌乍不進，出帷含態笑相迎。妖姬臉似花含露，玉樹流光照後庭。」聊可見其新聲的作風的一斑。

三　梁代橫吹曲與胡曲的融合：五胡亂華時期的新聲

在梁代（西元 502 ～ 557 年），又有一種新聲突然起來：那便是《梁鼓角橫吹曲》。《晉書．樂志》：「橫吹有鼓角，又有胡角，即胡樂也。」其來源可追溯到漢武帝時代。然有歌辭要見者唯在梁代。我的意見，這些胡曲的輸入時代，與其說是漢，不如說是五胡亂華的時候為更適宜些。漢樂已渺茫莫考，而這些胡曲則當是隨了諸少數民族而入漢的新聲。在這些歌曲裡，也有戀歌，像：「腹中愁不樂，願作郎馬鞭。出入擐郎臂，蹀座郎膝邊」，然其風趣卻和《子夜》、《三洲》太殊了。戀歌以外，更多他調，像「放馬大澤中，草好馬著膘」（《企喻歌》）；「隴頭流水，流離西下，念吾一身飄曠野」（《隴頭流水歌》）；「兄為俘虜受困辱，骨露力疲食不足」等等，都是沉浸著北方的一種淒壯勁直之氣魄的。又，《古詩紀》等並附《木蘭詩》於此。但那是一篇很好的敘事詩，其時代至為可疑；中有「對鏡帖花黃」語，花黃為唐時之女飾，以歸之唐，似不會很錯。

齊梁詩人

本章將深入探討齊梁時期詩人的重要貢獻，特別是他們在詩的音韻規律方面的定式發現。這一時期的文學盛世，涌現了許多優秀的詩人，包括謝朓、王融、沈約等文士，他們的詩作成為當時文學的傑出代表。

本章的主要內容包括：

一、齊、梁詩人的貢獻：詩的音韻規律的定式之發現

我們將討論齊梁詩人如何在詩歌創作中探索並確立音韻規律的定式，這一成就對中國詩歌的發展有深遠的影響。

二、齊、梁文學盛世：謝朓、王融、沈約等文士的傑出詩作

本節將介紹謝朓、王融、沈約等齊梁時期的文士，探討他們的詩作在當時文學界的地位和影響。

三、梁代文人與詩壇盛況

我們將探討梁代文人在文學領域的貢獻，以及當時詩壇的繁華景象。

四、陳代詩壇的繁華與詩人群英

最後，我們將回顧陳代詩壇的繁榮時期，介紹一些優秀的詩人和他們的詩作。

這一章將有助於我們更深入地了解齊梁時期文學的繁榮和詩人們在詩歌領域的突出表現，以及他們對中國文學發展的重要影響。

一　齊、梁詩人的貢獻：詩的音韻規律的定式之發現

齊、梁詩體為世人所詬病者已久。但齊、梁體的詩果是如論者所攻擊的徒工塗飾，一無情思麼？唐宋文人慣於自誇的說什麼「文起八代之衰」，或什麼「自從建安來，綺麗不足珍」。但唐、宋的許多大詩人，其作品或多或少的受有齊、梁詩人們的影響是無可諱言的。李白詩的飄逸的作風，絕不是六朝詩體所可範圍者。然他卻佩服謝眺。登華山落雁峰云：「恨不攜謝眺驚人詩來！」杜甫也嘗不客氣的說他道：「李侯有佳句，往往似陰鏗。」杜甫他自己是那樣的目無往古，卻也嘗讚歎的說道：「清新庾開府」。而他們所稱的謝眺、陰鏗、庾信卻都是徹頭徹尾的齊、梁派的詩人們！這可見齊、梁時代的製作是並未被後來的大詩人們所卑視、唾棄之的。凡是大詩人們便都知道欣賞齊、梁詩裡的真正的珠玉。齊、梁作風，

固嘗偏於一隅，然執以較之「花間集」的一個時代，和「北宋詞」的一個時代，他們又何嘗都不是以一種的作風成為一個時代的風氣呢。齊、梁詩裡應酬頌揚之作過多，這是一病。但盡有許多真實的偉大的作品在著。上文所說的許多的新樂府辭，當然是他們最光榮的產品。而此外，也未嘗無物。我們如果沒有什麼偏見，實在該駐足於此，對齊、梁諸大詩人的作品一沉吟，一詠賞的。

齊、梁詩人們有一個極大的貢獻，那便是對於詩的音韻的規律的定式之發現。在沈約以前，做詩的人都是僅憑天籟，習焉不察的。約所謂「自靈均以來，此祕未睹。或暗與理合，匪由思至」並不是誇大的話。到了齊永明的時候（西元 483 ～ 493 年）沈約受了印度拼音文字輸入的影響，方才有四聲的發現，八病的披露。這使得詩律確立了下來，也使得音調更為諧和，對偶更為工整。這時候雖沒有「律詩」之名，而「律詩」的基礎，已在這時候打定的了。

二　齊、梁文學盛世：謝朓、王融、沈約等文士的傑出詩作

從蕭道成移了宋祚之後，文章益盛。老詩人們逝去不少，而新詩人們的崛起，則更有如春草自綠，池萍自茂般的繁多。永明之際，詩壇之盛，足以追蹤建安、正始。當時文士們皆集合於竟陵王蕭子良的左右。子良為武帝第二子，知藝好客。他自己也是一個詩人。蕭衍、王融、謝朓、任昉、沈約、陸倕、范雲、蕭琛等八人，尤為子良所敬畏，號曰竟陵八友。在這八人裡，謝朓最長於詩，任昉、陸倕、則工為散文，沈約則詩文並美。《南齊書．陸厥傳》道：「永明末，盛為文章。吳興沈約，陳郡謝朓，瑯琊王

融，以氣類相推轂。汝南周顒善識聲韻。約等文皆用宮商，以平上去入為四聲，以此制韻，不可增減。世呼為永明體。」又有張融、劉繪、孔稚珪等，在齊代也甚有文名。然其領袖，則允當推謝朓、王融、沈約、范雲等人。

所謂「永明體」，實開創了齊、梁詩的風格。在永明以前，六朝詩的作風並不曾統一過。有顏、謝的緻密，也有淵明的疏蕩自然。有郭璞的俊逸，也有鮑照的奇健清新。所謂六朝的作風，實在只是在永明的時候方才有了一個共同的趨勢的。對仗更工整了，題材更狹小了，情緒更纖柔了，音律更精細了。不是在文辭上做工夫，便是在歌詠著靡靡醉人的清音新調。這時產生出不少的「詩律工細」的詩人們。有時其風格也是很高超的。但像景純的《遊仙》，明遠的「擬古」，淵明的《飲酒》般的東西，卻永遠不見於詩壇上了。這時有的只是「夕殿下珠簾，流螢飛復息」，「餘霞散成綺，澄江靜如練」，「垂楊低復舉，新萍合且離」（謝朓）；只是「況復飛螢夜，木葉亂紛紛」，「絲中傳意緒，花裡寄春情」（王融）；只是「夢中不識路，何以慰相思」，「楊柳亂如絲，綺羅不自持」，「調與金石諧，思逐風雲上」（沈約）。他們的情調是清析的，他們的意境是雋美的，他們的音律是和諧的。所可譏者，乃在格局、才情偏於纖巧的一邊。他們帶領了一大批的沒有天才的文人們，走入一條很窄的死路上去了。然而在這一百十年（從齊到陳）間，在這種所謂齊、梁風尚裡，大詩人們卻仍是不斷的產生出來，成為一個詩人的大時代。而謝朓在其間，尤有影響。

謝朓字玄暉，陳郡陽夏人。初為豫章王太尉行參軍。宣城王鸞輔政，以他為驃騎諮議，掌中書詔誥。出補宣城太守。後遷至吏部郎兼衛尉。永元初，下獄死（464～499）。有集。朓詩精麗工巧，奇章秀句，往往錯出，而風格也警遒勁挺，不流於弱。沈約稱之道：「吏部信才傑，文鋒振奇響。調與金石諧，思逐風雲上。」又嘗云：「二百年來無此詩也。」而後人之「一生低首謝宣城」者，固也不止李白一人。他的五言頗多遊山宴集之作。康樂以善寫山水著稱，然時多生澀之語，遠不若稊詩的自然多趣。像「觸賞聊自觀，即趣感已展」（《遊山》），「魚戲新荷動，鳥散餘花落。不對芳春酒，還望青山郭」（《遊東田》），「窗中列遠岫，庭際俯喬林」（《答呂法曹》）那樣的句子，都是顏、謝所不能措手的。

王融字元長，琅邪人。少慧警，博涉多通。仕齊為中書郎。竟陵王子良拔為寧朔將軍。武帝將死時，他謀立子良為帝，未成。及鬱林王即位，捕他下獄，殺之（468～494）。有集。融有《淨行詩》十首，都是讚頌佛教的，像「三受猶絕雨，八苦若浮雲。……朝浮淨國侶，暮集靈山群」，「但念目前好，安知身後悲」，「淨花莊思序，慧沼盥身倪」，其情調和辭彩固已都是印度的了。

沈約字休文，吳興武康人。幼孤貧，篤志好學，晝夜不倦。母恐其以勞生疾，常遣減油滅火。齊時官至吏部尚書。入梁，為尚書僕射，封建昌縣侯。卒謚曰隱（441～513）。約好聚書，至二萬卷。所著撰著多。文集至有二百卷。鍾嶸評其詩，謂「詞密於范（雲），意淺於江（淹）」。未為知言。在齊、梁詩人裡，約實是最「長於清怨」的。他的戀歌都是嬌媚若不勝情的。像《夜夜曲》：「星漢空如此，寧知心有憶。孤燈曖不明，寒機曉猶織」；像《六憶詩》：「憶來時，灼灼上階墀，勤勤敘別離，慊慊道相思。相看常不足，想見乃忘饑」，「憶眠時，人眠強未眠。解羅不待勸，就枕更須牽。復恐傍人見，嬌羞在燭前」。他的《八詠詩》最為生平傑作，凡八首，每一首都是用了大力來寫作的。即事即景，用以攄懷，乃是抒情詩裡很弘麗的製作。

范雲詩亦殊清雋。《詩品》稱雲作「清便宛轉，如流風迴雪」。像江干遠樹浮，天末孤煙起。江天自如合，煙樹還相似」（《之零陵郡次新亭》），「春草醉春煙，深閨人獨眠。積恨顏將老，相思心欲然。幾回明月夜，飛夢到郎邊」（《閨思》）等，誠足以當此好評。雲字彥龍，南鄉舞陰人。齊時為廣州刺史，免官。梁時為散騎常侍，吏部尚書，卒謚日文。有集。

任昉不以詩名，然所作凝重質實，在齊、梁體中，實為別調。像「近岸無暇日，遠峰更興想」（《濟浙江》），「勿以耕蠶貴，空笑易農士」（《答何徵君》）等，一望便知非沈、范的同流。

劉繪字士章，彭城人。在集於蕭子良左右的諸文士裡，他是比較晚輩。官至大司馬從事中郎，卒。所作像「別離安可再，而我更重之。佳人不想見，明月空在帷。共銜滿堂酌，獨斂向隅眉。中心亂如雪，寧知有所思？」（《有所思》）寫得是那樣的清俊。可惜他所作存者已少。

孔稚珪字德璋，會稽山陰人。齊時為太子詹事，散騎常侍，卒。張融字思光，吳郡人，齊時為司徒，兼右長史，是稚珪的外兄。二人情趣相得，並好文詠。然所作零落已甚，並不足觀。

三　梁代文人與詩壇盛況

梁武帝（蕭衍）的時代，又是一個花團錦簇的詩人的大時代，也許較永明時代更為熱鬧。蕭衍他自己是竟陵八友之一，天生的一位文人的東道主，他自己又是那麼的工於為詩。故集合他左右的詩人們，是較之前一個時代更為眾多，也更為活動。繼於衍之後者，若綱，若繹，也都是有天才的作家，當然很知道怎樣的看重詩人們。蕭氏的這些「詩人皇帝」們，實在都是很可愛的。其文采風流，照耀一時，不徒其地位足為當時詩人們的領袖，即其天才，也都足成為他們的主角。不幸他們恰生當一個喪亂的時代，父子兄弟無一人得以善終。「詩人皇帝」們的結果，竟乃如此的可哀！

蕭衍字叔達，小字練兒。於西元502年即皇帝位。太清三年（西元549年）侯景攻陷台城。衍被幽死（464～549）。衍在齊時已有文名，以與齊為同姓，大見親任。後乃代齊而有天下。居帝位四十八年，於文學宴集之外，便講經論道。南朝的佛教，在他的時代最為熾盛。所編著之文籍極多。今有文集存。他的詩，以新樂府辭為最嬌豔可愛（已引見上文）。其他像《述三教》：「少時學周、孔，弱冠窮六經。……中復觀道書，有名與無名。……晚年開釋卷，猶日映眾星」，是敘述他自己的宗教的閱歷的，像《十喻》：「蜃蛤生異氣，闥婆鬱中天。青城接丹霄，金樓帶紫煙。皆從望見起，非是物理然」，則是將佛教哲學捉入詩中的。

衍子統（昭明太子），以所編《文選》，得大名於世。他字德施，生而聰睿。為太子時，寬和容眾，接經才俊。先衍卒，年三十一（501～531）。有集。他的詩以詠宴遊聽講者為多；像「法苑稱嘉奈，慈園羨修竹。靈覺相招影，神仙共棲宿。慧義比瓊瑤，薰染猶蘭菊」（《講席將畢賦》）便也是以佛理為題材的。

蕭綱（簡文帝）為衍第三子，字世纘，也早慧。天生的一個早熟的詩人，辭藻豔發，宛曲嬌麗，故或譏其傷於輕靡。時號其詩為「宮體」。昭明死，立為皇太子。即位期年，為侯景所殺（503～551）他的作風是最適宜於寫新樂府辭的，故所作不少。即宴遊酬和之作，清什也很多。像「漬花枝覺重，溼鳥羽飛遲，倘令斜日照，並欲似遊絲」（《賦得入階雨》），「窗陰隨影度，水色帶風移」（《餞別》），「草化飛為火，蚊聲合似雷」（《晚景納涼》），都可看出他如何聰明的在鑄景遣辭。其第七弟繹（元帝）字世誠，初封湘東王。後為荊州刺史。遣王僧辯討侯景，殺之，遂即帝位於江陵。西魏伐梁，繹兵敗出降，被殺（508 ~ 555）。他著述甚富，《金樓子》尤為學者所稱。其詩的風格，不離「宮體」，故所作往往和蕭綱的相混雜。像「澄江涵皓月，水影若浮天。風來如可泛，流急不成圓」（《望江中月影》），「風細雨聲遲，夜短更籌急」（《夜宿柏齋》），都是狀物極為工切的。而詠物的短詩，尤為雕鏤得玲瓏可愛。像「風輕不動葉，雨細未沾衣。入樓如霧上，拂馬似塵飛」（《細雨》），「著人疑不熱，集草訝無煙。到來燈下暗，翻往雨中然」（《詠螢火》）其《幽逼詩》四首，作於被幽的時候者，尤具著無涯的悲憤，與平日的倩巧的作風不類。

集於梁代諸帝左右的文士們是計之不盡的。老詩人沈約、范雲們為蕭衍的老友，最見親信。其他像江淹、丘遲、王僧孺、柳惲、吳均、庾肩吾、何遜、張率、王筠以及蕭子顯、劉孝綽兄弟等也並見愛護。王褒、庾信二人在這時代亦為大家，梁亡時方入仕北朝。他們在北去以前的作品，其風格也無殊沈、范諸人，經喪亂後，始變而為遒勁（王、庾見第二十二章）。

江淹字文通，濟陽考城人，宋時為建平王鎮軍參軍。入齊，為御史中丞，又出為宣城太守。梁時為散騎常侍，遷金紫光祿大夫，卒謚曰憲（444 ~ 505）。有集。淹詩初極精工，晚節才思減退，世以為「江郎才盡」。像「涼草散螢色，衰樹斂蟬聲」（《臥疾怨別劉長史》），「白露滋金瑟，清風蕩玉琴」（《清思詩》）之類，對仗精切，而頗少生趣。像《效阮公詩》（十五首）及《悼室人》（十首）之類，才是他的傑作。「昔餘登大梁，西南望洪河。時寒原野曠，風急霜露多……落葉縱橫起，飛鳥時相過」（《效阮公詩》），其情思的健曠，確似左思《詠史》和阮籍《詠懷》。丘遲字希範，烏程人。梁時為司空從事中郎。

王僧孺，東海郯人，仕梁為蘭陵太守。其所作是很得新樂府辭神髓的。張率字士簡，吳郡人。梁時為祕書丞。出為新安太守，卒。柳惲字文暢，河東解人，梁時為廣州刺史，徵為祕書監。後又出為吳興太守。庾肩吾字子慎，新野人；是庾信之父。梁時為太子中庶子。後出為江州刺史，領義陽太守，卒。王筠字元禮，一字德柔，琅邪人。梁時為太子洗馬，中書舍人，雅為昭明太子所禮重。他們這幾個人，作風的靡蕩，大體相類。唯庾肩吾亂後所作，像「泣血悲東走，橫戈念北奔。方憑七廟略，誓雪五陵冤」（《亂後行經吳郵亭》）云云，較見別調。

但在這個大時代裡，真實的有天才的詩人們卻要算是吳均和何遜二人。沈約最愛賞何遜的詩，嘗謂之道：「讀卿詩一日三復，猶不能已。」遜字仲言，東海郯人。八歲能賦詩。嘗和范雲結忘年交，雲也深嗟賞之。嘗道：「頃觀文人，質則過儒，麗則傷俗，其能含清濁，中今古，見之何生矣！」元帝也道：「詩多而能者沈約，少而能者謝朓、何遜。」他是那樣的為時人所推重！他在梁時，嘗為建安王水曹參軍。後為廬陵王記室，卒。有集。我們看他的所作：「夕鳥已西度，殘霞亦半消。風聲動密竹，水影漾長橋。旅人多憂思，寒江復寂寥」（《夕望江橋》）；「星稀初可見，月出未成光。澄江照遠火，夕霞隱連檣」（《敬酬王明府》）；「客心已百念，孤遊重千里。江暗雨欲來，浪白風初起」（《相送》）；那一句不是清新之氣逼人的。誠無愧為第一流的大詩人。

吳均的影響，在當時也極大。或效其作風，號曰吳均體。他字叔庠，吳興故鄣人。家至貧賤。沈約見其文而好之。柳惲為吳興刺史，召補主簿。後為建安王偉記室（469～512）。有集。他的詩體也是清拔的。像「松生數寸時，遂為草所沒；未見籠雲心，誰知負霜骨」（《贈王桂陽》）；「悵然不自怡，端憂坐漠漠。風急雁毛斷，冰堅馬蹄落」（《奉使廬陵》）；「山際見來煙，竹中窺落日。鳥向簷上飛，雲從窗裡出」（《山中雜詩》）等等，都不是塗朱抹粉的靡靡之什。

蕭子顯和兄子範（字景則），弟子雲（字景喬），子暉（字景光）皆善詩。他們是蕭道成的後裔，卻皆仕梁。在其間，子顯尤為白眉。子顯字景暢。梁時為吏部尚書，又出為吳興太守。所著述甚多，詩尤倩靡可喜，像《春別》：「銜悲攬涕別心知，桃花李花任風吹。本知人心不似樹，何意人別似花離。」同時，劉氏兄弟們也多才情。孝綽、孝儀、孝勝、孝威、孝先等並皆馳騁騷壇，競為雄長。孝綽得名尤甚。他本名冉，彭城人。天監初，為著作佐郎。後坐事左遷臨賀王長史，卒。他負才陵忽，前後五免。然辭藻為後進所宗。其詩似最長於寫水上的景色：像「反景照移塘，纖羅殊未動。駭水忽如湯，乍出連山合」（《上虞鄉亭觀濤津渚》）；「日入江風靜，安波似未流。岸回知舳轉，解攬覺船浮。暮煙生遠渚，夕鳥赴前洲」（《夕逗繁昌浦》）；「月光隨浪動，山影逐波流」（《月半夜泊鵲尾》）云云，都是絕妙的景色，第一次被捉入詩裡的。孝威，天監末為太子中庶子，通事舍人。所作像「聯村倏忽盡，循汀俄頃回。疑是傍洲退，似覺前出來」（《帆渡吉陽洲》），狀船行至為入神。孝先，元帝時為侍中。所作像「葉動花中露，湍鳴暗裡泉，竹風聲若雨，山蟲聽似蟬」（《草堂寺尋無名法師》），也寫得極工。孝綽又有三妹，並富才學，其稱劉三娘（名令嫻）者，嫁徐悱，文尤清拔。同時又有到溉、到洽兄弟，彭城武原人，也並善於詩，知名當世。

尚有陶弘景者，字通明，丹陽秣陵人。齊時，隱於句曲山，自號華陽隱居。蕭衍屢加禮聘，不出。卒謚日貞白先生。他的詩，曉暢而峻切，雖不多，卻都為珠玉。像《詔問山中何所有賦詩以答》：

山中何所有？嶺上多白雲。

只可自怡說，不堪持寄君。

這種風趣，淵明後便久已不見的了。

四　陳代詩壇的繁華與詩人群英

陳霸先，代蕭氏，收拾天下於殘破之餘，文人之四逸以避難者，一時復集。陳氏並向北國求還被羈之士，以是人才遂盛。到了後主時代，便又來了一個很偉大的詩人的時代。後主陳叔寶，他自己也是一位有天才的詩人。他所作半為豔嬌的樂府新辭（見前）。其他詩，像「苔色隨水溜，樹影帶風沈」（《泛舟玄圃》），「枝多含樹影，煙上帶珮生」（《詠遙山燈》），都是出之以苦吟的。他字元秀，以西元 573 年，即皇帝位。隋師伐陳，他出降（西元 589 年）。仁壽四年，終於洛陽（553 ～ 604）。有集。他最喜歌詩，嘗以宮人有文學者袁大舍等為女學士，每使她們和狎客共賦新詩，互相贈答，採其尤豔麗者，以為曲詞，被以新聲。這時的老詩人們，有徐陵，陰鏗等；又沈炯、張正見、江總等也皆以詩鳴。而總尤見寵禮。

徐陵字孝穆，東海郯人，徐摛之子（徐摛在梁，亦以能詩名）。在梁，為散騎常侍。入陳，歷侍中，光祿大夫，太子少傅，建昌縣開國侯（507 ～ 583）。所編《玉台新詠》，和《文選》並為僅存之六朝的「文學選本」。有集。其詩像「風光今旦動，雪色故年殘」（《春情》），「嫩竹猶含粉，初荷未聚塵」（《侍宴》）等，也見刻意經營之跡。

陰鏗的才情是很大的。杜甫、李白皆推尊之。杜詩道：「頗學陰、何苦用心」。像他的「山雲遙似帶，庭葉近成舟」（《閒居對雨》）；「從風還共落，照日不俱銷」（《雪裡梅花》）；「夜江霧裡闊，新月迥中明」（《五洲夜發》），確都是「苦用心」之作。他字子堅，武威人，早慧。陳時為晉陵太守，散騎常侍，卒。有集。

沈炯不甚以詩名，然其亂後所作，卻是那樣的淒楚沉痛：「猶疑屯虜騎，尚畏值胡兵。空村餘拱木，廢邑有頹城。舊識既已盡，新知皆異名」（《長安還至方山愴然自傷》）。這種情調，和庾信、王褒所作，卻只有更悲切。他字禮明，一作初明，吳興武康人，約之後。妻子皆為侯景所殺。西魏克荊州時，炯又被虜。後得放歸。陳武帝以為御史中丞。難怪他是那樣的悲歌痛哭著。

張正見詩，「律法已嚴於四傑」（王世貞語）。像「高峰落回照，逝水沒驚波」（《傷韋侍讀》），「風前飛未斷，日處影疑重」（《賦得題新雲》）等可證。他字見賾，清河東武城人，仕陳為通直散騎侍郎。其五言詩尤善。大行於世。

江總字總持，濟陽考城人。梁時已有重名。入陳，官尚書令。陳亡，隨後主入隋，拜上開府，卒（519～594）。他不持政務，但日與後主遊宴後庭，共陳暄、孔范等十餘人，號為狎客。故頗為後人所譏。但他的詩雖也被譏為浮豔，卻實頗有風骨。像「見桐猶識井，看柳尚知門」（《南還尋草市宅》）；「輕飛入定影，落照有疏陰」（《經始興廣果寺》）；「心逐南雲逝，形隨北雁來。故鄉籬下菊，今日幾花開」（《於長安歸還揚州》）；「屏風有意障明月，燈火無情照獨眠」（《閨怨篇》）等，都不純是一味柔靡之作。

批評文學的發端

本章將深入研究文學批評的發展，從漢晉詩論的興起一直到齊梁時期的文學批評盛況。這一時期見證了中國文學批評的重要里程碑，包括對詩歌和文學的評論，以及藝術觀的形成。

本章的主要內容包括：

一、漢晉詩論興起：從孔子到建安時代的文學批評

我們將探討漢晉時期文學批評的起源，從孔子的評論一直到建安時代的文學評論，這些批評對中國文學史有著深遠的影響。

二、齊梁時期的文學批評盛況：音韻辯論、鍾嶸的《詩品》、劉勰的《文心雕龍》和藝術的藝術觀

本節將討論齊梁時期文學批評的盛況，包括音韻辯論的興起，以及鍾嶸的《詩品》、劉勰的《文心雕龍》等重要文學評論作品的出現。我們還將研究藝術的藝術觀在這一時期的發展，以及這些批評對中國文學和藝術的影響。

這一章將幫助我們理解中國文學批評的演變，以及文學評論在中國文學發展中的重要作用。它揭示了中國古代文學思想的豐富性和多樣性，為我們深入了解中國文學史提供了重要的背景和參考。

一　漢晉詩論興起：從孔子到建安時代的文學批評

在建安以前，我們可以說，沒有文學批評。孔子對於文學，一方面只是抱著欣賞的態度，像「師摯之始，《關雎》之亂，洋洋乎盈耳哉！」（《論語．泰伯》）一方面卻抱的是功利主義的文學觀，故屢屢的說道：「不學《詩》，無以言」（《論語．季氏》）：「《詩》，可以興，可以觀，可以群，可以怨；邇之事父，遠之事君，多識於鳥獸草木之名」（《論語．陽貨》）。這可以說是，最徹底的詩的應用論了。卻也還夠不上說是「人生的藝術觀」。他又有「思無邪」之說，但其意義卻是不甚明瞭的。總之，孔子的詩論，只是側重在應用的一方面的。這也難怪，我們看，那個時代的外交上的辭令，幾乎都是稱「詩」以為證的，便可知「詩」的應用，在實際上已是很廣大的了。

漢代是詩思消歇的時代，文學批評也不發達。專門的辭賦家，像司馬相如，只是說，賦是天才的產品，其奧妙是不可知的。揚雄則倡讀千賦則能為賦之說。那都不過是隨意的漫談。《漢書．藝文志．詩賦略》的序是比較得很有系統的批評，其見解卻也不脫教訓主義的色彩。後漢時代最有懷疑精神的王充，在《論衡》裡曾有很重要的發現，那便是「藝增」一類的倡論；但與其說是屬於批評的，還不如說是屬於修辭的。

真實的批評的自覺期，當開始於建安時代。當時曹丕、曹植兄弟，恣其直覺的意見，大膽無忌的評騭著當代的諸家。像曹丕《典論》裡的《論文》，及《與吳質書》裡，都把文章的價值抬得很高。他也許是最早的一個人，感得「文章」具有獨立生命與不朽的。他道：「年壽有時而盡，榮樂止乎其身，二者必至之常期，未若文章之無窮」（《典論》）。他一方面又批評孔融、王粲、徐幹等七人的得失；這有些近於作家的批評了。同時還要探討文體的分類與特質。「夫文，本同而末異；蓋奏議宜雅，書論宜理，銘誄尚實，詩賦欲麗。此四科不同，故能之者偏也」（《典論》）。這裡把「文」分為奏議、書論、銘誄、詩賦四類。大約是最早的一種文體論的嘗試了。他又說：「文以氣為主。」這乃開創了後人論文的一條大路。曹植在《與楊德祖書》裡也評論著王粲、陳琳、徐幹諸人。唯他卻薄辭賦為小道，而欲以「建永世之業，流金石之功」為急。假如不是有激而雲然，則其批評見解是遠不若他哥哥的高超了。

陸機在晉初寫了一篇《文賦》，那是以賦體來論文的一篇偉大的東西。對於著作的甘苦，他是頗能闡發之的。在文體論一方面，他雖分為詩、賦、碑、誄、銘、箴、頌、論、奏、說等類，比曹丕多出若干，其大體卻仍是就曹氏之論而放大了的。關於文章作法的一邊，那是他自己的特色。但也偏重於修辭、謀篇的部分。他主張，言辭與理意是應該並重的，而其本卻還為理意。「謝朝華於已披，啟夕秀於未振」，他是那樣的具有開拓一個宗派的雄心。

與陸機同時的有摯虞，他編集了號為第一部總集（該說除《詩經》、《楚辭》外）的《文章流別集》（本傳說，三十卷，《隋志》雲，四十一卷），專選詩賦。又有《文章流別志論》，有遺文見存。其主張也是說：以情義為本，以辭藻為佐，和陸機差不了多少。東晉時，有李充作《翰林論》，宋時，有王微作《鴻寶》，顏延之作《論文》，他們的遺文都已不見隻字，故這裡不能說及(顏氏《庭誥》中有論文語，當非即所謂《論文》也。)

范曄的《獄中與諸甥侄書》，也是一篇論文章的得失的大作，其主張仍是：「嘗謂情志所託，故當以意為主，以文傳意。以意為主，則其旨以見，以文傳意，則其詞不流。」

二　齊梁時期的文學批評盛況：音韻辯論、鍾嶸的《詩品》、劉勰的《文心雕龍》和藝術的藝術觀

齊、梁在文學批評史上是一個大時代。出現了好幾部偉大的批評的著作，產生了許多不同的批評見解。我們的批評史，從沒有那樣的熱鬧過。第一是沈約、陸厥們的關於音韻的辯論。這是一場極大的文學論戰。一方主張著韻律的定格的必要，一方則主張著自然的韻律論。易言之，也便是受了印度文學洗禮過的文人和本土的守舊的文人間的爭鬥。原來，隨了譯經而同來的，便是梵文的拼音字母的輸入。這把中國古來的「聲音」，「讀若某」的不大確切的「諧」音法，根本打倒了。代之而起的，是擬仿著拼音文字而得的反切法(始於魏之孫炎)。後沈約更取之，而倡為四聲八病之論。同時謝朓、王融、周顒等皆相與應和。陸厥雖極力的反對，其聲音卻若落在曠野中去了。第二是鍾嶸《詩品》的創作。也許是受有《漢書·古今人表》的若干影響吧，故他把五言詩人們分別為上中下三品而討論之。雖有人對於他的三品之分，表示不滿意。但像他那樣的統括著五言詩諸大家於一書而恣意批評之的氣魄，卻是空空前的。他在

序裡闡發著，詩以性情為主，及「但令清濁通流，口吻調利，斯為足矣」的主張，是很足以注意的。為了反對過度的格律的定式，故他對於「平上去入」、「蜂腰鶴膝」之說也表示不滿。第三是劉勰《文心雕龍》的出現。勰字彥和，東莞莒人，梁時，為步兵校尉兼舍人。後來出家，改名慧地。他的《文心雕龍》也是空前的偉作，共有五十篇（其中《隱秀》一篇是偽作），可分為三個部分。《原道》、《徵聖》、《宗經》、《正緯》及《序志》是文學通論。《辯騷》、《明詩》、《樂府》，以至《諸子》、《奏啟》、《書記》等二十一篇是文體論。《神思》、《體性》、《風骨》，以至《知音》、《程器》等二十四篇是修辭的原理和方法論。其主幹的見解是「因文而明道」，和陸機所論相同；而其大體，也不出《文賦》的範圍以外。然而，從《文賦》到《文心》，是如何的一種進步呢！第四是「為藝術的藝術觀」的絕叫。文藝久成了功利主義的俘虜，但這時，則被解脫了。蕭統的《文選》，首先排斥經書、史籍及諸子於文學的領土之外。徐陵的《玉台新詠》更嚴「純文學」的門閥。蕭子顯的自序道：

風動春朝，月明秋夜，早雁初鶯，開花落葉，有來斯應，每不能已也。

蕭繹也道：

文者，唯須綺縠紛披，宮徵靡曼，脣吻遒會，情靈搖盪。

——《金樓子》

這是古所未有的大膽的主張。雖裴子野嘗作《雕蟲論》以糾之，北朝也屢有反抗的運動；然運會所趨，終莫能挽。能給純文學以最高的估值與賞識者，在我們文學史上，恐怕也只有這一個時代了。

故事集與笑談集

本章將聚焦於早期中國文學中的故事集和笑談集，這些作品展示了古代中國文學中的小說探索和瑣事雋談的豐富內容。

本章的主要內容包括：

一、早期中國文學中的小說探索

我們將探討早期中國文學中出現的故事集，這些故事集包含了各種類型的故事，包括神話、傳奇、寓言等。這些作品反映了古代中國文學中對於敘事形式的探索和創新。

二、早期中國文學中的瑣事雋談與小說探索

在這一節中，我們將研究早期中國文學中的瑣事雋談作品，這些作品以輕松幽默的方式探討了生活中的瑣事和趣聞。同時，我們也會關注小說探索的發展，了解古代中國小說的早期形式和特點。

這一章將幫助我們了解古代中國文學中多樣的文體和題材，以及古代文學中故事和笑談的重要地位。這些作品不僅豐富了中國文學的內容，還為後來的文學發展提供了重要的啟示。

一　早期中國文學中的小說探索

在唐以前，我們可以說是沒有小說。漢以前的所謂「小說」，幾乎全部都已亡佚，遺文極少，看不出其性質何若。漢以後的所謂「小說」，卻只是宇宙間異物奇事的斷片的記載和短篇的渾樸少趣的故事的傳錄而已。前者是《山海經》一流的《神異經》、《十洲記》。他們根本上不能列入小說之林。像《神異經》所記：「崑崙之山，有銅柱焉，其高入天，所謂天柱也。……上有大鳥，名曰希有，南向，張左翼覆東王公，右翼覆西王母。……西王母歲登翼上，會東王公也。」（《中荒經》）那一類怪誕無稽的片段的神話，便是這種書的好例。《神異經》和《十洲記》相傳俱說是東方朔所撰，但不可信。後者較有小說的格局，但卻都是樸樸質質的片段的敘述和記載，一點描述的風趣都沒有；所以只是「故事」，不是「小說」。這種「故事」往往成為一集。他們又有兩種區別。一種是「滑稽談」或所謂「笑談集」的，專是拾掇人間的小小的錯誤，以為談笑之資，這一種故事是最近於小說的；一種是記載宇宙間的奇事異聞的，其中盡多各地方的民間傳說，也有很雋美的故事，卻都不過是未成形的小說。

關於「滑稽談」和「笑談集」，最早者為《笑林》。《隋書．經籍志》題為後漢給事中邯鄲淳撰。淳一名竺，字子禮，潁川人。少有雋才。元嘉元年（西元 151 年），上虞長度尚為曹娥立碑，淳便於席間作碑文，操筆而成，無所點定，遂以知名。黃初初，為魏博士給事中。《笑林》今有馬國翰輯本。這部書所載的「笑談」有到現在還流傳於民間的。像：「某甲，夜暴疾，命門人鑽火。其夜陰暝，不得火。催之急。門人忿然曰：『君責人亦大無理。今暗如漆，何以不把火照我？我當得覓鑽火具，然後易得耳。』孔文舉聞之曰：『責人當以其方也。』」「楚人居貧，讀《淮南方》：『得螳螂伺蟬自鄣葉，可以隱形。』遂於樹下仰取葉。螳螂執葉伺蟬，以摘之。葉落樹下。樹下先有落葉，不能復分別。掃取數鬥歸。一一以葉自鄣，問其妻曰：『汝見我不？』妻始時恆答言見；經日，乃厭倦不堪，紿雲不見。嘿然大喜。齎葉入市，對面取人物。吏遂縛詣縣。縣官受辭，自說本末。官大笑，放而不治。」都是很雋永的。梁時又有殷藝（471～529）撰《小說》，皆抄叢集書而成，中也多可笑的故事。隋侯白作《啟顏錄》，也是這一流的東西。

二　早期中國文學中的瑣事雋談與小說探索

記載奇聞異事的故事集，其寫作也始於魏。有《列異傳》者，《隋志》以為曹丕撰（《唐志》則云張華撰），今已佚，唯於《太平廣記》等書中猶可見殘文若干：「武昌新縣北山上有望夫石，狀若人立者。相傳云，昔有貞婦，其夫從役，遠赴國難。婦攜幼子，餞送此山，立望而形化為石。」像這樣的很哀豔的傳說，而只是以數行的枯燥無趣的記述了之，頗可見出一般「故事集」作者的描寫力的不夠。又有《博物誌》，也傳為張華作。王嘉《拾遺記》說，華嘗「捃採天下遺逸，自書契之始，考驗神怪，及世間閭裡所說，造《博物誌》四百卷，奏於武帝。」帝令芟截浮疑，分為十卷。這書今存，系分類記載異境、奇物以及古代瑣聞雜事的。幾乎什麼都被包羅在內，有點像《太平廣記》的前驅。東晉有干寶者，作《搜神記》二十卷，體例始略純，不甚雜瑣談，而多載故事。其中很有不少重要的民間傳說，且有至今尚流傳於內地的。像所載豫章新喻學男子娶鳥女為妻事，便是世界上流行最廣的《鵝女郎》的故事的一個。印度的影響，已開始出現於這部書裡，像所載天竺巫人「有數術，能斷舌復續，吐火」事便是。寶字令升，新蔡人。東晉時為著作郎。後為始安太守，遷散騎常侍。又有《搜神後記》者，凡十卷，系續干寶之書的，題陶潛撰。但不甚可信。或以其中曾收入潛的《桃花源記》（見卷一）而致誤歟？但這書所載的神話和傳說，重要者甚多，像謝端娶「螺婦」之類的故事，可信其當為直接從民間的口傳的故事裡來的。又關於佛教和僧侶們的故事，也不少。這也是很可珍異的資料。晉時又有荀氏作《靈鬼志》，陸氏作《異林》，戴祚作《甄異傳》，祖沖之作《述異記》，祖台之作《志怪》，王浮作《神異記》等，原書並佚，僅有遺文見於《太平廣記》諸類書裡。晉、宋間，劉敬叔，彭城人，嘗為宋給事黃門郎，曾著《異苑》，卻幸得存於今。其記述的伎倆，也不殊於干寶。宋時有臨川王劉義慶作《幽明錄》，散騎常侍東陽無疑作《齊諧記》，也俱佚不存。梁吳均嘗續無疑之書（名《續齊諧記》）。其中嘗記「鵝籠書生」的故事，殊為奇詭可喜。然其來歷卻是印度的。最早的輸入印度故事者，尚指出那是外來的。但到了均此時，卻已把外來的故事，改穿上中國的衣服，當作我們自己的東西了。又傳為王嘉作的《拾遺記》，傳為任昉作的《述異記》，其中也很有些重要的古代的神話與傳說。

同時，佛教盛行的結果，因果報應之說便因之而深入民間，代替了本土的定命論的人生觀。地獄受罪，天堂享樂之故事，也紛紛而起。我們相信，這些故事中定有許多是從印度故事改頭換面而來的。這種宗教的故事集，有宋劉義慶《宣驗記》，齊王琰《冥祥記》，隋顏之推《集靈記》、《冤魄志》，侯白《旌異記》。所記不外是，念佛、拜經或造像者的受福，而謗佛不信者卻有人曾在地獄裡見其受罪。在六朝的神怪故事集裡，他們卻彈出別一種的調子來。

又有別一類專門記載人間的瑣事雋談的集子，開始出現於晉代。這是王、何輩玄談的結果。以一言一動，臧否人物，標榜風韻；亦時有雋語，卻往往不成其為有系統的「故事」。裴啟的《語林》，郭澄之的《郭子》，劉義慶的《世說》，沈約的《俗說》，皆其著者；今唯《世說》盛行於世。

相傳為漢時的小說，像《漢武帝故事》（稱班固撰），《漢武帝內傳》（亦稱班固撰），《漢武洞冥記》（稱郭憲撰），《飛燕外傳》（稱伶玄撰）等，殆無一為真漢人之作。然其狀事寫情，卻已頗有小說的趣味。除《雜事祕辛》等顯為明人所偽作外，餘殆皆出於六朝人的所作，其成就反要較故事集等為崇高。

六朝的辭賦

六朝時期是中國文學史上一個極具特色的時期，其中辭賦文學的復興成為當時文壇的一大亮點。這股復興運動源於建安時代，隨著詩歌思維的複興，辭賦文學也重新繁榮起來。在這個時期，許多文士如禰衡、曹植、王粲、向秀、陸機、潘岳等人紛紛創作了優美的辭賦作品，將詩情注入其中，使之充滿情感和詩意。

禰衡的《鸚鵡賦》以引物以譬人的手法，展現出深刻的哲理，曹植的《洛神賦》則充滿幽默風趣，遠離了以往奇字麗句的風格，而王粲的《登樓賦》則表現出豪放的情感，深刻披露內心世界。向秀的《思舊賦》和陸機的《嘆逝賦》則表達了對逝去友人和戰友的哀悼之情，情感真摯，詩意濃郁。

潘岳以其《西征》、《秋興》、《閒居》、《懷舊》、《寡婦賦》等辭賦作品，展現了豐富的情感，特別是對生死和故舊的深刻思考。左思的《三都賦》則在描述景物之餘，不乏情感抒發。

六朝辭賦不僅注重描繪自然景物，更加強調內心情感，追求真情流露和抒情的深度。這一時期的辭賦作品豐富多彩，為後世的文學創作提供了豐富的素材和情感。

然而，隨著六朝時期的結束，辭賦文學逐漸式微，直至南北朝時期重新興盛。這段時期的辭賦作品多以詠物或抒發個人情感為主，情感更加充沛，成為中國古代文學的一個亮點。

第一節　六朝文學中的辭賦復興：情感濃郁的詩趣

復興了辭賦的「詩趣」的，乃是六朝的諸作家。這個復興運動，也當開始於建安時代。隨了詩思的復活，「辭賦」也便重見生機。禰衡的《鸚鵡賦》，引物以譬人，寫得那樣的可憐。曹植的《洛神賦》，是那麼的有風趣，已不是徒以奇字麗句堆砌成文的了。王粲的《登樓賦》，其情調遠規靈均，近同平子（張衡有《歸田賦》），雖未盡宛曲之趣，實是披肝露膽之作。其後向秀作《思舊賦》以吊嵇康、呂安：「於時日薄虞淵，寒冰淒然，鄰人有吹笛者，發聲寥亮。追思曩昔遊宴之好，感音而嘆。」陸機作《嘆逝賦》以哀戰友：「人何世而弗新，世何人之能故。野每春其必華，草無朝而遺露。」罔不是真情流露，詩意充溢的。其《文賦》也具陳文心，備言甘苦，不是敷衍之作。而潘岳尤長於哀誄懷人之什。追逝思故，若不勝情。像他的《西征》、《秋興》、《閒居》、《懷舊》、《寡婦》諸賦，殆沒有一篇不是清雋之氣逼人的。《秋興》固足以上比宋玉，而《懷舊》之寫「墳壘壘而接壟，柏森森以攢植；何逝沒之相尋，曾舊草之未異！」《寡婦賦》之寫「願假夢以通靈兮，目炯炯而不寢。夜漫漫以悠悠兮，寒淒淒以凜凜。氣憤薄而乘胸兮，涕交橫而流枕。」尤皆留連於生死故舊之情，淒迷於存亡窈念這際，絕不是那些以塗飾誇誕自喜者之比。左思的《三都賦》，追蹤班固、張衡，雖不是抒情之作，卻也甚見工力。

東晉南渡以後，辭賦作家暫見消歇。郭璞的《江賦》，和木華的《海賦》並為寫前人所未涉及的景色的，但究竟不大高明。到了晉末宋初，大詩人陶淵明、鮑照相繼而出，立刻把賦也抬高到未之前有的妙地仙境裡去。陶淵明的《閒情賦》，雖蕭統不大滿意，斥之為「白璧微瑕」（《陶集序》），然實是極清新真切的長篇的抒情詩。像：

> 願在衣而為領，承華首之餘芳，悲羅襟之宵離，怨秋夜之未央。
> 願在裳而為帶，束窈窕之纖身，嗟溫涼之異氣，或脫故而服新。
> ……
> 願在絲而為履，附素足以周旋，悲行止之有節，空委棄於床前。
> 願在晝而為影，常依形而西東，悲高樹之多蔭，慨有時而不同。
> 願在夜而為燭，照玉容於兩楹，悲扶桑之舒光，奄滅景而藏明。
> ……
> 考所願而必違，徒契契以苦心。
> 擁勞情而罔訴，步容與與南林。

情詩寫到這樣宛轉敦厚的地步，還有誰可及呢？見此，真覺得像「君依光兮妾所願」諸作，還未免嫌單調。

鮑照的《蕪城賦》，我們只讀其歌：「邊風急兮 城上寒，井徑滅兮丘隴殘。千齡兮萬代，共盡兮何言！」便已嗅出其淒涼的氣氛來。別人都寫輝輝煌煌的《兩都》、《三京》（張衡作《東京》、《西京》及《南都賦》），照獨憑弔「蕪城」：廢井頹垣，榛路荒基的寫照，或較離宮禁苑的鋪張揚厲的描狀，尤能打動人的情感罷。《連昌宮詞》（唐元稹作），《哀江南曲》（見孔尚任《桃花扇》）並此而三，難能有四！

謝惠連的《雪賦》只是一篇詠物的名作，然其《祭古塚文》卻是真實的一篇雋妙的抒情詩。謝莊的《月賦》確能將渺茫朦朧的月夜的氣氛寫出：「美人邁兮音塵闕，隔千里兮共明月。臨風嘆兮將焉歇，川路長兮不可越。……月既沒兮露欲晞，歲方晏兮無與歸。佳期可以還，微露沾人衣。」他竟是充溢著惆悵的情懷的。

梁時，江淹作《恨賦》、《別賦》，那又是充滿著悵惘淒楚的空氣的。「試望平原，蔓草縈骨，拱木斂魂」；「黯然銷魂者唯別而已矣」，他選的是那樣一種的傷感的題目！「春草碧色，春水綠波；送君南浦，傷如之何！」這已夠令人淒然了；「春草暮兮秋風驚，秋風罷兮春草生；綺羅畢兮池館盡，琴瑟滅兮丘壟平。自古皆有死，莫不飲恨而吞聲！」更是直彈到人生的最深邃的中心了。漢人每喜誇誕的漫談，其失也淺薄。六朝人卻反了過來，專愛在傷感的情緒上著力，遂多「哀感頑絕」，「情不自禁」之作。六朝賦與漢賦之別便在於此。

蕭衍嘗作《淨業賦》。以佛人思想滲透到辭賦裡去，恐怕要以此篇為唯一之作。其子綱，嘗作《悔賦》，顯然是模仿文通的《恨》、《別》二賦的。蕭繹所作《玄覽賦》，浩浩莽莽，幾復回到司馬、揚、班的時代。然其《蕩婦秋思賦》：「況乃倡樓蕩婦，對於傷情。於是露萎庭蕙，霜封階砌。坐視帶長，轉看腰細。重以秋水文波，秋雲似羅。日黯黯而將暮，風騷騷而渡河」，卻是具有很幽渺的抒情的成分的。

沈約有《郊居賦》，極寫郊外園林之樂，而用「唯以天地之恩不報，書事之官靡述」云云為結，未免迂腐。同時有陸倕，字佐公，吳郡吳人，為國子博士，守太常卿。他的《感知己賦贈任昉》（昉也有一賦答之）卻是「真性情」流露之作。劉峻的《廣絕交論》。雖名為論，實似一賦，也是出於不自已的憤激之心意的。張纘字伯緒，為梁駙馬都尉。後授雍州刺史，為岳陽王蕭詧所殺，他的《南征賦》乃是安仁《西征》的同流。沈炯的《歸魂賦》，寫梁末喪亂，身為北朝所羈留；「每日夕而靡依，常一步而三嘆。……言語之所不通，嗜慾之所不同。……豈論生平與意氣，止望首丘於南風」，痛定思痛，情意至為淒惶。江總也有《修心賦》，其情調與《歸魂》頗同，他們都是庾子山的《哀江南賦》的同道。

六朝的散文

六朝時期是中國文學史上一個極具特色的時期，散文成為當時文學風采的一大亮點。這個時期的文學以其深厚的情感、優美的筆觸和獨特的風格著稱。

在六朝文學中，陶淵明是一位傑出的散文家，他的散文作品充滿了對自然的熱愛和對人生的深刻思考。他的代表作《歸去來辭》道出了對故鄉的思念和對世俗之困的追求，情感豐富且真摯。王羲之則以書法家聞名，他的書法作品也蘊含著深刻的文學內涵。孫綽以其詼諧風趣的散文作品為後人津津樂道，他的《世說新語》被譽為古代文學的珍品。

除了陶淵明、王羲之、孫綽外，六朝還有眾多文人如謝靈運、顏延之、鮑照、雷次宗、范曄等，他們的散文作品各具特色，豐富多彩。這些作家以筆墨描繪出自己的情感世界，探討了人生、愛情、自然等主題，使六朝散文成為文學寶庫。

六朝時期也見證了散文風格的多樣化，齊代的文學風采，如蕭子良、王儉、劉繪、陸澄、孔稚鳩、謝逋等，都有獨特的文筆和情感表現。梁代則有諸多優秀的散文作家，如蕭氏父子兄弟、沈約、任昉、范雲等，他們的作品豐富多彩，反映了當時社會和文學的多重面向。

六朝散文不僅關注個人情感，還探討了佛教和道教等宗教哲學，為後世的宗教文學提供了重要素材。葛洪的《抱朴子》和蕭繹的《金樓子》則是六朝時期的名著，具有深遠的思想價值。

最後，六朝的文獻遺產包括佛家論難、抱朴子、金樓子和各種史書，這些珍貴的文獻成為後世研究的重要資料，豐富了中國文學和文化的內涵。六朝散文以其深刻的情感和多樣的主題，為中國文學史留下了燦爛的一頁。

一　六朝文學：文與筆之探析

六朝文章有「文」「筆」之分。文即「美文」，筆則所謂應用文者是。劉勰《文心雕龍．總術篇》謂：「今之常言，有文有筆，以為無韻者筆也，有韻者文也。」梁元帝《金樓子．立言篇》亦謂：「至如不便為詩如閻纂，善為章奏如伯松，若此之流，泛謂之筆。吟詠風謠，流連哀思者謂之文。」又謂：「至如文者，唯須綺穀紛披，宮徵靡曼，唇吻遒會，情靈搖盪。」是則，所謂「文」者並不是以有韻者為限，只要是以「綺穀紛披」之文，來抒寫個人情思者皆是。當然「文」是包括了詩賦在內的。但如制誥章奏之流，便是所謂「筆」了。故除了「應用文」之外，凡「文章」皆可謂之文。《南史．顏延之傳》：「宋文帝嘗問以諸子才能。延之曰：『竣得臣筆，測得臣文。』」《梁書．劉贊傳》：「幼孤，兄弟相勵勤學。並工屬文。孝綽常曰：『三筆六詩』。三即孝儀，六孝威也。」這裡所謂「詩」，便是延之之所謂「文」。直到中唐，還有此別。趙璘《因話錄》云：「韓文公與孟東野友善。韓文公文至高，孟長於五言，時號孟詩韓筆。」

實則，六朝之「文筆」，相差也至微。即所謂朝廷大製作，也往往是「綺縠紛披，宮徵靡曼」的。我們可以說，除了詩賦不論外，其他六朝散文，不論是美文，或是應用文，差不多，莫不是如隋初李諤所攻擊的「連篇累牘，不出月露之形，積案盈箱，唯是風雲之狀」的云云。在這種狀態之下的散文，便是「古文家」所集矢的。後人的所謂「文起八代之衰」，便是斷定了六朝文是要歸在「衰」之列的。但六朝的散文果是在所謂「衰」的一行列中麼？其文壇的情況果是如後人之所輕蔑的麼？這倒該為她一雪不平。

把什麼公牘、記載之類的應用文，都駢四儷六的做起來，故意使得大眾看不懂，這當然是一個魔道。但如個人的抒情的散文，寫得「綺縠紛披，宮徵靡曼。唇吻遒會，情靈搖盪」，難道便也是一個罪狀麼？在我們的文學史裡，最苦的是，抒情的散文太少。六朝卻是最富於此類抒情小品的時代。這，我們可以說，是六朝的最特異的最光榮的一點，足以和她的翻譯文學，新樂府辭，並稱為鼎立的三大奇蹟的。在我們的文學史裡，抒情小品文之發達，除了明、清之交的一個時代之外，六朝便是其最重要的發展期了。明、清之交的散文的奇葩，不過如「曇花一現」而已。六朝散文則維持至於近三百年之久，其重要性，尤應為我們所認識。其他論難的文字，描狀的史傳，也盡有許多高明的述作，不單是所謂「月露之形」、「風雲之狀」而已。

二　六朝文壇風采：陶淵明、王羲之、孫綽等文人的散文創作

抒情的散文，建安之末，已見萌芽。子桓兄弟的書札，往往憶宴遊的愉樂，悼友朋的長逝，悱惻纏綿，若不勝情，已開了六朝文的先路。正始之際，崇尚清談，士大夫以廖廓之言，祖蕩之行相高，更增

進了文辭的雋永。五胡之亂，士族避地江南者多，「暮春三月，江南草長，雜花生樹，群鶯亂飛」，在這樣的山川秀麗的新環境裡，又浚啟了他們不少的詩意文情。於是便是應用、酬答的散文之間，也往往「流連哀思」，充滿了微茫的情緒。

東晉之初，劉琨、郭璞並為重要之政治家。琨勇於任事，有澄清中原之志。所作章奏，辭意慷慨，風格遒上，像《上愍帝請北伐表》、《勸進元帝表》等等，痛陳世勢，指數方略。「厄運之極，古今未有。在食土之毛，含茹之類，莫不叩心絕氣，行號巷哭。」當此之時，唯有「以社稷為務，不以小行為先；以黔首為憂，不以克讓為事。」（《勸進元帝表》）其言都是出之以蓬勃的熱情的。然時勢已不可為，軍士乏食，一籌莫展。「衣服藍縷，木弓一張，荊矢十發，編草盛糧，不盈二日；夏則桑椹，冬則豐豆。視此哀嘆，使人氣索！」（《與丞相箋》）終於在這種情形之下為悍將段匹磾所殺！

同時有盧諶的，字子諒，范陽涿人，尚武帝女滎陽公主。劉琨以為司空主簿。其與琨贈答的簡牘，頗為世人所稱。又琨被殺後，諶上《理劉司空表》，痛切的申琨之志，理琨之冤，頗能揭發當時姑息之政的內幕。

郭璞著書極多，大都為註釋古書者。如《爾雅注》、《方言注》、《三蒼注》、《穆天子傳注》、《水經注》、《楚辭注》等等。璞以阻王敦謀亂被殺。看他的許多表奏，對於天天在崩壞的時局，他是很能注意到，而要加以匡扶的。

為中興重鎮的王導，字茂弘，琅邪臨沂人，成帝時，進太傅，拜孫相，咸和五年卒，年六十四。所作書札，類皆指揮、計劃當時的政治與時事的。而措辭沖淡，中多至情披露之語，其抒寫也頗有情趣。

同時又有殷仲堪、陶侃、溫嶠、庾亮諸人，皆為主持朝政，或獨當一面者。其互相贈答的文札，或指陳政局，或相與激厲，在疏理陳辭之間，亦復楚楚有情致。仲堪，陳郡長平人，為都督荊、益、寧三州諸軍事，荊州刺史，假節鎮江陵。安帝時為桓玄所敗，自殺。侃字大行，鄱陽人，拜侍中太尉，加都督交、廣、寧七州軍事，又加都督江州，領刺史。咸和七年卒，年七十六。嶠字太真，太原祁人，拜驃騎將軍，開府儀同三司，加散騎常侍。亮則為晉國戚，久居政府。他字元規，潁川鄢陵人。嘗鎮武昌，號征西將軍，開府儀同三司；為當時文士的東道主之一。

世家子弟的王羲之，字逸少，琅邪臨沂人，為右軍將軍，會稽內史（321～379）。以善書得盛名。所作簡牘雜帖，隨意揮寫，而自然有致。所論皆家人細故，戚友交往，乃至贈賚雜物，慰勞答問。雖往往寥寥不數行，而澹遠搖盪，其情意若千幅紙所不能盡，這是六朝簡牘的最高的成就。一半也為了他的字為後人所慕，故此種雜帖，遂保留於今獨多。姑舉二三例：

> 甲夜，羲之頓首：向遂大醉，乃不憶與足下別時。至家乃解。尋憶乖離，其為嘆恨，言何能喻。聚散人理之常，亦復何云。唯願足下保愛為上，以俟後期。故旨遣此信，期取足下過江問。臨紙情塞。王羲之頓首。

> 期小女四歲，暴疾不救，哀愍痛心，奈何誇何！吾衰老，情之所寄，唯在此等。奄失此女，痛之纏心，不能已已，可復如何？臨紙情酸！

> 奉橘三百枚。霜未降。未可多得。

> 雨寒，卿各佳不？諸患無賴，力書。不一一。羲之問。

他的《三月三日蘭亭詩序》為古今宴遊詩序中最為人知的一篇「此地有崇山峻嶺，茂林修竹，又有清流激湍，映帶左右，引以為流觴曲水，列坐其次。」雖沒有什麼絲竹管絃之盛，「一觴一詠，亦足以暢敘幽情」。又從宴樂感到人生的無常。雖不是什麼極雋妙的「好辭」，卻自有羲之的清澹的風格在著。大約這《蘭亭序》之所以盛傳，又半是為了他的書法之故罷。後人翻刻之石，至有五百帖以上。

羲之子獻之，亦以善書知名。他字子敬，尚新安公主。除建威將軍，吳興太守，徵拜中書令卒（344～388）。所作雜帖，傳者也多：

鏡湖澄澈，清流瀉注。山川之美，使人應接不暇。

像二王的種種雜帖，假如不是為了書法美妙之故（集中是不會全收的），恐怕是不會流傳到後世來的。六朝的一部分社會情態，文士生涯，往往賴斯為我們所知。故在別一方面看來，也是頗可注意的。從其間，所謂「六朝風度」者，往往可於無意中領略到。

孫綽字興公，太原中都人，嘗為殷浩建威長史。浩敗，王羲之引為右軍長史。轉永嘉太守，拜衛尉卿。有《至人高士傳贊》二卷，《列仙傳贊》三卷，《孫子》十二卷，今不盡傳，傳者唯詩文若干篇。（《全晉文》中有《孫子》及《至人高士傳贊》及《列仙傳贊》殘文。）興公長於哀誄碑版之文。政府要人死後，其碑文出於他的筆下者不少。

東晉之末，有詩人陶淵明，他的散文和他的詩一樣，全然是獨立於時代的風尚以外的。貌若澹泊，而中實豐腴，和當時一般的作品，慣以彩豔來掩飾其淺陋者，恰恰立於相反的地位。他的《五柳先生傳》是自敘傳，是個人的自適生活的寫真。其《桃花源記》，卻欲以這個個人生活推而廣之，使之成為一個理想的社會了。原因是，見了當代的喪亂，故不得不有託而逃。「不知有漢，無論魏、晉」，更何有於晉、宋的紛紛攘奪呢！但桃花源究竟是不會有的。在整個龍爭虎鬥的社會裡，怎麼會有什麼避世的桃花源呢？故遂以「迷不復得路」結之。但淵明究竟不是一個自了漢。他不完全提倡一個消極的躲避的辦法。故桃花源也遂成為積極的思想，社會的模範，像「烏託邦」(utopia)、「共和國」(republic)、「新大西洋」(New Atlantic)，那樣的一個「避」秦之地。避秦之地終於是一個寓言的世界，於是五柳先生遂不得不逃於酒，在醉鄉里，也就是在理想國裡，躲了過去。淵明全部理想幾全可以此釋之。所以他不僅是一位田園詩人，徹頭徹尾的詩人，而且是偉大的政治理想家。但他的所作，其重要性還不完全在此。卻在於他的特殊的澹泊的風格，在於他的若對家人兒女談家常瑣事似的懇切的態度。他不用一個濃豔的雕琢的辭句，他不使一點的做作的虛矯的心情；他只是隨隨便便的稱心稱意的說出他的整個情思來。純然以他的真樸無飾的詩人的天才，來戰勝了一般的慣好浮誇與做作的作家們。這便是他的真實的偉大的所在。無論在詩，在散文方面，都是如此。故他的散文，如《五柳先生傳》和《桃花源記》等之外，《與子儼等疏》、《祭程氏妹文》、《祭從弟敬遠文》及《自祭文》等，也是真實的傑作。

又淵明除了風格的澹遠以外，其他是純然的一位承襲了魏、晉以來的風度的人物，一位純然的《世說新語》裡的文士。他和他的《晉故征西大將軍長史孟府君傳》裡所述的龍山落帽，「好酣飲，逾多不亂，至於任懷得意，融然遠寄，傍若無人」的孟嘉，乃是真實的同志。他自己是「開卷有得，便欣然忘食；見樹木交蔭，時鳥變聲，亦復欣然有喜。常言五六月中，北窗下臥，遇涼風暫至，自謂是羲皇上人。」(《與子儼等疏》)「性嗜酒，家貧不能恆得。親舊知其如此，或置酒而招之，造飲輒盡，期在必醉，即醉而退，曾不吝情去留。」(《五柳先生傳》)像這樣一位坦率任性的人物，誠是「竹林七賢」以內的人物！

三　六朝文人的散文成就：從陶淵明到謝靈運、顏延之、鮑照、雷次宗、范曄等

淵明雖生在晉末宋初，而元嘉以下的文士們的風格，卻一點也不曾受到他的影響——雖然他們並不是不知敬重他，愛好他。（六朝人士常是最好的文藝欣賞者。）如顏延之為《陶徵士誄》，蕭統也為之作傳。在實際上，像他那樣的純任天真，不加浮飾的風格，非僅僅模擬之所能及的。且他的風格，也半由於他的田園生活所造成。當然像六朝文士們那樣的鎮日擾擾於侍宴遊樂之間者是絕不會企冀得到的。

然風格雖殊，而「六朝風度」的灌溉，卻是同然一體的。故淵明的澹遠雖不可及，而宋、齊、梁、陳之際，「脣吻遒會，情靈搖盪」的散文，也所在都有。

與淵明同代的，有謝靈運、顏延之及鮑照等。他們都是詩人，但於散文也都有相當的成就。靈運喜遊山水，乃竟因遊山之故，被誣為謀反，見殺。被殺前，他上《詣闕自理表》，情辭甚為悲惻，然意無救於他的死。他的《遊名山志》，今僅存殘文，故無可觀。他的族弟惠連，有《祭古塚文》，其中充滿了詩意的悲緒。又他的從子謝莊，也長於書奏哀誄，所作頗多。

顏延之的《庭誥》，是淵明的《與子儼等疏》的一流，然文繁意密，不復有澹蕩之姿。其中也充滿了由經驗與學問給他的許多的儒家的教訓。像「言高一世，處之逾嘿；器重一時，體之茲沖。不能所能幹眾，不以所長議物」云云，已不復是坦率任意的魏、晉風度了。

鮑照的散文，所作雖不若他的詩賦的重要，然如《登大雷岸與妹書》，狀石寫水，也頗盡物趣，仍具

著嚴謹的風格。同時又有雷次宗的，字仲倫，豫章南昌人。元嘉中，徵至京師，開館於雞籠山，聚徒教授。除給事中，不就，加散騎常侍。他是當時的一位儒者。嘗有《與子侄書》，以言所守，其情趣甚同於陶淵明的《與子儼等疏》。

以作《後漢書》著稱的范曄，也有一篇《獄中與諸甥侄書以自序》。在將就戮之前，作著這麼一篇「自序」，當然是很富於感情的。然其中序生平事跡者少，而論文章、音樂的利鈍者多。或者《宋書．范曄傳》登入此書時，只是節取的罷。

四　齊代文學與蕭子良、王儉、劉繪、陸澄、孔稚圭、謝遖等

齊代的文學，以文學者的東道主的蕭子良為中心。子良為武帝的第二子，封竟陵郡王。鬱林王即位，進太傅，督南徐州。子良邸中所聚，賢豪最多，其後鷹揚於梁代的人物，自蕭衍以下，幾全集於他的左右。他自己所作，以散文為多，尤以書疏為宛曲動人。

王儉及其子融皆以文名。融為鬱林王所殺。所作書序，皆甚可觀。其《曲水詩序》，以巧麗稱，一時有勝於顏延年之譽。劉繪、陸澄所作，傳者甚少。孔稚珪字德璋，會稽山陰人，宋泰始中為州主簿，東昏王時為散騎常侍，永元三年卒（447～501）。他嘗和子良論難宗教問題。又作《北山移文》以嘲周顒，有「叢條瞋膽，疊穎怒魄，或飛柯以折輪，乍低枝而掃跡。請回俗士駕，為君謝逋客」語。草木雲石，皆有感覺，斯為罕見的名作。又同時有謝遖，以詩鳴於世，而其籤啟也很可喜。

五　梁代文士及其散文成就：蕭氏父子兄弟、沈約、任昉、范雲、江淹、陸倕、陶弘景、何遜、吳均、劉氏兄弟姊妹、丘遲、王筠、庾肩吾、王琳

梁代的散文，其盛況幾同於建安。蕭氏的父子兄弟們以皇帝親王之尊，而躬親著作，不僅作文士們的東道主，且並是文士團體裡的健將，其情形也有同於曹氏的父子兄弟們。蕭綱（簡文帝）《與蕭臨川書》、《與湘東王書》；蕭繹（元帝）諸短啟書札；蕭統《與晉安王綱令》、《答湘東王求文集及詩苑英華書》等等，皆所謂「流連哀思」之文，絕類陳思兄弟的書啟。誠足以領袖群倫，主持風雅。蕭衍所作，亦多雅思。他沉浸於佛法之中，所下詔諭，往往有「煦煦為仁」之意，與一般帝王詔令之雷厲風行，詞嚴旨酷者很不相同。

追隨於蕭氏父子兄弟們的左右的文士們是計之不盡的。與蕭衍同輩的則有沈約、任昉、范雲、江淹、陸倕、陶弘景諸人。稍後則有何遜、吳均、劉孝綽兄妹們，劉峻、王僧孺、王筠、丘遲、庾肩吾諸人。

沈約所著甚多，而詩名最著，散文的書、論，傳者也不少。約篤信佛法，書牘來往，以言宏法衛教者為多，亦有留連光景，商榷辭章之作。其《修竹彈甘蕉文》，為很有趣味的「遊戲文章」，或有些別的微意在其中罷。

任昉字彥升，小名阿堆，樂安博昌人，為竟陵王記室。入梁，拜黃門侍郎，出為義興太守。天監七年卒。所作雜傳地誌等至五百卷之多。昉為文壯麗。沈約稱其心為學府，辭同錦肆。時人云：任筆，沈

詩。他聞之，甚以為病。晚節用意為之，欲以傾沈，然終不能及。他的散文，以「大手筆」為多，但也有很好的書啟之作。

江淹所作散文，也以籤、啟為最好。其《報袁叔明書》，乃是很雋永的抒情文。

> 方今仲秋風飛，平原飄色，水鳥立於孤洲，蒼葭變於河曲，宛然淵視，憂心辭矣。獨念賢明蚤世，英華殂落，僕亦何人，以堪久長。一旦松柏被地，墳壟刺天，何時復能銜杯酒者乎？忽忽若狂，願足下自愛也。

范雲、陸倕所作，罕有精思。倕字佐公，吳郡吳人。入齊為竟陵王議曹從事參軍。入梁，終於國子博士，守太常卿。普通七年卒。倕文章與任昉並稱。蕭綱道：「近世謝朓、沈約之詩，任昉、陸倕之筆，斯實文章之冠冕、述作之楷模。」（《與湘東王書》）然就今所傳者觀之，倕實不如昉遠甚。范雲之作，傳者絕少，也並不足與昉並倫。

陶弘景所作碑文，頗多浮豔之辭。其《尋山志》，始以：「倦世情之易撓，乃杖策而尋山」，實乃一賦。但像《答謝中書書》：

> 山川之美，古來共談。高峰入雲，清流見底。兩岸石壁，五色交暉。青林翠竹，四時俱備。曉霧將歇，猿鳥亂鳴。夕日欲頹，沉鱗競躍。實是欲界之仙都。自康樂以來，未復有能與其奇者。

卻是六朝散文中最高的成就之一。

何遜散文，見傳者僅寥寥數篇耳，而皆工麗可喜。為《衡山侯與婦書》：「心如膏火，獨夜自煎，思等流波，終朝不息」諸語，也見巧思。吳均的《與施從事書》、《與朱元思書》、《與顧章書》等，皆為絕妙好辭，能以纖巧之語，狀清雋之景。像：

風煙俱淨，天山共色。從流飄蕩，任意東西。自富陽至桐廬一百許里，奇山異水，天下獨絕。水皆漂碧，千丈見底，遊魚細石，直視無礙。……橫河上蔽，在晝猶昏。疏條交映，有時見日。

——《與朱元思書》

狀風光至此，直似不吃人間煙火者。這乃是：「其秀在骨」，絕不會拂拭得去的。誰說六朝人只會造浮豔的文章呢？

劉氏兄弟姊妹們，幾無不能文者。劉孝綽，彭城安上裡人，本名冉，小字阿士，繪子，為祕書監；所作籤啟甚工。劉潛字孝儀，以字行，孝綽第三弟，太清初，為明威將軍，豫章內史；在大同中，有《彈賈執傳湛文》，頗傳人口。又劉令嫻為孝綽第三妹，適僕射徐勉子晉安太守悱；今傳《祭夫文》：「雹碎春紅，霜雕夏綠。躬奉正衾，親觀啟足。一見無期，百身何贖。嗚呼哀哉！生死雖殊，情親猶一！敢遵先好，手調姜橘。素俎空乾，奠觴徒溢！」甚為惻惻動人。

劉峻字孝標，初名法武，平原平原人。梁時為荊州戶曹參軍，以疾去職，居東陽之紫巖山。普通二年卒（462～521），門人諡曰玄靖先生。有《世說注》十卷最為有名。《世說注》隨事見人，隨人隸事，所引之古書，今已亡逸者至多，故極為世人所重。孝標所作散文，並皆雋妙。《辯命論》才情瀆溢，一切歸之天命，似為有激而言。《廣絕交論》則明為任昉諸孤而作，更多悲切之音。其他書啟，亦甚動人。像《送橘啟》：

南中橙甘，青鳥所食。始霜之旦，采之風味照座，劈之香霧噀人。皮薄而味珍，脈不䏲膚，食不留滓。甘踰萍實，冷亞冰壺。可以熏神，可以芼鮮，可以漬蜜。氈鄉之果，寧有此耶？

我們讀此，似也覺得「香霧噀人」。

王僧孺，東海郯人，王肅八世孫。仕齊為唐令。梁時，嘗因事入獄。後為南康王諮議參軍。入直西省。普通三年卒（465～522）。僧孺才辯犀利，而名位不達，故所作每多憤激之語。當他免官，久之不調，友人盧江何炯，猶為王府記室，乃致書於炯道：「寒蟲夕叫，合輕重而同悲；秋葉晚傷，離黃紫而俱墜。蜘蛛絡幕，熠熠爭飛。故無車轍馬聲，何聞鳴雞吠犬。俯眉事妻子，舉手謝賓遊。方與飛走為鄰，永用蓬蒿自沒。」辭意雖甚酸楚，而亦不無幾分的懇望在著，故結之以：「唯吳馮之遇夏馥，范彧之值孔嵩，愍其留賃，憐此行乞耳。」云云。有文集。

丘遲字希範，吳興烏程人，梁時嘗為永嘉太守，遷司徒從事中郎。天監七年卒（464～508）。他的《與陳伯之書》勸伯之來歸江南者，最為傳誦人口。「霜露所均，不育異類。姬漢舊邦，無取雜種。此虜僭盜中源，多歷年所，惡積禍盈，理至燋爛……而將軍魚遊於沸鼎之中，燕巢於飛幕之上，不變惑乎！」六朝人所偽託的《李陵答蘇武書》，或正足為這封名札作一個答案罷。

王筠字元禮，一字德柔，小字養楫子。梁簡文帝時為太子詹事。庾肩吾字子慎，新野人，簡文時為度支尚書。二人並籤啟碑銘，為世所傳。肩吾又著《書品》，極論書法，頗有意緒。

又後梁有王琳者（《酉陽雜俎》作韋琳），明帝時為中書舍人，嘗作《魚表》（《酉陽雜俎》作《鯉表》），頗富滑稽之趣。

六　陳代散文作家：徐陵、沈炯、周弘讓、陳後主叔寶、江總

陳承蕭梁之後，遺老的散文作家們有徐陵、沈炯、周弘讓等，稍後又有陳叔寶（後主）、江總諸人。

徐陵為陳代文萃的寶鼎，有如梁之沈約、任昉。不僅他的詩為時人所宗式，即其散文，也並為當代的楷模。陵的才情甚大，自朝廷大製作，以至友朋間短札交往，無不舒捲自如，隨心點染。他初與庾信齊名，合稱徐、庾。後信被留拘北庭，不得歸來，陵遂獨為文章老宿。信因環境難苦，情緒遂以深邃，故所造有過於陵者。然陵也嘗於梁太清中，為魏人所拘繫，久乃得還。陵在那個時期所作《與齊尚書僕射楊遵彥書》、《在北齊與宗室書》、《與王僧辯書》、《與王吳郡僧智書》等，莫不淒楚懷歸，情意纏惻。「遊魂已謝，非復餘生，餘息空留，非為全死。」（《與王僧辯書》）而《與楊遵彥書》慷慨陳辭，愷切備至：「山梁飲啄，非有意於籠樊；江海飛浮，本無情於鐘鼓。況吾等營魄已謝，餘息空留。悲默為生，何能支久！……歲月如流，人生何幾！晨看旅雁，心赴江淮。昏望牽牛，情馳揚越。朝千悲而下泣，夕萬緒以迴腸。不自知其為生，不自知其為死也！……若一理存焉，猶希矜眷。何故期令我等必死齊都，足趙、魏之黃塵，加幽、並之片骨。遂使東平拱樹，長懷向漢之悲；西洛孤墳，恆表思鄉之夢！」那樣的沉痛的呼號，似不遜於《哀江南賦》。

沈炯於江陵陷時，也嘗被俘入西魏，迫仕為儀同三司。紹泰中始歸國。為王僧辯所作勸進諸表，慷慨類越石諸作。而他的《經漢武通天台為表奏陳思歸意》：「陵雲故基。共原田而膴膴；別風餘趾，帶陵阜而茫茫。羈旅縲臣，能不落淚！」竟乞哀於故鬼，尤可悲痛！清初吳偉業嘗譜此事為《通天台雜劇》，

借古人之酒杯，澆自己之塊壘，並是血淚成書，不徒抒憤寫意而已。

陳後主叔寶，詩才甚高，書札也復不凡。他的《與江總書悼陸瑜》，追憶遊宴論文之樂，惜其「遽從短運。遺蹟余文，觸目增泫」，大類子桓兄弟給吳質各書。

江總的散文，今傳者不多，有《自序》，時人謂之實錄，惜僅存其大略。其他諸文，大都和釋氏有關。他自以為，弱歲便歸心釋數，「深悟苦空，更復練戒，運善於心，行慈於物。」齊、梁以來的作家，殆無不是如此的。

七　六朝散文：六朝時期的佛教與道教論辯

六朝散文，論者皆以為唯長於抒情，而於說理則短。這話是不大公允的。六朝不僅是詩人雲起的時代，且也是宗教家和衛道者最活躍的時候。在六朝的散文裡，至少宗教的辯難是要占領一個很重要的地位的。那時，自漢以來的佛教勢力，漸漸的根深柢固了。自皇帝以至平民，自詩人以至學士，無不受其薰染，為之護法。南朝的梁武帝至捨身於同泰寺。北朝魏都洛陽，城內外寺觀之數，多至一千餘（見《洛陽伽藍記》）。但以外來的佛教，占有那麼偉大的力量，當然本土的反動是必要發生的了。漢、魏是吸收期，六朝卻因吸收已達飽和期而招致反動了。故六朝便恰正是本土的思想與佛教的思想，本土的信仰與佛教的信仰作殊死戰的時候。這場決戰的結果，原是無損於佛教的豪末。卻在中國思想史上，文學史上留下一道光明燦爛的遺蹟。我們看，佛法的擁護者是有著一貫的主張，具著宗教家的熱忱的，其作戰是有條不紊的。然而本土的攻擊者，卻有些手忙足亂，東敲西擊，且總是零星散亂，不能站在一條戰線上作戰的。時而以純粹的儒家見解來攻打。時而以新生的道教信仰當作攻打的武器。時而站在國家主義的立場上，就夷教排斥論來鼓動一般人的敵愾之心。時而又發表什麼「白黑論」以宣傳道釋並善之說。總之，攻擊的陣線是散亂的，佛家的防禦卻是統一的。以一貫之旨來敵散亂之兵，當然是應付有餘的了。但在決戰的時候，雙方的搏擊卻是出之以必死之心的。其由衝突而生的火光，是如黑夜間的掣電似的，特別明亮的出現於烏漆如黑的天空，顯著異樣的絢麗。自此以後，向佛家進攻的，如持著儒家正統論的韓愈、歐陽修等，其立論之脆弱，更是不足當佛徒之一擊的了。

這種論難的最早的開始，當在於宋元嘉十二年（西元 435 年）的公布的《白黑論》的時候。何尚之有《列敘元嘉讚揚佛教事》，把這次辯難的經過，說得很詳細：

是時，有沙門慧琳，假服僧次，而毀其法，著《白黑論》。衡陽太守何承天與琳比狎，雅相擊揚，著《達性論》。並拘滯一方，詆呵釋教。永嘉太守顏延之，太子中舍人宗炳，信法者也。檢駁二論，各萬餘言。琳等始亦往還，未抵跡乃止。炳因著《明佛論》以廣其宗。

今《白黑論》等並存於世，旨頗可知。慧琳本姓劉，秦郡秦縣人。出家住冶城寺。元嘉中，在朝廷頗有勢力。他的《白黑論》（即《均善論》），設為白學先生和黑學道士的論辯，以「白」主中國聖人之教，「黑」主談幽冥之途，來生之化的釋教。其結論是：「夫道之以仁義者，服理以從化，帥之以勸戒者，循利而遷善。故甘辭興於有欲而滅於悟理，淡說行於大解而息於貪偽……但知六度與五教並行，信順與慈悲齊立耳。」是明持著儒釋折衷論的。以沙門而發這種議論，當時護佛者自然要大嘩起來了。

何尚之徑稱他為「假服僧次，而毀其法」。何承天似是當時唯一表同情於他的人，他將《白黑論》分送朝士，力為宣傳。他是東海郯人，宋時為尚書祠部郎，領國子博士，遷御史中丞。元嘉二十四年，坐事免官。卒年七十八（370～447）。他原是當代的儒學的宗師，本來對於佛教是一肚子的不滿。看見有一個釋子做出了那樣的「毀法」的文章來，自然是十二分的高興，代盡分送的義務。因此，起了很重要的反響。護法的文士，無不參加論戰。宗炳原是承天的論敵，便首起舉難。炳字少文，南陽涅陽人。義熙中，為劉裕主簿。後入宋，屢徵皆不就。他見了《白黑論》，便寫幾封長信給何承天，討論此事。後又著作《明佛論》，大為佛家張目。承天初送《白黑論》給他，只是請他批評。及炳長篇大論的攻擊起來，承天也便親自出馬，與之駁難。又著《達性論》及《報應問》。《報應問》直攻佛家的中心的信仰，舉例證明「殺生者無惡報，為福者無善應」。又和顏延之往復辯難。延之也是信從佛教者。連作三論，專攻承天的《達性論》。

同時又有范泰，王弘，鄭鮮之諸人，討論「道人踞食」事。但那是佛教本身的儀式問題，沒有多大的重要性。卻也可以看出一般人對於沙門等之行動，像踞坐與以手取食等，頗為詫怪不滿。

《白黑論》的論戰過去了，卻又起了另一個新的論難。那便是以顧歡的《夷夏論》為中心的一場論難。顧歡字景怡，一字玄平，吳郡鹽官人。宋末，徵為揚州主簿，永明初，徵為太學博士，並不就。《夷夏論》的攻擊，較《白黑論》更為明白痛快，也更為狠惡深刻。先引道經，說明老子入天竺維衛國，因國王夫人淨妙晝寢，遂乘日精入其口中，後生為釋迦，佛道興焉。「道則佛也，佛則道也。」然因所在地不同，故儀式有異。「今以中夏之性，效西戎之法，既不全同，又不全異。下棄妻孥，上廢宗祀……且理之可貴者道也，事之可賤者俗也。舍華效夷，義將安取。若以道邪，道固符合矣。若以俗邪，俗則大乖矣。」這場攻擊，頗為可怕，說他基本之道，原是中國的，而儀式則大不同。以此鼓動人民愛國之心，而去排斥佛教，方法是很巧妙的。故當時此論一出，駁者便紛紛而起。若袁粲，若朱昭之，若朱廣之，若明僧紹，皆痛陳其誤，加以詳辯。和尚一方面，也有慧通、僧愍二人做文來反攻。僧愍作了《戎華論折顧道士夷夏論》。以《戎華論》來罵歡的《夷夏論》，恰刀是針鋒相對。僧愍也引經來說明老子為大士迦葉的化身，「化緣既盡，回歸天竺，故有背關西引之邈。華人因之作《化胡經》也。」正是以矛攻盾之法。又引經說，佛據天地之中，而清導十方，「故知天竺之土是中國也。」針對歡之責以中夏之性，效西戎之法。「子出自井坂之淵，未見江湖之望矣」，以更闊大的一個世界，來駁歡的偏狹的夷、夏之別。末更丑道而揚佛，欲其革己以從佛理。確是一篇很雄辯的東西。

欲以淺薄剽竊的道教的理論，來攻擊佛教，當然是不會成功的。奉佛甚虔的沈約學著《均聖論》，闡揚佛家素食之說，以殺生為戒，並證之以中國往古聖人「聞其聲不忍食其肉」等等事，決定「內聖外聖，義均理一」。這不是什麼很重要的文章，但因此招致了道士陶弘景的熱烈的責難。約又作了一篇《答陶隱居難均聖論》，便辭旨弘暢得多了。弘景之難，頗似顧歡之論，仍以「夫子自以華禮興教，何宜乃說夷法」為責難的中心。約則偏是規避此點不談。

但當時，最重要的辨難，還不是什麼就愛國主義而立論的《夷夏論》，也不是什麼折衷儒佛的《白黑論》，真正的決死戰，卻在於以范縝的《神滅論》為中心的一場大爭鬥。范縝字子真，南鄉舞陰人。齊初為寧蠻主簿。建武中，出為宜都太守。天臨四年，徵為尚書左丞。坐事徙廣州。還為中書郎，國子博士。縝的《神滅論》，未知作於何時。然齊的鄭鮮之已有《神不滅論》：「多以形神同滅，照識俱盡，夫所以然，其可言乎？」鮮之卒於元嘉四年（西元427年）。難道縝的此論竟作於元嘉四年以前麼？但縝的所作，在梁武帝時候（西元502～549年），才有人紛紛的加以駁難，甚至連梁武帝他自己也親自出馬，可見此作絕不會是八十幾年前產生的。鄭氏的《神不滅論》和縝的此論，當是題材的偶同，而不會有什麼因果的關係的。

佛家所持以勸人者，像因果報應，幽冥禍福等等，類皆以靈魂不滅論為其骨幹。若人死，靈魂果即消失，則佛家所說的一切，胥皆失所附麗。從前的《夷夏》、《白黑》諸論，皆只攻其皮毛。到了范縝的《神滅論》，才以科學的態度，直攻其核心的觀念，欲一舉而使其土崩瓦解。當縝著論之時，正是南朝佛家最為專霸的時代，自天子以至親王、大臣、將軍們，幾無不為佛氏的信徒。而縝則居然冒大不韙而向之進攻，誠不能不謂之豪傑之士。唯蕭衍及其臣下們究竟還是持著寬容異端的主義的，他雖作《敕答臣下神滅論》，罵了縝一頓：「妄作異端，運其隔心，鼓其騰口，虛畫瘡疣，空致詆訶」，而實際上也不曾加他以重罪。縝所論的，要旨如下：

或問予云：神滅，何以知其滅也？答曰：神即形也，形即神也。是以形存則神存，形謝則神滅也。……神之於質，猶利之於刀；形之於用，猶刀之於利。利之名，非刀也；刀之名，非利也。然而舍利無刀，舍刀無利。未聞刀沒而利存，豈容形亡而神在！……浮屠害政，桑門蠹俗，風驚霧起，馳蕩不休。吾哀其弊，思拯其溺。……又惑以茫昧之言，懼以阿鼻之苦，誘以虛誕之辭，欣以兜率之樂。故舍逢掖，襲橫衣，廢俎豆，列瓶缽，家家棄其親愛，人人絕其嗣續。致使兵挫於行間，吏空於官府，粟罄於墮遊，貨殫於泥木。所以奸宄弗勝，頌聲尚擁，唯此之故。其流莫已，其病無限！

這論，太重要了，不僅對於佛家挑戰，實在也對一切宗教挑戰。對於當時興高彩烈的佛教徒們，這正是一個當心拳。故他們見了，莫不一時失色，紛紛的出死力以駁之。只沈約一人，便作了《形神論》、《神不滅論》、《難范縝神滅論》等好幾篇文章。居皇帝之尊的蕭衍，也親自出馬來訓斥了范縝一頓，縝又有《答曹思文難神滅論》，更申前旨。這場論辯，實在是太有趣，太重要了。

當時，又有《三破論》出現，專攻佛而崇道。全文已不存，幸劉勰的《滅惑論》所引不少，尚可見其大要。《三破》所論，與《夷夏論》鮮殊，彥和所駁，也不過佛家常談，故無甚重要。

與顧歡約同時的，有張融，以作《門律致書周顒等諸遊生》，力言佛家攻道之非。「吾見道士與道人戰儒墨，道人與道士獄是非。昔有鴻飛天道，積遠難亮。越人以為鳧，楚人以為燕。人自楚、越耳，鴻常一鴻乎！」他持著佛、道調和論，以為其本則一，其源則通。這已是道家的防禦戰，而非攻擊戰了。但他的論敵周顒則窮追不已，力擁佛而攻道。他以為非道則佛，不宜持兩端。「道佛兩珠，非鳧則燕，唯足下所宗之本，一物為鴻耳。」此言殊足以破佛道調和論之堅壘。（顒有《答張融書難門律》及《重答張融書難門律》。）

如此紛紜的論戰，大約要到梁代的後半葉方才告了滅熄。其所以滅熄之故，半因佛家勢力的一天天的膨脹，半也因皇家的熱心護法，足以緘止攻擊者之口。

於關於佛家的論難以外，六朝也不是沒有其他的名著。像葛洪的《抱朴子》，蕭繹的《金樓子》，都是很重要的鉅作。

八　六朝名著：葛洪的《抱朴子》與蕭繹的《金樓子》

葛洪字稚川，丹陽句容人。晉惠帝時，吳興太守顧祕檄為將兵都尉，遷伏波將軍。元帝時，以功封關內侯，後選為散騎常侍，領大著作。固辭，求為句漏令。卒年八十一。他是一位很奇怪的人物，既是儒生，又是道士武的官僚，頗以神仙服食為務。其求為句漏令，蓋即以其地多出丹砂。他的《抱朴子》，有內篇，有外篇。內篇言黃白之事，外篇則為「駁難通釋」之文。今內外二篇存者頗多。外篇諸文，尤為後人所傳誦。如《勖學》、《崇教》、《君道》、《臣節》、《貴賢》、《任能》、《欽士》、《用刑》、《擢才》以至《酒誡》、《疾謬》、《刺驕》、《安貧》、《文行》、《彈禰》等等皆是儒家之言，並異方士之術。而《詰鮑》一文，專攻鮑敬言老、莊式的議論，其立場也是站在純粹的儒學之上的。由此看來，他似是有兩重人格的。著《抱朴子》內篇的是一位葛洪，作外篇的，又是另一位葛洪。前一位是道人，是術士，後一位卻似可列入文、武、周公、孔子的道統表裡的純粹的儒者。

蕭繹（梁元帝）的《金樓子》，自《興王》至《自序》凡十四篇，其中以有關文章者為多，如《聚書》、《立言》、《著書》等皆是。唯往往多及往古之事，如《興王》便敘古帝王事，《志怪》便敘天地間怪異之事，大似張華的《博物誌》，聚瑣屑的雜事而為之整理歸類。並不是有一貫的主張，有堅固的壁壘，像《抱朴子》等的。但其中儲存古代神話傳說不少，頗可供我們的研究。

九　六朝文獻之珍：佛家論難、抱朴子、金樓子與史書遺產

最後，還要一敘那時代的關於歷史的著作。六朝人士們，著作史書的勇氣與興致都甚高。故《晉書》之作，前後共有十八家之多。像王隱、虞預、朱鳳、何法盛、謝靈運、臧榮緒、沈約諸人皆有一家的著作。沈約又著《宋書》，至今尚傳於世。又有范曄者，著《後漢書》，也成為最後的一個定本。裴松之則為陳壽的《三國志》作注，該博淵深，至今猶為尋輯古代逸書的寶庫之一。

蕭衍嘗集儒士們著作《通史》，規模極為偉大，當是合力的史書的最早之一部，可惜今已不傳了。

北朝的文學

北朝時期是中國文學史上一個充滿變革和對峙的時代，這段時期的文學命運受到南北政權的對立和文化交流的影響。北朝文學展現出剛健的風格和獨特的文學成就。

在北朝文學中，邢邵、魏收、顏之推、陽休之、俊之等文人備受推崇。他們延續了漢晉文學傳統，對詩詞和散文有著卓越的貢獻。邢邵的詩歌充滿著豪放和奔放的風格，反映了當時北地的輝煌。魏收的《博物志》則為後世提供了珍貴的文化資料。顏之推的詩作被譽為北朝詩壇的瑰寶，他的《世說新語》也為後人提供了宝貴的社會史料。陽休之和俊之則各自以其獨特的文學風格和作品受到讚譽。

北朝文學的剛健風格在拓跋勰、高昂、孝莊帝、楊華和無名氏的詩歌中得到體現。這些詩人以奮發向上的情感和鮮明的筆觸，歌頌北地的風土人情和文化。他們的詩歌充滿力量，反映了北朝時期的社會氛圍和文化特色。

庾信和王褒是北朝文學中的憂鬱詩人，他們的詩作充滿了對世事變遷和人生苦痛的感慨。他們以深刻的思考和豐富的想象力創作了許多富有哲理的詩篇，成為北朝文學中的亮點。

最後，北朝文學的光榮之作包括《洛陽伽藍記》和《水經注》。這些著作不僅是文學作品，還是對當時社會、地理和宗教等多個方面的重要記錄，為後人研究北朝時期的歷史和文化提供了重要依據。北朝文學在南北對峙的環境中繁榮發展，為中國文學史貢獻了豐富多彩的內容。

一　北朝文學：南北對峙的文學命運

所謂北朝文學，是指相當於南方的東晉、宋、齊、梁、陳諸朝的北地的文學而言。李延壽《北史》，始於魏道武帝登國元年（西元386年，即南朝晉孝武帝太元十一年），終於隋義寧二年（西元618年）。但我們所謂「北朝」，卻要開始於南北朝對峙的第一年，即晉愍帝被劉聰所殺的第二年，也即晉元帝即皇帝位於金陵的那一年（東晉太興元年，西元318年）。其終止，則在隋文帝開皇九年（西元589年）滅南朝的陳而統一南北的時候。這其間，共二百七十二年。在這二百七十餘年的時代，南方是，正邁開大步，向純文學的一條路走去。北地的文壇是怎樣的呢？除上文所述的為北國之光的佛教翻譯文學及佛教故事集以外，還有的是什麼呢？這便是本章所要述的。

從晉惠帝的時候，所謂五胡亂華的時代起，北方的天下，便沒有一天安寧過。長安陷落了，晉愍帝被劉聰所殺了，司馬睿和許多世族都逃到南方來，倚長江的天塹以為固。北地的江山，千年來的帝王之都，便棄擲給許多少數民族的武士們，任他們在那裡彼此吞併，互相殘殺。中間南朝也曾有過數次的恢復故都運動，像桓溫、謝安、劉裕之所為，然不久也仍然不得不放棄不顧。北方的大殘殺，到了各個不同民族的新國盡為北魏所破滅（西元440年）的時候，方才宣告停止。在這一年（即宋文帝元嘉十七年），方才是真正的成為南北二朝的對立。到了梁武帝大同元年（西元535年），北魏又分為東、西二朝。後東魏被禪代而成為北齊，西魏也被禪代而稱為後周。到了陳宣帝太建九年（西元577年）北齊為後周所滅，北朝方復統一。在這樣的兩個世紀半的時間裡，北地是那樣的多難！在這樣多難的一個時代裡，純文學當然是不易產生。所以北朝的文學，遠不及比較安靜的南朝那樣的蓬勃有活氣。

再者，還有一個重要的原因，使她不能產生什麼偉大作品出來，那便是：無論是秦（苻氏），是涼，是魏（拓跋氏），是周（宇文氏），是齊（高氏），卻沒有一個不是不大通漢文的少數民族，不是以馬上的征戰為生涯的。他們不大懂得漢字，更不會寫什麼雅麗的文學的著作。至於本土的漢人呢，終年的被蹂躪在少數民族的鐵蹄之下，又誰有閒情逸緻來寫作什麼！顏之推的《顏氏家訓》裡，有一段極沉痛的話：

齊朝有一士大夫，嘗謂吾曰：「我有一兒，年已十七，頗曉書疏。教其鮮卑語及彈琵琶，稍欲通解。以此伏事公卿，無不寵愛，亦要事也。」吾時俯而不答。

——《教子篇》

那時漢人的地位是如何的可憐！又崔浩以修魏史，觸怒魏人，至被夷三族。漢人哪裡還有絲毫的什麼自由呢！以此，在北朝的初期，差不多是沒有什麼文學可談的，除了宗教的譯作以外。

到了稍後的時候，那些少數民族沉浸於漢人的文化中，漸漸的長久了，獷厲的性質，便也漸漸的變更過來，知道重文好士，文網也較寬。於是南方的文學潮流，便排闥登堂的輸入北國去了。就實際上說來，除了極少數的例外，北地的文學和南朝的是沒有多大的區別的。後王褒、庾信，又相繼的入仕於周，更煽動了北人的欣豔之心。所以遠在南北朝的政治上的統一以前，他們的文學是早已統一的了。

二　北朝文人與文學傳統：邢邵、魏收、顏之推、陽休之及俊之等人的文學成就

《北史·文苑傳》所述文士，始於許謙、崔宏、崔浩、高允、高閭、遊雅及袁翻、常景等，後則有袁躍、裴敬憲、盧觀、邢臧、裴伯茂、孫彥舉、溫子升諸人。視子升校較後者，則有邢邵、魏收二人。諸人所作，類擬南朝，鮮見自立。例如，邢邵雅慕沈約，魏收則竊任昉。

溫子升字鵬舉，自雲太原人，晉溫嶠之後。嘗作《侯山祠堂碑文》，為常景所賞。梁使張皋，寫子升文筆，傳於江外。梁武稱之曰：「曹植、陸機，復生於北土。」王暉業也說：「我子升足以陵顏轢謝，含任吐沈。」他的詩，像「光風動春樹，丹霞起暮陰」（《春日臨池》），「素蝶向林飛，紅花逐風散；花蝶俱不息，紅素還相亂」（《詠花蝶》），都是南歌，看不出一點的北國的氣息出來。

邢邵字子才，河間鄚人。十歲便能屬文。雅有才思，聰明強記。年未二十，名動衣冠。即參朝列，屢掌文誥。與溫子升同稱「溫、邢。」子升死，又並魏收，稱為「邢、魏」。高氏禪代後，邢邵即仕齊。他的樂府，像《思公子》：

> 綺羅日減帶，桃李無顏色。
> 思君君未歸，歸來豈相識？宛然是齊、梁風度。

魏收字伯起，小字佛助，鉅鹿下曲陽人。與邢子才並以文章顯，世稱「大邢小魏」。收於子才為後輩，然時與之爭名。議論更相訾毀，各有朋黨。收每陋邵文。邵卻說：「江南任昉，文體本疏。魏收非

直模擬，亦大偷竊。」收聞之，乃道：「伊常於沈約集中作賊，何意道我偷任！」斯可見二人的所好。收嘗奉詔為《魏書》，是非頗失實，眾口諠然，號為穢史。入齊後，為光祿大夫尚書右僕射特進。收頗無行，在京洛輕薄尤甚，人號為「驚蛺蝶」。齊武平三年卒。

北齊受魏禪，文章之士，於年代的邢、魏外，復有祖鴻勳、李廣、劉逖、顏之推諸人，而之推為尤著。又有陽休之，詩名也甚著。

顏之推字介，琅邪臨沂人，博覽群書，無不該洽。自梁入齊。河清末，被舉為趙州功曹參軍，後除司徒錄事參軍。累遷中書舍人。齊亡，入周。隋開皇中，太子召為學士，甚見禮重。尋以疾終。之推有《觀我生賦》，文致清遠。而其不朽，則在家訓一書。《家訓》凡二十篇，自《序致》、《教子》、《文章》、《養生》以至《雜藝》無所不談。以澹樸的文辭，或述其感想，或敘狀前代或當時的故事，或評騭人物及文章，其親切懇摯，有若面談，亦往往因此而多通俗的見解，平庸的議論。像《文章篇》中的一段云：

江南文制，欲人彈射。知有病累，隨即改之。陳王得之於丁廙也。山東風俗，不通擊難。吾初入鄴，遂嘗以此忤人，至今為悔。汝曹必無輕議也。

充分的可以看出一位謹慎小心，多經驗，怕得罪人的老官僚的口氣來。

陽休之，字子烈，北平無終人。初仕魏，為給事黃門侍郎。入齊，遷吏部尚書左僕射。周平齊，休之又被任為和州刺史。至隋開皇間始罷任，終於洛陽。休之有詩名，頗得齊、梁風趣，像秋詩：

月照前窗竹，露溼後園薇。
夜蛩扶砌響，輕蛾繞燭飛。

休之弟俊之，當文襄時，多作六言。「歌辭淫蕩而拙。」世俗流傳，名為《陽五伴侶》，寫而賣之，在市不絕。俊之嘗過市取而改之，言其字誤。賣書的人道：「陽五，古之賢人，作此《伴侶》；君何所知，敢輕議論！」俊之大喜。後待詔文林館。自言有文集十卷，「家兄亦不知吾是才士也。」可惜俊之的六言，今已不傳一字，不知其風格究竟如何。唯既已成為通俗文體，而流行於市 井間，則其作風，必與當時文士有所不同。史稱其「歌辭淫蕩而拙」，或是用當時流行的北方的民歌體而寫的罷。《子夜》、《讀曲》，獨傳南國，而北地的《陽五伴侶》則絕跡不見，殊是憾事！

三　北朝文學的剛健風格：拓跋勰、高昂、孝莊帝、楊華及無名氏的詩歌遺產

唯在齊、梁風尚瀰漫著的北地文學裡，保持著北人的剛健的風格者，也未常沒有其人。像拓拔勰的《應制賦銅鞮山松》：

問松林：松林經幾冬？
山川何如昔？風雲與古同？

這是南朝詩裡所未嘗有的一種豪邁悲壯的風度。雖只是寥寥的十餘字，卻勝似一篇纏綿悱惻的長賦。勰為魏獻文帝第六子，宣武帝時為高肇讒構所殺。後其子孝莊帝嗣統，追尊他為文穆皇帝。又像高昂的《征行詩》：

壟種千口牛，泉連百壺酒。

朝朝圍山獵，夜夜迎新婦。

還不是遊牧民族的一幅行樂圖麼?正如無名氏的《敕勒歌》：

敕勒川，陰山下。

天似穹廬，籠蓋四野。

天蒼蒼，野茫茫，風吹草低見牛羊。

同樣的為占據中原的少數民族所遺留給我們的最好的詩歌。其中是充滿了「異國」的風趣的。昂字敖曹，渤海蓨縣人。齊神武起，昂傾意附之。除侍中司徒，兼西南道都督。他雖是武士，卻酷好為詩，雅有情致，為時人所稱。

拓跋緦的兒子子攸（孝莊帝），被爾朱榮立為帝，改元永安。後為爾朱兆所殺，年二十四。他的《臨終詩》：「權去生道促，憂來死路長。懷恨出國門，含悲入鬼鄉」云云，是殊為悽惻動人的。

還有無名氏的一篇《楊白花》，相傳為魏胡太后思楊華之作。華懼及禍，乃率其部曲降梁，太后追思他不能已，作此歌，使宮人連臂蹋足歌之，聲甚淒惋：

陽春二三月，楊柳齊作花。

春風一夜入閨闥，楊花飄蕩落南家。

含情出戶腳無力，拾得楊花淚沾臆。

秋去春還雙燕子，願銜楊花入窠裡。

這歌，和《子夜》、《讀曲》的調子是顯然有異的。雖因了南北之隔，華夷之別，而北人之作與南國不同者，僅此寥寥數曲而已。

四　庾信、王褒：北地文學中的憂鬱詩人

當梁元帝時（西元 552 ～ 554 年），庾信、王褒相繼為北人所羈，所擄，遂留於北方不歸。在北地，他們二人發生過不少的影響。庾信初嘗聘東魏，文章辭令，盛為鄴下所稱。還為東宮學士。侯景之亂，信奔江陵。元帝時，奉使於周。遂被羈留長安，不得歸。屢膺顯秩，拜洛州刺史。陳、周通好，南北流寓之士，各許還其舊國。陳氏乃請王褒乃信等十數人。周人唯入回王克、殷不害等。信及褒並留而不遣。遂終於北方。

王褒之入北方，事在梁元帝承聖三年（西元 554 年），較庾信為略後。是年，周師征江陵，元帝授褒都督城西諸軍事。軍敗，從元帝出降。同時北去者還有王克、劉珏、宗懍、殷不害等數十人。他們到長安時，周太祖喜道：「昔平吳之利，二陸而已。今定楚之功，群賢畢至，可謂過之！」後為宣州刺史。

這二人所作，原是齊、梁的正體，然到了北地之後，作風卻俱大變了。由浮豔變到沉鬱，由虛誇變到深刻，由泛泛的駢語，變到言必有物的美文。因此，庾、王在西元 554 年後之作，遂在齊、梁體中，達到了一個未之前有的最高的成就。像那樣的又深摯又美豔的作風，是六朝所絕罕見的。我們看子山的

《擬詠懷》：

楚材稱晉用，秦臣即趙冠。
離宮延子產，羇旅接陳完。
寓衛非所寓，安齊獨未安。
雪泣悲去魯，淒然憶相韓。
唯彼窮途慟，知餘行路難。
懷抱獨惛惛，平生何所論。
由來千種意，並是桃花源。
穀皮兩書帙，壺盧一酒樽。
自知費天下，也復何足言！

以及「涸鮒常思水，驚飛每失林」，「倡家遭強娉，質子值仍留」，「不特貧謝富，安知死羨生」，「楚歌饒恨曲，南風多死聲」，「其面雖可熱，其心長自寒」（以上並《擬詠懷》中句），「胡塵幾日應盡，漢月何時更圓」（《怨歌行》），「值熱花無氣，逢風水不平」（《慨然成詠》），等等，並是很露骨的悲怨所積的憤辭！處在這樣的一個逆境之下，當然所作會和酒酣耳熱，留連光景的時候愉辭大為不同的。他的《哀江南賦》，尤為一代絕作。家國之思，身世之感，胥奔湊於腕下，故遂滔滔不能自已。和僅僅弔古或詠懷之作，其胸襟之大小是頗為不相牟的。其《序》云：「燕歌遠別，悲不自勝。楚老相逢，泣將何及。畏南山之雨，忽踐秦庭，讓東海之濱，遂餐周粟。下亭漂泊，皋橋羈旅。燕歌非取樂之方，魯酒無忘憂之用。追為此賦，聊以記言。不無危苦之詞，唯以悲哀為主。日暮途窮，人間何世！」被羈而見亡國之痛，充耳唯聞異國之音，能不「淒愴傷心」麼？環境迫得子山不得不腆顏事敵。這使他竟有「安知死羨生」之嘆。然這種的悲憤的歌聲，卻使他的後半生的所作，較之一般齊、梁之什，都更為偉大了！生丁百凶，僅得造成一大詩人，亦可哀已！

王褒入周後所作，與子山有同調。這緣環境相同，心聲遂亦無歧。像褒的《渡河北》（《苑詩類選》作范雲詩，非）。

秋風吹木葉，還似洞庭波。
常山臨代郡，亭障繞黃河。
心悲異方樂，腸斷隴頭歌。
薄暮臨征馬，失道北山阿。

以及「寂寞灰心盡，摧殘生意餘」（《和殷廷尉歲暮》），「猶持漢使節，尚服楚臣冠；飛蓬去不已，客思漸無端」（《贈周處士》）等，還不是和子山「其心長自寒」之語相類麼？當汝南周弘正自陳聘周時，周帝許褒等通親知音問。褒贈弘正弟弘讓詩，並致書道：「嗣宗窮途，楊朱歧路。征蓬長逝，流水不歸。舒慘殊方，炎涼異節。……還念生涯，繁憂總集。視陰愒日，猶趙孟之徂年；負杖行吟，同劉琨之積慘。河陽北臨，空思鞏縣，霸陵南望，還見長安。所冀書生之魂，來依舊壤，射聲之鬼，無恨他鄉。白雲在天，長離別矣！」像這樣的情調，是六朝的不幸的人士們所常執持著的。為什麼在六朝會造作出許多李陵、蘇武的故事，以及把許多古詩都歸在蘇、李名下，還要偽作什麼《李陵答蘇武書》之類，大約都不是沒有意義的罷！那些心抱難言之痛計程車大夫們，以今比古，便不得有「李陵從此去」（庾信詩）的寄託的文章。被陷在同樣環境之下計程車大夫們，從五胡之亂以後起，蓋不僅庾信、王褒等區區可指數的若干人而已！

五　北朝文學光榮之作：《洛陽伽藍記》與《水經注》

為北朝文學之光榮者，在散文一方面，還有兩部不朽的名著，即《洛陽伽藍記》與《水經注》者是。《洛陽伽藍記》為後魏楊衒之作。衒之，一姓羊，北平人。魏末為撫軍府司馬，歷祕書臨，出為期城太守。齊天保中（西元550～559年）卒於官。這是一部偉大的史書。雖說是記載洛陽城中的廟宇，而魏代的興亡，於此亦可見之。其中，包含著無數的悲劇，無數的可泣可歌的資料。少數民族的人物在此古老的都城裡所幹的殘殺、祈禱等等的玩意兒，無不被捉入這書中；而又用了輕倩可喜的文字來描寫，來敘述，益使這書成了一部文學的史籍。這書共五卷。在第五卷裡，所節錄的宋雲西行求法的記載，乃是佛教史中重要的史料之一，且又和西陲及印度的歷史有大關係。衒之著作此書，大約在武定之末（西元547～549年），他自序道：

武定五年，歲在丁卯（西元547年），余因行役，重覽洛陽。城郭崩毀，宮室傾覆，寺觀灰燼，廟塔丘墟。牆被蒿艾，巷羅荊棘。野獸穴於荒階，山鳥巢於庭樹。遊兒牧豎，躑躅於九逵，農夫耕稼，藝黍於雙闕。麥秀之感，非獨殷墟；黍離之悲，信哉周室！京城表裡凡有一千餘寺。今日寥廓，鐘聲罕聞。

恐後世無傳，故撰斯記。

然其涉筆所及，又不獨在記述廟觀而已。

《水經注》為後魏酈道元作。道元字善長，范陽人，官御史中尉。所注《水經》，凡四十卷，繁徵博引，逸趣橫生，一洗漢、魏人注書的積習。其實他這書已是超出「注」的範圍以外，凡於一水經流之地，必考其故實，述其逸聞。古代之神話與傳說，往往賴以儲存。正如希臘樸桑尼 (Pausanias) 氏之《希臘遊記》(Description of Greece)，其所儲存的各地的傳說，竟成為今代研究民俗學、神話學之宣言加。然酈氏之作，更有較樸桑尼氏之作為尤偉大處。《希臘遊記》只是乾燥的旅行記載，而酈氏的《水經注》則為肌體豐腴的絕妙之文學作品。凡所狀寫，無不精錄。而於寫景描聲，尤為擅長。在一切文學史中，以注「古書」而其注的自身成為絕好之不朽名著者，此書而外，似無第二部。像他著《水經》的「清水出河內修武縣之北黑山」一句云：

黑山在縣北白鹿山東，清水所出也。上承諸陂散泉，積以成川，南流，東南屈。瀑布乘巖，懸河注壑，二十餘丈，雷赴之聲，震動山谷。左右石壁層深，獸跡不交。隍中散水霧合，視不見底。南峰北嶺，多結禪棲之士，東巖西谷，又是剎靈之圖。竹柏之懷，與神心妙遠，仁智之性，共山水效深，更為勝處也。其水歷澗飛流，清泠洞觀，謂之清水矣。……

即柳宗元最佳之記遊小品，即不過是。注中似此之處，更是應接不暇，且又絕少雷同之文。作者之筆力誠可稱是：舒捲自如，重過千鈞。

隋及唐初文學

在中國文學史上，隋唐時期被視為一個極為重要的時代，文學風格和成就繼續繁榮發展，開創了唐詩的黃金時代。

這一時期的文學變遷受到了前一時期北朝文學的影響，從六朝風尚進入了律詩時代。文學風格和內容經歷了轉變，詩詞成為當時文壇的主流。隋唐之際，文學人物和詩詞風格也經歷了一系列的變遷，從而形成了唐代初期的文學格局。

初唐詩壇的風采可謂令人矚目。王勃、楊炯、盧照鄰、駱賓王等詩人被譽為初唐詩壇的四傑，他們的詩作風格各異，但都具有深刻的思想和優美的藝術表現。這一時期也出現了怪詩人王梵志，他的詩歌充滿幽默和詼諧，對後世詩詞創作產生了影響。

除了詩詞，隋唐初期的散文和史籍編纂也有著顯著的成就。文學家們致力於記錄歷史事件，編纂史書，為後人提供了寶貴的史料和資訊。此外，唐代還有著著名的佛教翻譯大師玄奘法師，他以西域求法之旅而聞名，對佛教文化的傳播和翻譯作出了卓越貢獻。

總之，隋唐時期是中國文學史上的一個轉折點，文學風格和成就在這個時代達到了巔峰，為後來的文學發展奠定了堅實的基礎。

一　北朝文學與唐代文學的轉變：從六朝風尚到律詩時代

從庾信、王褒入周以後，北朝的文學起了一個很大的變動。幾乎是自居於六朝風尚的「化外」的北周與化齊的文壇，登時以生了一個大改革，把他們自己擲身到時代的潮流之中，而成為六朝文學運動中的北方的支流。到了隋文帝開皇九年（西元 589 年），南朝的陳，為隋兵所滅，自後主陳叔寶以下諸文臣學士，皆北徙。於是跟隋了南北朝的統一，而文壇也便統一了。在隋代的三十四年間（西元 581 ～ 618）差不多沒有什麼新的樹立。從煬帝楊廣以下，全都是無條件的承襲了梁、陳的文風的。李淵禪代（西元 618 年）之後，情形還是不變。唐初的文士們，不僅大多數是由隋入唐的，且也半是從前由陳北徙的；像傅奕、歐陽詢、褚亮、蕭德言、姚思廉、虞世南、李百藥、陳叔達、孔穎達、溫彥博、顏師古諸人，莫不皆然。當然，那時文壇的風氣是不會有什麼丕變的。及王、楊、盧、駱的四傑出現，唐代的文學，始現出從自身放射出的光芒來。但王、楊、盧、駱諸人，與其說是改變了六朝的風尚，還不如說是更進展的把六朝的風尚更深刻化，更精密化，更普及化了。他們不是六朝文學煌改革者，而是變本加厲的把六朝文學的勢力與影響更加擴大了的。他們承襲了六朝文學的一切，咀嚼了之後，更精練的吐了出來。他們引導了、開始了「律詩」的時代。在他們的時候，倩妍的短曲，像《子夜》、《讀曲》之流是不見了；

梁、陳的別一新體，像「沙飛朝似幕，雲起夜疑城」（梁簡文帝），「白雲浮海際，明月落河濱」（吳均），「終南雲影落，渭北雨聲多」（江總）之流，卻更具禮的成為流行的詩格。這便啟示著「律詩時代」的到來。在這一方面，所謂「四傑」的努力是不能忘記的。

二　隋唐之際：文學人物與詩詞風格的變遷

先講詩壇的情形。隋代的詩壇，全受梁、陳的餘光所照，既如上文所述。陳叔達、許善心，王胄以及虞世基、世南兄弟，皆為由陳入隋者。北土的詩人們，像盧思道，薛道衡等也全都受梁、陳的影響。當時的文學的東道主，像帝王的楊廣，大臣的楊素，也都善於為文。楊廣的天才尤高，所作豔曲，上可追梁代三帝，下亦能比肩陳家的後主。

楊廣為文帝楊堅第二子。弘農郡華陰人。開皇元年（西元 584 年），立為晉王。後堅廢太子勇，立廣為太子。又五年，殺堅自立。在位十二年。為政好大喜功，且溺於淫樂，天下大亂遂起。廣幸揚州，為宇文化及所殺。廣雖不是一個很高明的政治家，卻是一位絕好的詩人，正和陳、李二後主，宋的徽宗一樣，而其運命也頗相同。他雖是北人，所作卻可雄視南士。薛、盧之流，自然更不易與他追蹤逐北。像他的《悲秋》：

故年秋始去，今年秋復來。
露濃山氣冷，風急蟬聲哀。

鳥擊初移樹，魚寒欲隱苔。
斷霧時通日，殘雲尚作雷。

又像他的《春江花月夜》：

暮江平不動，春花滿正開。
流波將月去，潮水共星來。

都是置之梁祖、簡文諸集中而不能辨的。又有「寒鴉飛數點，流水遠孤村」的數語，間為秦觀取入詞中，成為「絕妙好辭」。惜全篇已不能有。

有了這樣的一位文學的東道主在那裡，隋代文學，當然是很不枯窘的了。相傳廣妒心甚重，頗不欲人出其上。薛道衡初作《昔昔鹽》，有「暗牖懸蛛網，空梁落燕泥」語，及廣殺之，乃說道：「還能作『空梁落燕泥』語否？」此事未必可信。「空梁落燕泥」一語，並不見如何高妙，《昔昔鹽》全篇，更為不稱。廣又何至忮刻至此呢。

薛道衡字玄卿，河東汾陰人。少孤，專精好學，甚著才名。為齊尚書左外兵郎。齊亡，又歷仕周、隋。楊廣頗不悅之。不久，便以論時政見殺（540～609）。有集三十卷。江東向來看不起北人所作，然道衡所作，南人往往吟誦。像他的《人日思歸》：

入春才七日，離家已二年。
人歸落雁後，思發在花前。

頗不愧為短詩的上駟。

與道衡同時有聲並歷諸朝者，為盧思道及李德林。德林字公輔，博陵安平人。初仕齊，後又歷仕周、隋。後出為湖州刺史。有集。德林詩傳者甚少。思道，字子行，范陽人，聰爽有才辯。也歷仕齊、周、隋三朝。開皇間為散騎侍郎。有集。思道所作，情思頗為寥落。此二人俱並道衡而不及。

在北人裡，較有才情者遠要算是一位不甚民以詩人著稱的楊素。素字處道，弘農華陰人。仕周，以平齊功，封成安縣公。楊堅受禪，加上柱國，進封越國公。大業初，拜太師，改封楚公。有集。他的詩，像：「日出遠岫明，鳥散空林寂」《山齋獨坐》諸語，遠不脫齊、梁風格。至於《贈薛播州十四首》，中如：

北風吹故林，秋聲不可聽。
雁飛窮海寒，鶴唳霜皋淨。
含毫心未傳，聞音路猶敻。
唯有孤城月，裴徊猶臨映。
弔影餘自憐，安知我疲病。

便非齊、梁所得範圍的了。殆足以上繼嗣宗，下開子昂。《北史》謂：「素嘗以五言詩七百字贈播州刺史薛道衡。詞氣穎拔，風韻秀上，為一時盛作。未幾而卒（?～606）。道衡曰：『人之將死，其言也善，若是乎！』」

又有孫萬壽字仙期，信都武強人。在齊為奉朝請。楊堅為帝時，滕穆王引為文學。坐衣冠不整，配防江南。宇文述召典軍事，鬱鬱不得志。為五言詩寄京邑知友，有：「如何載筆士，翻作負戈人！飄颻如木偶，棄置同芻狗。失路乃西浮，非狂亦東走」語，盛為當世吟誦。天下好事者，多書壁而玩之。後歸鄉里，為齊王文學。終於大理司直。他所作亦多北人勁秀之氣，直吐憤鬱，不屑作兒女之態，像《東歸在路率爾成詠》：

學宦兩無尤，歸心自不平。
故鄉尚千里，山秋猿夜鳴。
人愁慘雲色，客意慣風聲。
羈恨雖多緒，俱是一傷情。

又孔紹安，大業末為監察御史，與萬壽齊名。後入唐為祕書監。他的《落葉》：「早秋驚落葉，飄零似客心。翻飛未肯下，猶言惜故林」，頗具有深遠之意。

開皇九年（西元 589 年），是隋文學上很可紀念的一年。政治上成就了南北的統一，結束了二百七十餘年（西元 317 ～ 589 年）的南北對峙的局面，而文壇上為了南朝的降王降臣的求臨，更增加了活氣不少。

陳後主叔寶到了北朝以後，是否仍然繼續從前的努力，我們無從知道。即使還未放棄了創作的生活，其風格當也仍是不間變動過。我們在他的集裡，看不出一點過著降王的生活後的影子。他死於仁壽四年（西元 604 年），離開他的被俘，已是十六年之久了。相傳他和楊廣交甚厚。或者不至於過著「以眼淚洗面」的生活罷。叔寶的弟叔達也是因了這個政治上的統一而由南北上者。叔達字子聰，陳宣帝第十六子。年十餘歲，援筆便成詩，徐陵甚奇之。入隋為絳郡通守。後又降李淵。貞觀中拜禮部尚書。他的詩是徹頭徹尾的梁、陳派，與他哥哥一樣，唯天才較差。

同在這一年北上的，有王冑、虞世基、世南兄弟。王冑字承其，琅邪臨沂人，仕陳為東陽王文學。入隋為學士。以與楊玄感交遊，坐誅。虞世基字茂世，會稽餘姚人。仕陳為尚書左丞。入隋，楊廣深愛厚之。宇文化及殺廣時，世基也遇害。其弟世南字伯施，與兄同入隋，時人以方二陸。大業中官祕書郎。後入唐，累官祕書監。

許善心，雖不是一位被俘的降人，卻也是一位庾、王似的南人留北者。他字務本，高陽北新城人。陳禎明二年，以通直散騎常侍，聘於隋。為隋所留，縶賓館。及陳亡，衰服號哭。後乃拜官。楊廣被殺時，善心也同時遇害。

這幾個人的詩，風格都不甚相殊，可以王冑的《棗下何纂纂》為代表：

> 御柳長條翠，宮槐細葉開。
> 還得聞春曲，便逐鳥聲來。

三　初唐詩壇的風采：文學人物與詩詞風格的變遷

所謂初唐的詩壇，相當於李淵及其後的三主的時代，即自武德元年到弘道元年的六十餘年（西元618～683年）間。開始於陳、隨遺老的遺響，終止於王、楊、盧、駱四傑的鷹揚。這其間頗有些可述的。當武德初，李世民與其兄建成、弟元吉爭位相傾。各延攬儒士，以張勢力。世民於秦邸開文學館，召杜如晦、房玄齡、于志寧、蘇世長、薛收、褚亮，姚思廉、陸德明、孔穎達、李道玄、李守素、虞世南、蔡允恭、顏相時、許敬宗、薛元敬、蓋文達、蘇勖等十八人為學士，時號十八學士。及他殺建成、元吉後，太子及齊王二邸中的豪彥，也並集於朝。世民他自己也好「豔詩」。當時的風尚，全無殊於隋代。詩人之著者，像陳叔達、虞世南、歐陽詢、李百藥、杜之松、許敬宗、褚亮、蔡允恭、楊師道諸人皆是由隋入唐的。此外還有長孫無忌、李義府、上官儀、魏徵、王績諸人，一時並作，詩壇的情形是頗為熱鬧的。王績尤為特立不群的雄豪。

歐陽詢字信平，潭州臨湘人，仕隋為太常博士。入唐，撰《藝文類聚》，甚有名。官至太子率更令。李百藥字重規，德林子，七歲能屬文，時號奇童。隋時為太子通事舍人。入唐，拜中書舍人。曾著《齊史》。百藥藻思沉鬱，尤長五言，雖樵童牧子亦皆吟諷。像《詠蟬》：

> 清心自飲露，哀響乍吟風。
> 未上華冠側，先驚翳藥中。

已宛然是沈、宋體的絕句了。杜之松，博陵曲阿人，隋起居舍人。貞觀中為河中刺史。與王績交好。許敬宗字延族，杭州新城人，善心子。入唐為著作郎，高宗時為相。有集。褚亮字希明，杭州錢塘人。隋為太常博士。貞觀中為散騎常侍，封陽翟縣侯。蔡允恭，荊州江陵人，隋為起居舍人。貞觀中，除太子洗馬。楊師道，隋宗室，字景猷。入唐尚桂陽公主，封安德郡公。貞觀中為中書令。為詩如宿構，無所竄定。

李義府，瀛州饒陽人。對策擢第。累遷太子舍人，與來濟俱以文翰見知，時稱「來、李」。高宗時為中書令，後長流嶲州。他的《堂堂詞》：

嫩整鴛鴦被，羞褰玳瑁床。
春風別有意，密處也尋香。

甚有名，是具著充分的梁、陳的氣息的。同時，長孫無忌字機輔，河南洛陽人，為唐外戚。（文德後兄）封齊國公。高宗時，貶死黔州。其《新曲》：「玉珮金鈿隨步遠，云羅霧縠逐風輕。轉目機心懸自許，何須更待聽琴聲。」云云，也是所謂「豔詩」的一流，甚傳於時。

上官儀也是義府與無忌的同道。其詩綺錯婉媚，人多效之，謂為「上官體」。他的《早春桂林殿應詔》：「曉樹流鶯滿，春堤芳草積。風光翻露文，雪華上空碧」云云，無愧於梁、陳之作。他字遊韶，陝州陝人。貞觀初擢進士第。高宗時為西台侍郎，同東西台三品。後以事下獄死（616?～664）。

魏徵述懷卻不是梁、陳作風所能拘束的子。像「縱橫計不就，慷慨志猶存。……人生感意氣，功名誰復論」云云，其氣概豪健，蓋不是所謂「宮體」、「豔詩」所能同群者。「人生感意氣」云云，活畫出一位直心腸的男子來。以阮嗣宗與陳子昂較之，恐怕還要有些差別。獨惜徵所作不多耳。徵字玄成，魏州曲城人。少孤，落魄有大志。初從李建成，為太子洗馬。世民殺建成，乃拜他為諫議大夫，封鄭國公。

王績與魏徵又有所不同，他卻是以澹遠來糾正濃豔的。績字無功，絳州龍門人。隋大業中為揚州六合丞，以非所好，棄去不顧。結廬河渚，以琴酒自樂。武德初，以前官待詔門下省。或問：「待詔何樂？」他道：「良醞可戀耳。」照例日給酒三升，陳叔達特給他一鬥。時太樂署史焦革家善釀。績求為丞。革死，又棄官歸。嘗躬耕於東皋，故時人號東皋子。或經過酒肆，動留數日。往往題壁作詩，多為好事者諷詠。死時，預自為墓誌。其行事甚類陶淵明，而其作風也與淵明相近（590?～644）。像《田家》：（一作王勃詩，但風格大不類。）

阮籍生涯懶，嵇康意氣疏。
相逢一醉飽，獨坐數行書。
小池聊養鶴，閒田且牧豬。
草生元亮徑，花暗子雲居。
倚床看婦織，登壟課兒鋤。
回頭尋仙事，並是一空虛。

還不類淵明麼？更有趣的是，像《田家》的第二首：

家住箕山下，門枕潁川濱。
不知今有漢，唯言昔避秦。
琴伴前庭月，酒勸後園春。
自得中林士，何忝上皇人。

以及第三首的「恆聞飲不足，何見有殘壺」云云，連其意境也便是直襲之淵明的了。他的最好的詩篇，像《野望》：

東皋薄暮望，徙倚欲何依？
樹樹皆秋色，山山唯落暉。
牧人驅犢返，獵馬帶禽歸。
相顧無相識，長歌懷採薇。

像《過酒家》：

對酒但知飲，逢人莫強牽。
倚壚便得睡，橫甕足堪眠。

也渾是上繼嗣宗、淵明，下起王維、李白的。在梁、陳風格緊緊握住了詩壇的咽喉的時候，會產生了這樣的一位風趣澹遠的詩人出來，是頗為可怪的。或正如顏、謝的時候而會有淵明的同樣的情形罷。一面自然是這酒徒的本身性格，一面也是環境的關係。他不會做過什麼「文學侍從之臣」，故也不必寫作什麼「待宴」、「頌聖」的東西，以損及他的風格，或舍已以從人。

四 初唐詩壇四傑：王勃、楊炯、盧照鄰、駱賓王

「四傑」的起來，在初唐詩壇上是一個極重要的訊息。「四傑」也是承襲了梁、陳的風格的。唯意境較為闊大深沉，格律且更為精工嚴密耳。他們是上承梁、陳而下起沈、宋（沈佺期、宋之問）的。王世貞說：

盧、駱、王、楊，號稱四傑。詞旨華靡，固沿陳、隋之遺；翩翩意象，老境超然勝之。五言遂為律家正始。內子安稍近樂府，楊、盧尚宗漢、魏。賓王長歌，雖極浮靡，亦有微瑕，而綴錦貫珠，滔滔洪遠，故是千秋絕藝。

在許多持王、楊、盧、駱優劣論者當中，世貞此話，尚較為持平。

王勃字子安，絳州龍門人。很早的便會寫詩。相傳他六歲善文辭，九歲得顏師古注《漢書》讀之，作《指瑕》以擿其失。麟德初（西元 664 年），劉祥道表於朝，對策高第。年未及冠，授朝散郎。沛王聞其名，召署府修撰。因作《檄英王雞文》，被出為虢州參軍。後又因事除名。上元二年（西元 675 年），往交趾省父，渡海溺水，悸而卒，年二十九（647 ~ 675）。有集。初，他道出鍾陵，九月九日，都督大宴滕王閣，宿命其婿作序以誇客。因此紙筆遍請，客莫敢當。至子安抗然不辭。都督怒起更衣。遣吏伺其文輒報。至「落霞與孤鶩齊飛，秋水共長天一色」語，乃矍然道：「天才也」！請遂成文，極歡罷。那便是有名的《滕王閣序》。又相傳子安屬文初不精思，先磨墨數升，引被覆面而臥。忽起書之，不易一字。時人謂之腹稿。他所作以五言為最多，且均是很成熟的律體。像《郊興》：

空園歌獨酌，春日賦閒居。
澤蘭侵小徑，河柳覆長渠。
雨去花光溼，風歸蘂影疏。
山人惜醉不，唯畏綠尊虛。

還不是律詩時代的格調麼？又像：

抱琴開野室，攜酒對情人。
林塘花月下，別似一家春。

——山扉夜坐

山泉兩處晚，花柳一園春。
還持千日醉，共作百年人。

——春園

還不宛然是最正格的五絕麼？又像《寒夜懷友雜體》：

北山煙霧始茫茫，南津霜月正蒼蒼。
秋深客思紛無已，復值征鴻中夜起。

雖說是「雜體」，其實還不是「七絕」之流麼？沈、宋時代的到來，蓋在「四傑」的所作裡，已先看到其先行隊伍的蹤跡了。正如太陽神萬千縷的光芒還未走在東方之前，東方是先已布滿了黎明女神的玫瑰色的曙光了。

楊炯，華陰人，幼即博學好為文。年十一，舉神童，授校書郎。為崇文館學士，遷詹事司直。恃才簡居，人不容之。武后時，遷婺州盈川令，卒於官（650～695？）。他聞時人以四傑稱，便自言道：「吾愧在盧前，恥居王后。」（當時的品第是王、楊、盧、駱，他故云然。）張說道：「楊盈川文思如懸河水肉，酌之不竭，既優於盧，亦不減王也。」有《盈川集》。他的詩像「帝幾平若水，官路直如弦」（驄馬），

「三秋方一日，少別比千年」《有所思》，「離亭隱喬樹，溝水浸平沙。左尉才何屈，東關望漸賒」《送豐城王少尉》等，也都是足稱律詩的前驅的。

「四傑」身世皆不亨達，而盧照鄰為尤。他為了不可治的疾病，艱苦備嘗，以至於投水自殺。在我們的文學史裡同樣的人物是很少的。照鄰字升之，幽州范陽人。年十餘歲，從曹憲、王義方授《蒼雅》及經史。博學善屬文。初授鄧王府典簽。王有書二十車，照鄰披覽，略能記憶。王甚愛重之。對人道：「此即寡人相如也。」後拜新都尉，因染風疾去官。居太白山中。以服餌為事。而疾益篤。客東龍門山，友人時供其衣樂。疾甚，足攣，一手又廢，乃從陽翟之具茨山下，買園數十畝，疏潁水周舍。復豫為墓，偃臥其中。作《五悲》及《釋疾文》，讀者莫不悲之。然疾終不瘉。病既久，不堪其苦，乃與親友執別，自投潁水而死。時年四十（650?～689?）。有集。照鄰少年所作，不殊子安、盈川。及疾後，境愈苦，詩也愈峻。像釋疾文：

> 歲將暮兮歡不再，時已晚兮憂來多。
> 東郊絕此麒麟筆，西山祕此鳳凰柯。
> 死去死去今如此，生兮生兮奈汝何！

蓋已具有死志了。像《羈臥山中》的「臥壑迷時代，行歌任死生。紅顏意氣盡，白璧故交輕。澗戶無人跡，山窗聽鳥聲。春色緣巖上，寒光入溜平。雪盡松帷暗，雲開石路明」云云，蓋還是雖疾而未至絕望的時候所作，故尚有「紫書常日閱，丹藥幾年成」云云。

駱賓王善於長篇的歌行，像《從軍中行路難》、《夏日遊德州贈高四》、《帝京篇》、《疇昔篇》等，都可顯出他的縱橫任意，不可羈束的才情來。《疇昔篇》自敘身世，長至一千二百餘字，從「少年重英俠，弱歲賤衣冠」說起，直說到「鄒衍銜悲系燕獄，李斯抱怨拘秦桎。不應白髮頓成絲，直為黃河暗如漆。」大約是獄中之作罷。這無疑是這時代中最偉大的一篇鉅作，足和庾子山的《哀江南賦》列在同一型類中的。所謂在獄中，當然未必是指稱敬業失敗後的事，或當指武后時（西元684年）因坐贓「入獄」（?）的一段事。故篇中並未敘及兵事，而有「只為需求負郭田，使我再幹州縣祿」語。這樣以五七言雜組成文的東西，誠是空前之作。當時的人，嘗以他的《帝京篇》為絕唱；而不知《疇昔篇》之便遠為弘傳。賓王，婺州義烏人。與子安等同是早慧者，七歲即能賦詩。但少年時落魄無行，好與博徒為伍。初為道王府屬。嘗使自言所能。賓王不答。後為武功主簿。裴行儉做洮州總管，表他掌書奏，他不應。高宗末，調長安主簿。武后時，坐贓左遷臨海丞，怏怏失志，棄官而去。時徐敬業在揚州起兵討武后，署賓王為府屬。軍中檄都是他所作。武后讀檄文到「一杯之土未乾，六尺之孤安在！」語，大驚，問為何人所作，或以賓王對。後道：「宰相安得失此人！」敬業敗死，賓王也不知所終（?～684?）。有集。

五　唐代怪詩人王梵志及其影響

在這個時代，忽有幾個怪詩人出現，完全獨立於時代的風氣之外；不管文壇的風尚如何，廟堂的倡導如何，他們只是說出他們的心，稱意抒懷，一點也不顧到別的作家們在那裡做什麼。在這些怪詩人裡，王梵志是最重要的一個。王梵志詩，埋沒了千餘年，近來因敦煌寫本的發現，中有他的詩，才復為我們所知。相傳他是生於樹癭之中的（見《太平廣記》卷八十二）。其生年約當隋、唐之間（約西元590到660年）。他的詩教訓或說理的氣味太重，但也頗有好的篇什，像：

吾有十畝田，種在南山坡。
青松四五樹，綠豆兩三窠。
熱即池中浴，涼便岸上歌。
遨遊自取足，誰能奈我何！

城外土饅頭，餡草在城裡。
一人吃一個，莫嫌沒滋味。

這樣直捷的由厭世而逃到享樂的意念，我們的詩裡，雖也時時有之，但從沒有梵志這麼大膽而痛快的表現！

梵志的影響很大，較他略後的和尚寒山、拾得、豐干，都是受他的感化的。寒山、拾得、豐干的時代，不能確知，相傳是貞觀中人。但最遲不會在大曆以後。寒山詩，像「有人笑我詩，我詩合典雅！不煩鄭氏箋，豈用毛公解。……忽遇明眼人，即自流天下」；「欲得安身處，寒山可長保，微風吹幽松，近聽聲逾好」云云，和拾得詩，像「世間億萬人，面孔不相似。……但自修己身，不要言他已」，云云，都是梵志的嫡裔。顧況和杜荀鶴、羅隱諸人，也都是從他們那裡一條線脈聯下去的。

六 隋唐初期散文與史籍編纂

隋與唐初的散文，也和其詩壇的情形一樣，同是受梁、陳風氣的支配。楊堅即位時，有李諤者，嘗上書論文體輕薄，欲圖糾正。他以為：「江左齊、梁，其弊彌甚。貴賤賢愚，唯務吟詠。遂復遺理存異，尋虛逐微。競一韻之奇，爭一字之巧。連篇累牘，不出月露之形，積案盈箱，唯是風雲之狀。世俗以此相高，朝廷據茲擢士。祿利之路既開，愛尚之情愈篤。」於是他便主張應該：「屏黜浮詞，遏止華偽。自非懷經抱質，志道依仁，不得引預搢紳，參廁纓冕。」還要對於那一類偽華的人，聞風劾奏，普加搜訪，「有如此者，具狀送台。」但那一篇煌煌巨文，如投小石於巨川，一點影響也不會發生過。文壇的風尚還是照常的推進，沒有一點丕變。李德林、盧思道、薛道衡諸人所作散文，也並皆擬仿南朝，以駢偶相尚。至於由南朝入隋的文人們，像許善心、王胄、江總、虞世基等更是無論了。

唐初散文，無足稱述。四傑所作，也不殊於當時的風尚。六朝之際，尚有所謂「文、筆」之分；美文多用駢儷；公牘書記，尚存質樸之意。至唐則差不多公文奏牘，也都出以駢四儷六之體，且浸淫而以「四六文」為公文的程式，為實際上應用的定型的文體了。

這時期可述者唯為若干部重要史籍的編纂。岑文字與崔仁師作《周史》。李百藥作《齊史》。姚思廉次《梁》、《陳》二史。魏徵編《隋史》。思廉、百藥之作，皆為一家言。又有李延壽者，世居相州，貞觀中為御史台主簿，兼修國史。本其父志，更著《北史》、《南史》二書。同時，又有《晉書》百三十卷的編撰，則出於群臣的合力，開後世「修史」的另外一條大路。自此以後，為一代的百科全書的所謂「正史」者，便永成為「合力」的撰述。而不復是個人的著作了。

七　玄奘法師：唐代佛教翻譯大師與西域求法之旅

佛經的翻譯，在這時代仍成為重要的事業。但從鳩摩羅什大舉翻譯後，能繼其軌轍者，唯唐初的玄奘法師。玄奘俗姓陳，名禕（596～664），曾往印度求法，遍歷西方諸小國及印度各地而歸，齎經典極多。他離國十七年，艱苦無所不嘗。會以其所身歷者，著為《大唐西域記》一書。（書題辯機譯；當是玄奘口述由辯機寫下者。辯機為當時最有天才的和尚，玄奘的最有力的幫手。相傳他因和太宗女上陽公主通，事發被殺。這是一個極大的損失。玄奘的譯書，如永遠得他的幫忙，成績當不至限於今日之所見者。）此書的價值絕為弘偉，是一部最好的散文的旅行記述。前者宋雲、法顯遊印時，並有所記，然持以較玄奘這作，則若小巫之見大巫。這部《西域記》大類希臘人樸桑尼（Pausanias）所著的《希臘遊記》（The Description of Greece）。樸桑尼之作，在今日，其價值益見巨大。《西域記》亦然。今日論述印度中世史者，殆無不以此書為主要的資料。而其中所載之迷信，故跡，民間傳說等等，尤為我們的無價之寶。更有甚者，經由了這部偉著，無意中有許多印度傳說乃都轉變而成為中土的典實；像著名之《杜子春傳》，便是明顯的系由《西域記》中的一個故事改寫而成的。這將在下文裡再詳說。

玄奘自貞觀十九年歸京師後起，直到龍朔三年圓寂的的時候為止，這十九年的功夫全都耗費在翻譯工作上面。他所譯的共有七十三部，一千三百三十卷。傳稱：「師自永徽改元後，專務翻譯，無棄寸陰。每日自立程課。若晝日有事不充，必兼夜以續。遇乙之後，方乃停筆。攝經已，復禮佛行道。三更暫眠，五更復起，讀誦梵本，朱點次第，擬明旦所翻。」像這樣的一位專心一志的翻譯家，只有宗教的熱忱才能如此的驅迫著他罷。在他所譯經中，尤以《瑜伽師地論》一百卷，《阿毗達磨大毗婆沙論》二百卷，《大般若波羅密多經》六百卷為最重要。其灌溉於後人的思想中最為深厚。他還譯《老子》為梵文，又將《大乘起信論》回譯為梵文，以遺彼土欲睹此已失之名著者。他在溝通中、印文化上是盡了說不盡的力量的！在玄奘以前，譯經者不是過於直譯，為華土讀者所不解，便是過於意譯，往往失去原意。玄奘之譯，卻能祛去這兩個積弊，力求與梵文相近。《玄奘傳》云：「前代已來，所譯經教，初從梵語倒寫本文，次乃回這，順同此俗。然後筆人觀理文句，中間增損，多墜全言。今所翻傳，都由奘旨。意思獨斷，出語成章，詞人隋與，即可披玩。」以他那樣精通梵文的人來譯經典，自然要較一般的譯者們為更高明的了。再者，也以他處在鳩摩羅什諸大家之後，深知其病之所在，故也易為之治療耳。

玄奘西行的經歷，其自身不久便成了傳說。他自己也被視作佛教聖人的一個。自唐末以來，便有種種的「西遊記」，以記述這個傳說。像這樣的一們重要的人物，一位偉大的宗教家，其成為傳說的中心，當是無足訝怪的事罷。

律詩的起來

唐代詩歌的演變是中國文學史上一個重要的轉折點，這一時期見證了詩詞風格和形式的多元化發展，從古體詩到律詩再到絕詩，呈現出豐富多樣的文學風貌。

唐代文學的發展始於古體詩，但逐漸轉向律詩。這種詩歌形式具有嚴格的格律，包括字數和平仄的要求，使詩人必須按照固定的規則創作詩歌。律詩的興起催生了一系列優秀的詩人，並使詩詞的表達更為精緻和精確。

唐詩的發展歷程包括了從古體詩到律詩，再到絕詩的轉變。絕詩是對律詩的一種變革，放棄了嚴格的格律，注重表達詩人的真情實感，更加注重意境和意象的塑造，開啟了詩歌表現的新領域。

在這一時期，出現了眾多優秀的詩人，如沈佺期、宋之問、杜審言、崔融、上官婉兒、崔湜、崔液、喬知之、劉希夷、陳子昂等。他們各自有著獨特的詩詞風格和主題，豐富了唐代詩壇的多樣性。

其中，陳子昂以其豐富的詞藻和清新的風格而著稱。他的詩作充滿著對自然景物和人生哲理的思考，具有極高的藝術價值。

總之，唐代詩歌的演變是中國文學史上的一個重要時期，不僅豐富了文學遺產，也為後代詩人提供了豐富的創作靈感和參考。

一　唐代詩文演變：從古體詩到律詩的文學發展

由不規則的古體詩，變為須遵守一定的程式的律詩，其演進是很自然的。自建安以後，詩與散文一樣，天天都在向駢偶的路上走去。散文到了「四六文」，是走到「駢儷文」的最高的頂點了。辭賦到了「律詩」，也已是走到「駢儷賦」的最高的頂點了。詩也是同樣的，發展到「律詩」的創作的時候，也便是無可再發展的了。在這個無可再發展的時代，便起了幾種種種轉變。「絕詩」因之起來，詞也因之起來。同時，便也有人回顧到古體詩的一方面，欲再度使之復活。

在這個進展的途中，也頗有些「豪傑之士」奮起而思有所改革。然究竟像以孤柱敵狂瀾，無損於水勢的東趨。由建安（西元 196 年）到嗣聖（西元 684 年），快五百年了，這個趨勢還是不變。變動時代的到來，是要在安、史之亂（開始於西元 755 年）以後。那時，水勢是平衍了，是疲乏了，僅有分流與別導到溝渠裡去的可能。

許多人都以為初唐時代是改革六朝風尚的開始，卻不知道六朝風尚，到了初唐卻變本而加厲。在唐代的初期的近一百五十年間（西元 618 ～ 755 年），無論在詩與散文上都是這樣。僅管有人在喊著「復古」，在做著「尚書」體的《大誥》，但他們的聲音，自行消失於無反響的空氣中了。文風還是照常的進展。特別是詩體一方面，這百餘年間的進展更為顯著，對於後來的文壇也最有影響。

在嗣聖（西元684年）之前，是初唐四傑的時代。他們稟承了齊、梁的遺風，更加以擴大與發展。在五言詩方面，引進了更趨近於「律體」的格調，在七言詩方面也給她以極可能的發展的希望。這在上文已經說到過了。在嗣聖到安、史之亂（西元755年）的七十幾年間，便是「律詩」的成立的時代了。五言的律詩是最先成立的。接著，七言的律詩也成為當時最重要的文體之一了。接著，別一種的新詩體，即所謂「五絕」、「七絕」者，也產生了。接著，聯合了若干韻的律詩而成為一篇的長詩，即所謂「排律」者的風氣，也開始出現了。在這短短的七十餘年間，誠是詩壇上放射出最燦爛的異彩的時代，誠是空前的變異最多而且最速的時代。

這七十餘年的時代，又可以分為兩期。第一期是《律詩》的成立時代，也可以名之為沈、宋時代。第二期是「絕詩」與「排律」盛行的時代，也可以稱之為開元、天寶時代。

二　唐詩發展：從古體詩到律詩及絕詩的轉變

第一期從嗣聖元年到先天元年（西元712年），為時不到三十年，沈佺期奠定了「律詩」的基礎。這時代的兩個代表人便是沈佺期與宋之問。《唐書．文藝傳》說：

魏建安後迄江左，詩律屢變。至沈約、庾信，以音韻相婉附，屬對精密。及之問、沈佺期，又加靡麗。回忌聲病，約句準篇，如錦繡成文。學者宗之，號為沈、宋。語曰：「蘇、李居前，沈、宋比肩。」

謂蘇武、李陵也。

這一段話頗足以表示「律詩」的由來。又胡應麟云：「五言律體，兆自梁、陳。唐初四子，靡縟相矜。時或拗澀，未堪正始。神龍以還，卓然成調。沈、宋、蘇、李，合軌於前，王、孟、高、岑，並馳於後。新制迭出，古體攸分。實詞章改革之大機，氣運推遷之一會也。」這些話也可略見出律詩的歷史。蓋自沈約以四聲八病相號召，已開始了律詩的先驅。嗣聖時代，沈佺期、宋之問出現，便很容易的收結了五百年來的總帳，「回忌聲病，約句準篇」，而創出「律詩」的一個新體來。大勢所趨，自易號召，自易成功。所謂「聲病」云云的討論，自此竟不成為一個問題了。

「律詩」中的「五言律詩」，「四傑」時代已是流行。例如駱賓王的《在獄聞蟬》：

西陸蟬聲唱，南冠客思侵。
那堪玄鬢影，來對白頭吟！
露重飛難禁，風多響易沉！
無人信高潔，誰為表予心？

已是「律詩」的最完備的體格了。唯大暢其流者，則為沈、宋。如沈佺期的《送喬隨州侃》：

結交三十載，同遊一萬里。
情為契闊生，心由別離死。
瓛恩前後人，從宦差池起。
今爾歸漢東，明珠報知己。

宋之問的《途中寒食題黃梅臨江驛寄崔融》：

馬上逢寒食，愁中屬暮春。可憐江浦望，不見洛陽人！
北極懷明主，南溟作逐臣。故園腸斷外，日夜柳條新。

都是示後進以準的之作。但沈、宋對於律體的應用，不限於五言，且更侵入當時流行的七言詩體範圍之內。七言詩開始流行於唐初，至沈、宋而更有所謂「七言律」。「七言律」的建立，對於後來的影響是極大的。沈、宋的最偉大的成功，便在於此。沈佺期的《古意呈補闕喬知之》：

盧家少婦鬱金堂，海燕雙棲玳瑁梁。
九月寒砧催木葉，十年征戍憶遼陽。
白狼河北音書斷，丹鳳城南秋夜長。
誰謂含愁獨不見，更教明月照流黃。

頗為有聲。宋之問所作的七律，今傳者甚少，姑引》三陽宮侍宴應制得幽字一首：

離宮祕苑勝瀛州，別有仙人洞壑幽。巖邊樹色含風冷，石上泉聲帶雨秋。
鳥向歌筵來度曲，雲依帳殿結為樓。微臣昔忝方明御，今日還陪八駿遊。

在這一方面的成功，沈、宋二人似都應居於提倡者的地位。他們的倡始號召之功，似較他們的創作為更重要。《舊唐書．文苑傳》云：「中宗增置修文館學士，擇朝中文學之士，之問與薛稷、杜審言等首膺其選。當時榮之。及典舉，引拔後進，多知名者。」《唐書之問傳》亦敘其陪奉武后遊洛南龍門：「詔從後賦詩。左史東方虯詩先成，後賜錦袍。之問俄頃獻。後覽之嗟賞，更奪袍以賜。」宋尤袤《全唐詩話雲》：「中宗正月晦日，幸昆明池賦詩。群臣應制百餘篇。帳殿前結採樓，命昭容選一篇為新翻御制曲。從臣悉集其下。須臾，紙落如飛。各認其名而懷之。既退，唯沈、宋二詩不下。移時，一紙飛墜。競取而觀之，乃沈詩也。及聞其評曰：『二詩工力悉敵。沈詩落句云，微臣雕朽質，羞睹豫章才，蓋詞氣已竭。宋詩云，不愁明月盡，自有夜珠來，猶陡健豪舉。』沈乃伏，不敢復爭。」像這樣的從容遊宴，所賦詩篇，傳遍天下，又加以典貢舉，天下士自然的從風而靡的了。何況「滾石下山，不達底不止」，這風氣又是五百年來的自然的進展的結果呢。同時，「絕詩」的一體，也跟了「律詩」的發達而大盛。絕詩的起來，與律詩的產生有不可分離的關係。漢、魏古詩六朝樂府中，五言的短詩為最多，類皆像王台卿所作的《陌上桑》：

今月開和景，處處動春心。
掛筐須葉滿，息倦重枝陰。

以四句的五言成篇。「律詩」「約句準篇」，每篇句類有定，不適於寫作這一類短詩之用。於是律詩作者們同時便別創所謂「絕詩」的一體。這維持了短詩的運命，且成為我們詩體中常是最有精彩的一部分的傑作。宋洪邁至集唐人絕句至萬首之多，編為專書。可見此體愛好者之多且篤了。胡應麟謂：「五七言絕句，蓋五言短古，七言短歌之變也。五言短古，雜見漢、魏詩中，不可勝數。唐人絕體，實所從來。七言短歌，始於垓下。梁、陳以降，作者全然。第四句之中，二韻互葉，轉換既迫，音調未舒。至唐諸子，一變而律呂鏗鏘，句格穩順，語半於近體，而意味深長過之，節促於歌行，而詠嘆悠永倍之，遂為百代不易之體。」胡氏的話，對於「絕句」，已盡讚頌之極致。但他又頗以「截近體首尾或中二聯」以成絕句之說為非。此則，緣昧於詩體的自然演進的定律，固有異論耳。沈、宋之前，固有類乎「絕句」之物。唯「絕句」之成為一個新體之物，且有定格，則為創始沈、宋時代，未可以偶然的「古已有之」的幾個篇章，便推翻了發展的定律。

沈、宋的五七言絕句，佳作甚多。宋之問貶後所作，尤富於真摯的情緒，淒楚的聲調。像《渡漢江》：

嶺外音書斷，經冬復歷春。
近鄉情更怯，不敢問來人。

即應制之作，也還不壞。像《苑中遇雪應制》：

紫禁仙與詰旦來，青旗遙倚望春台。
不知庭霰今朝落，疑是林花昨夜開。

沈佺期的五方絕句，今傳者甚鮮。其七言絕句像《邙山》：

北邙山上列墳塋，萬古千秋對洛城。
城中日夕歌鐘起，山上唯聞松柏聲。

是頗具著渺渺的餘思的。若僅以「典麗精工」視沈、宋，似乎是太把他們估價得低了。

三　唐詩發展：從古體詩到律詩、絕詩和排律的演進

為唐代文壇重鎮的一個新詩體，所謂「排律」的，也起於沈、宋之時。胡應麟謂：「排律，沈宋二氏，藻贍精工。」排律為較長的詩體，非運之以弘偉的才情，出之以精工的筆力不可。沈、宋創造了「律詩」，同時並開啟了排律的一個新的局面。王世貞謂：「二君正是敵手。排律用韻穩妥，事不旁引，情無牽合，當為最勝。」沈、宋的排律，五言最多，也最好。如佺期的《釣竿》篇：

朝日斂紅煙，垂竿向綠川。
人疑天上坐，魚似鏡中懸。
避楫時驚透，猜鉤每誤牽。
湍危不理轄，潭靜欲留船。
釣玉君徒尚，徵金我未賢。
為看芳餌下，貪得會無筌。

之問的《初至崖口》：

崖口從山斷，嶔崟聳天壁。
氣沖落日紅，影入春潭碧。
錦繡織苔蘚，丹青畫松石。
水禽泛容與，巖花飛的皪。

微路從此深，我來限於役。
悵惘情未已，群峰暗將夕。

狀物陳形，已臻佳境。在排律中，氣度雖未若杜甫的闊大，波瀾雖未若杜甫的澎湃，然已是不易得的東西了。

四　唐代文學中的沈佺期和宋之問：詩詞風格和生平簡介

沈、宋並稱，而沈、宋的詩也往往相混雜，可見其風格的相近。沈佺期字雲卿，相州內黃人。及上元二年（西元675年）進士第。由協律郎累除給事中考功。與張易之等烝昵寵甚。易之敗，遂長流驩州。後得召見，拜起居郎兼修文館直學士。尋歷中書舍人，太子少詹事。開元初卒（?～713?）。

宋之問字延清，一名少運，汾州人。之問偉儀貌，雄於辯。甫冠，武后召與楊炯分直習藝館。累轉尚方監丞，左奉宸內供奉。與佺期、閻朝隱等，傾心媚附易之。易之所賦詩篇，盡之問、朝隱所為。及敗，貶隴州。之問逃歸洛陽，匿張仲之家。武三思復用事，仲之慾殺之。之問上變。由是擢鴻臚主簿。天下醜其行。中宗時，下遷越州長史，窮歷剡溪山，置酒賦詩，流布京師，人人傳諷。睿宗立，流之問欽州，復賜之死（660?～710?）。

宋、沈以附張易之，聲名頗為狼藉，然其才名則不可掩。佺期嘗以詩贈張說。說道：「沈三兄詩清麗，須讓居第一也。」徐堅論之問以為其文如良金美玉，無不可。之問友人武平一為纂集其詩，成十卷。佺期亦有集傳於世。沈、宋之詩，至流徙後而尤工。佺期在驩州諸作，像《三日獨坐炌州思憶遊》、《從驩州廨宅移住山間水亭》、《赦到不得歸題江上石》、《答魑魅代書寄家人》諸篇，皆出之以五言排律，而於沈痛鬱結之中，不失其流麗疏放之體。答魑魅一篇，長至十二韻以上，尤為當時罕有之作。「死生離骨肉，榮辱間朋遊。棄置一身在，平生萬事休」《移住山間水亭》，其情誠可哀矜！

之問兩經流放，終至被殺，身世尤苦於佺期，故所作更多悲感的聲韻。唯長篇較少，五律為多。像《度大庾嶺》：

度嶺方辭國，停軺一望家。
魂隨南翥鳥，淚盡北枝花。
山雨初含霽，江雲欲變霞。
但今歸有日，不敢恨長沙。

又像「故園長在目，魂去不須招」《早以韶州》，「誰言望鄉國，流涕失芳菲」《早入清遠峽》，「鄉心新歲切，天畔獨潸然。老至居人下，春歸在客先」《新年作》諸語，莫不表示出遲暮投荒，徘徊欲泣的情緒來。沈、宋的詩，自當以這種遷謫後所作的最工。應制諸什，非不精妙，卻不儘是從肺腑中流出的，故有靈魂、有真情感者甚少。

五　唐代文學中的杜審言、崔融、女作家上官婉兒以及其他詩人的詩詞風格和生平簡介

沈、宋同時的詩人極多。「初，中宗景龍二年（西元 708 年），始於修文館置大學士四員，學士八員，直學士十二員，像四時八節十二月。於是李嶠、宗楚客、趙彥昭、韋嗣立為大學士；李適、劉憲、崔湜、鄭攸、盧藏用、李邕、岑羲、劉子元為學士；薛稷、馬懷素、宋之問、武平一、杜審言、沈佺期、閻朝隱等為直學士。又召徐堅、韋元旦、徐彥伯、劉允濟等滿員。」這裡殆已把沈、宋派詩人一網打盡了。但在其中的及未預其列的詩人們，若蘇味道、李嶠、杜審言、崔融、喬知之、崔融、崔液、陳子昂、劉希夷諸人尤稱大家。更有女作家上官婉兒在當時主持風雅，提倡文藝甚力，也當一敘及。

蘇、李是和沈、宋並稱的。蘇味道，趙州欒城人。弱冠擢進士。證聖元年，出為集州刺史。聖歷初，遷鳳閣侍郎，同鳳閣鸞台三品。居相位數載。神龍時坐張易之黨，貶眉州刺史。還為益州長史，卒（?～ 707）。李嶠字巨山，與味道同裡。弱冠擢進士第。武后時，官鳳閣舍人。每有大手筆，皆特命嶠為之。累遷鸞台侍郎，知政事，封趙國公。睿宗立，出刺懷州。玄宗時貶為滁州別駕，改廬州。嶠初與王、楊接踵，中與崔、蘇齊名，晚諸人沒，獨為文章宿老。但嶠與味道所作，今存者類多應制之詩，未能窺其真性情。姑舉嶠的《酬杜五弟晴朝獨坐見贈》為例：

平明坐虛館，曠望幾悠哉。
宿霧分空盡，朝光度隙來。

影低藤架密，香動藥欄開。
未展山陽會，空留池上杯。

這已是他們的很高的成就了。風格同於沈、宋，而才情卻顯然有些差別。相傳明皇將幸蜀，登花萼樓，使樓前善水調者奏歌。歌曰：「山川滿目淚沾衣，富貴榮華能幾時！不見只今汾水上，唯有年年秋雁飛。」帝慘愴移時，顧侍者曰：「誰為此？」對曰：「故宰相李嶠之詞也。」帝曰：「真才子！」不待終曲而去。

杜審言字必簡，京兆人。咸亨元年（西元670年）進士。為隰城尉。恃高才傲世，見疾。蘇味道為天官侍郎，審言集判出，謂人道：「味道必死！」人驚問何故。道：「彼見吾判且羞死。」又道：「我文章當得屈、宋作衙官，吾筆當得王羲之北面。」其矜誕類此。坐事貶吉州司戶。武后時召還，授著作郎，為修文館直學士，卒。他病時，宋之問、武平一去看他。他道：「甚為造化小兒相苦。尚何言！然吾在，久壓公等。今且死，固大慰，但恨不見替人也。」審言少與李嶠、崔融、蘇味道為文章四友。在這幾個人中，審言自是以天才獨傲的。舉其二詩為例：

北地春光晚，邊城氣候寒。
往來花不發，新舊雪仍殘。
水作琴中聽，山疑畫裡看。
自驚牽遠役，艱險促征鞍。

——《經行嵐州》

遲日園林悲昔遊，今春花鳥作邊愁。
獨鄰京國人南竄，不似湘江水北流。

——《渡湘江》

崔融字安成，齊州全節人。長安中授著作佐郎，進鳳閣舍人。坐附張易之兄弟，貶袁州刺史。尋召拜國子司業（?～707）。他的詩詠從軍者為多。像《西征軍行遇風》：

北風捲塵沙，左右不相識。
颯颯吹萬里，昏昏同一色。
馬煩莫敢進，人急未遑食。
草木春更悲，天景晝相匿。

（下略）頗具有異域的風趣，置在這個時代裡，總算是別調。

女作家上官婉兒，是這時主持風雅的一位很重要的人物。律詩時代的成立，她是很有力於其間的。婉兒為儀之孫，武后時配入掖庭。善於文章。年十四，即為武后內掌詔命。中宗即位，大被寵愛，進拜昭容。當時文壇因她的努力而大為熱鬧。臨淄王兵起，她被殺。她的詩，今所存者僅二十餘篇，大都是應制之作，未能見出她的真實的情緒。像「密葉因裁吐，新花逐剪舒……春至由來發，秋還未肯疏。借問桃將李，相亂欲何如？」「侍宴內殿出翦花彩應制」正是律詩時代的「最格律矜嚴」之作。

六　唐代詩人崔湜、崔液、喬知之、劉希夷的詩詞及生平簡介

崔湜、崔液兄弟所作，並皆可觀。而液詩似更在其兄上。湜字澄瀾，定州人。擢進士第。預修三教珠英。會數度為相。明皇立，流嶺外，復追及荊州，賜死（668 ～ 713）。液字潤甫，湜之弟。工五言詩。擢進士第一人。湜常呼他的小字道：「海子，我家龜龍也。」官至殿中侍御史。液所作，今傳者以閨情為多。像《上元夜》：

星移漢轉月將微，露灑煙飄燈漸稀。
猶惜路傍歌舞處，躊躕相顧不能歸。

又像《擬古神女宛轉歌》（一作郎大家作）：

日已暮，長簷鳥應度。
此時望君君不來，此時思君君不顧。
歌宛轉，宛轉那能異棲宿！
願為形與影，出入恆相逐。

是很有《子夜》、《讀曲》的風趣的。

劉希夷與喬知之所作，皆以歌行為多。知之，同州馮翊人。則天時，為右補闕。遷左司郎中。為武承嗣所害。相傳知之有婢窈娘，為承嗣所奪，他作《綠珠篇》密送與窈娘。她結詩衣帶，投井而死。承

嗣以是諷酷吏羅織殺之。知之有《擬古贈陳子昂》一詩：「別離三河間，征戰二庭深。胡天夜雨霜，胡雁晨南翔」云云，是頗似子昂的《感遇》的。

希夷一名庭芝，潁川人。上元二年（西元675年）進士，時年二十五。工篇詠，特善閨帷之作。詞情哀怨，多依古調體勢，與當時的風尚不合，遂不為所重。他美姿容，好談笑，善彈琵琶，飲酒至數斗不醉。落魄不拘常檢。嘗作《白頭吟》，有「今年花落顏色改，明年花開復誰在」語，自以為不祥。又吟一聯：「年年歲歲花相似，歲歲年年人不同。」遂嘆道：「生死有命，豈由此虛言乎？」遂並存之。詩成未週歲，果為奸人所殺（651～680?）。或謂：其舅宋之問，苦愛後一聯，知其未傳於人，懇求之。許而竟不與。之問怒其誑已，使奴以土囊壓殺於別舍，時年未及三十。這話未必可信。之問為一代宗匠，又何至奪甥之作！後孫翌撰《正聲集》，以希夷詩為集中之最。由是大為人所稱《白頭吟》一作《代悲白頭翁》自是傑作，但像《春日行歌》：

山樹落梅花，飛落野人家。
野人何所有？滿甕陽春酒。
攜酒上春台，行歌伴落梅。
醉罷臥明月，乘夢遊天台。

其拓落疏豪的態度，已是李白的一個先驅了。

七　唐代詩人陳子昂的詩風文采

但在這一群詩人裡，還不得不推陳子昂為一個異軍突起者。子昂和劉希夷、喬知之皆非沈、宋所能牢籠，所能範圍者。而子昂尤為傑出。齊、梁風尚的轉變，在子昂的詩裡，已充分地透露出訊息來。子昂字伯玉，梓州射洪人。開耀二年（西元682年）進士。初，年十八，未知書，以富家子，任俠尚氣，好弋博。後入鄉校，感悔。即於州東南金華山觀讀書，痛自修飾，精窮墳典。武后時，拜麟台正字，累遷拾遺。聖歷初，解官歸。為縣令段簡所誣詐，捕下獄，死。年四十三（656～698）。相傳子昂初入京不為人知。有賣胡琴者，價百萬。豪貴傳視，無辨者。子昂突出，顧左右以千緡市之。從驚問。答道：「余善此樂。」皆道：「可得離乎？」子昂道：「明日可集宣陽裡。」如期偕往，則酒餚畢具。置胡琴於前。食畢，捧琴語道：「蜀人陳子昂，有文百軸，馳走京轂，碌碌塵土，不為人知。此樂，賤工之役，豈宜留心！」舉而碎之，以其文軸遍贈會者。一日之內，聲華溢都。子昂初為《感遇詩》，王適見而驚道：「此子必為海內文宗。」柳公權評其詩道：「能極著述，克備比興，唐興以來，子昂而已。」集十卷。子昂《感遇詩》，今見三十八章，其風格大似阮籍《詠懷》、左思《詠史》，當是受他們的啟示而寫的。這三十八章的詩篇，內容甚雜，或詠史，或抒懷，或超脫，或悲憫，但綜其格律，放在沈、宋的一群裡，卻是不類不同的。像：

林居病時久，水木澹孤清。
閒臥觀物化，悠悠念無生。

青春始萌達，朱火已滿盈。
徂落方自此，感嘆何時平。
索居猶幾日，炎夏忽然衰。
陽彩皆陰翳，親友盡睽違。
登山望不見，涕泣久漣洏。
宿夢感顏色，若與白雲期。
馬上驕豪子，驅逐正蚩蚩。
蜀山與楚水，攜手在何時？
朔風吹海樹，蕭條邊已秋。
亭上誰家子，哀哀明月樓。
自言幽燕客，結髮事遠遊。
赤丸殺公吏，白刃報私讎。
避讎至海上，被役此邊州。
故鄉三千里，遼水復悠悠。
每憤胡兵入，常為漢國羞。
何知七十戰，白首未封侯！

比了一般的頌聖酬宴的所作，自然是高出萬倍的了。他痛快的抒其所懷抱的情思，一點也不顧忌，一點也不宛曲迴避，直活現出一位「性褊躁」，易於招禍的詩人來。又像《登幽州台歌》：

前不見古人，後不見來者。
念天地之悠悠，獨愴然而涕下。

那樣的豪邁，那樣的瀟灑，自不會向「破家縣令」屈膝，自要為其所陷害的了。

開元天寶時代

開元和天寶時代被譽為唐代詩壇的黃金時期，這一時期見證了唐代詩壇的繁榮和多樣性。詩人們的風格和主題變化多端，為中國古典詩歌的發展做出了卓越貢獻。

在這段時期，許多優秀的詩人嶄露頭角，他們的作品涵蓋了各種不同的主題和情感。其中，以孟浩然為代表的詩人，以其獨特的抒情風格而著稱。他的詩作充滿對自然景物的賞析和對人生哲理的思考，深受後人喜愛。

李白是另一位著名的詩人，以其豪放不羈的詩風和天馬行空的創作而聞名。他的詩歌充滿了奇思妙想和對自由的渴望，被譽為〝詩仙〞。

高適則以其慷慨自喜的壯烈詩風而著名，他的詩作多表現對國家和人民的忠誠，具有極高的情感強度。

岑參是一位富有異國情調的詩人，他的詩歌作品中融入了對異域風情和文化的描寫，為唐代詩壇帶來了新鮮的元素。

這一時期的詩人群像豐富多彩，各具特色，為中國古典詩歌的發展注入了新的動力。開元天寶時代的詩歌繁盛，成為中國文學史上的一個重要里程碑。

一　開元天寶詩壇的黃金時代：唐代詩人與風格的多樣變化

開元、天寶時代，乃是所謂「唐詩」的黃金時代；雖僅有短短的四十三年（西元 713 ～ 755 年），卻展布了種種的詩壇的波濤壯闊的偉觀，呈獻了種種不同的獨特的風格。這不單純的變幻百出的風格，便代表了開、天的這個詩的黃金的時代。在這裡，有著飄逸若仙的詩篇，有著風致澹遠的韻文，又有著壯健悲涼的作風。有著醉人的譫語，有著壯士的浩歌，有著隱逸者的閒詠，也有著寒士的苦吟。有著田園的閒逸，有著異國的情調，有著濃豔的閨情，也有著豪放的意緒。總之，這時代是囊括盡了種種的詩的變幻的。也沒有一個時代，更會同時挺生那麼許多的偉大的詩人過的！然而，她只是短短的四十三年！希臘的悲劇時代，英國的莎士比亞時代，還不只是短短的數十年麼？

五七言的古、律詩體，到了這個時代，格律已是全備。其中，七言的律、絕，方才剛剛萌牙，還不曾有人用全力去灌溉之；正是詩人最好的一試馳騁的好身手的時候。故開、天的詩人們，於此獨擅勝場，正如建安時代的五言詩，沈、宋時代的五言的律、絕。如握著新發於硎的牛刀，而以其勃勃的詩思為其試手的對象，那些天才的「庖丁」們，當然個個的都會「得手應心」的了。

二　開元天寶時代的詩人及其詩作

開、天間的詩人們，一時是計之不盡的。殷璠的《河嶽英靈集》，錄當時詩人至二十四人之多。元結的《篋中集》，所載則有七人。此外不在其中者，更還有不少。杜甫也初次出現於這個時代的詩壇上。但他的重要的詩篇，幾皆是開、天以後的所作。這個黃金時代，包納不了杜甫，而杜甫在這個時代，也未盡揮展出他的驚人的天才。故另於下章詳之。

開、天時代的老詩人們：有張九齡、賀知章、姚崇、宋璟、包融、張旭、張若虛、張說、蘇頲、李乂等。

張九齡字子壽，韶州曲江人。七歲知屬文。擢進士。遷左拾遺。後以張說薦，為集賢院學士。俄拜中書侍郎同平章事。為李林甫所排擠，貶荊州長史。卒。有集。九齡的詩，迴旋於沈、宋的時代，而別有所自得。他的《感遇》十二首，和陳子昂的所作又自不同，其託意的直率，頗有影響於後來的詩壇。像《感遇》中的一首：

> 江南有丹橘，經冬猶綠林。
> 豈伊地氣暖，自有歲寒心。
> 可以薦嘉客，奈何阻重深。
> 運命唯所遇，循環不可尋。
> 徒言樹桃李，此木豈無陰！

這全是以「丹橘」自況的，和後來的「妝罷低聲問夫婿，畫眉深淺入時無？」是在同一個調子裡的東西，但似更為露骨些。九齡詩往往如此，故頗傷於直率，少含蓄的餘味。

與張九齡同為開元、天寶時代的名相的姚崇、宋璟，也並能詩。崇初名元崇，又名元之，陜州人。貞觀中，應下筆成章舉，授濮州司倉。後數居台輔，負時重望。薦宋璟時代。其詩像：「舟輕不覺動，纜急始知牽」，語甚有致。宋璟，邢州南和人，繼崇為相，耿介有大節。他的《送蘇尚書赴益州》：「園林若有送，楊柳最依依」，意境也很新。

賀知章字季真，會稽永興人，少以文辭的知名。累遷祕書監，他性放曠，晚尤縱誕，自號四明狂客。天寶初，請為道士還鄉里。詔賜鏡湖剡川一曲。年八十六卒。其七言絕句，像《詠柳》的「不知細葉誰裁出，二月春風似剪刀」和《回鄉偶書》的二首：「少小離鄉老大回」，「唯有門前鏡湖水，春風不改舊時波」，都是盛傳人中的。

他和包融、張旭、張若虛並號「吳中四傑」。融，湖州人，為大理司直。旭，蘇州吳人。嗜酒善草書，每醉後號呼狂走，才下筆，或以頭濡墨而書。既醒，自視以為神。世呼為張顛，或傳稱為「草聖」。若虛，揚州人，為兗州兵曹。所作《春江花月夜》：「春江潮水連海平，海上明月共潮生。灩灩隨波千萬里，何處春江無月明」的一首七言的長篇，乃是今人諷吟不能去口的雋什。

張說和蘇頲也並為開元名相，也皆能詩。說字道濟，一字說之，洛陽人。武后時為鳳閣舍人，以忤旨，配流欽州。開元初，進中書令，封或國公。亦數經遷謫，至左丞相卒。他喜延納後進。朝廷大述作多出其手，與蘇頲號「燕、許大手筆」。謫後的詩，益淒惋動人，人謂得江山之助。像《南中別蔣五岑向青州》：

老親依北海，賤子棄南荒。
有淚皆成血，無聲不斷腸。
此中逢故友，彼地送還鄉。
願作楓林葉，隨君度洛陽。

誠是深以遷謫為念的。但像：「絲管清且哀，一曲傾一杯。氣將然諾重，心向友朋開」《宴別王熊》，卻頗有些豪邁的意氣。

蘇頲字廷碩，環子。幼敏悟。明皇愛其文，進紫薇侍郎，知政事。與李乂對掌書命。帝道：「前世李嶠、蘇味道，文擅當時，號蘇、李。今朕得頲及乂，又何愧前人。」他的小詩，也時有佳趣，像《將赴益州題小園壁》：

歲窮唯益老，春至卻辭家。
可惜東園樹，無人也作花。

李乂字尚真，趙州房子人，幼工屬文。開元初，為紫薇侍郎，除刑部尚書，卒，年六十八。與兄尚一、尚真並有文名。有《李氏花萼集》。

三　開元天寶時代的詩人及其詩作（續）

但開元、天寶的時代，虎踞於詩壇上者，並不是這些老作家們。新興的詩人們是像雨天的層雲般，推推擁擁的向無垠的天空上跑去。在那些無數的新詩人們裡，無疑的要選出王維、孟浩然、李白、高適、岑參五人，作為最重要的代表。那五位詩人們的作風，都是很不相同的；差不多也可以代表了當時五方面的不同的傾向。先說王維。

王維的作風，是直接承繼了東晉的陶淵明的。淵明的詩，澹泊而有深遠之致，維詩亦然。像那樣的田園詩，若淺實深，若凡庸實峻厚，若平淡實豐腴的，千百年間僅得數人而已。維字摩詰，河東人，工書畫，與弟縉，俱有俊才。開元九年進士擢第。天寶末為給事中安祿山陷兩都，維被囚於菩提寺。肅宗時，為尚書右丞。維篤於奉佛，晚年長齊禪誦。一日忽索筆作書別親故，舍筆而卒（699～759）。開、天間，維詩名最盛，王侯豪貴門，無不拂席迎之。嘗得宋之問輞川別墅，山水絕勝，與裴迪泛舟往來，嘯詠終日。殷璠謂：「維詩，詞秀調雅，意新理愜，在泉成珠，著壁成繪。」蘇軾亦云：「維詩中有畫，畫中有詩。」集異記《全唐詩話引》載維未冠時，文章得名，妙能琵琶。春之一日，岐王引至公主第，使為伶人進主前。維進新曲，號《鬱輪袍》，並出所作。主人大奇之。此事或未可信。明人王衡嘗作《鬱輪袍》雜劇，為維辨誣。唯唐人進身之階，往往要藉大力，像維一類的事，蓋當時並不以為可怪安、史亂後，音樂家的李龜年，奔放江潭，嘗於湘中採訪使筵上，唱：「紅豆生南國，春來發幾枝」，又「秋風明月苦相思，蕩子從戎十載餘」諸作，皆維詩也。可見當時維詩的流行的盛況。維的詩，最有畫意者，像

《渭川田家》：

斜陽照墟落，窮巷牛羊歸。
野老念牧童，倚杖候荊扉。
雉雊列苗秀，蠶眠桑葉稀。
田夫荷鋤至，想見語依依。
郎此羨閒逸，悵然吟式微。

像《山居秋暝》：

空山新雨後，天氣晚來秋。
明月松間照，清泉石上流。
竹喧歸浣女，蓮動下漁舟。
隨意春芳歇，王孫自可留。

和「草際成棋局，林端舉桔槔」《春園即事》，「牧童望村去，獵犬隨人還」《淇上即事田園》，「春風動百草，蘭蕙生我離」《贈裴十迪》，「山下孤煙燒村，天邊獨樹高原」，「花落家僮未掃，鶯啼山客猶眠」（一作皇甫會詩？）以上《田園樂》，「空山不風人，但聞人語響。返景入深林，復照青苔上」《鹿柴》等等，都是富於田園的風趣的。但他偶寫城市，也是同樣的可愛。像《早朝》：「皎潔明星高，蒼茫遠天曙。槐霧暗不開，城鴉鳴稍去。始聞高閣聲，莫辨更衣處。銀燭已成行，金門儼騶馭。」和隋代無名氏的《雞鳴歌》：「東方欲明星爛爛……千門萬戶遞魚鑰」恰是同類的雋作。若《琵琶記》的《辭朝》，從黃門官口中說出那麼一大片的話來，卻從見其辭費耳。維的七言絕句，像《少年行》：「相逢意氣為君飲」，「縱死尤聞俠骨香」，像《九月九日憶山東兄弟》：「遍插茱萸少一人」，像《渭城曲》：「渭城朝雨浥輕塵」，像《戲題輞川別業》：「藤花欲暗藏猱子」，像《私成口號誦示裴迪》：「萬戶傷心生野煙」，都是很「俊雅」的。而《渭城曲》，論者（如胡應麟）尤推之，以為盛唐絕句之冠。

集合於王維左右的詩人們，有維的弟縉（字夏卿，廣德、大曆中為門下侍郎，同平章事），及其友裴迪（關中人，嘗為尚書省郎，蜀州刺史）、崔興宗（嘗為右補闕）、苑咸（成都人，中書舍人）、丘為（蘇州嘉興人，太子右庶子）等。裴迪、崔興宗嘗與維同居終南山。苑咸能書梵字，兼達梵音，曲盡其妙。後維與裴迪又同住輞川，交往尤密。故迪的作風，甚同於維，於輞川諸詠尤可見之，像：「秋來山雨多，落葉無人掃」《宮槐陌》，「泛泛鷗鳧渡，時時欲近人」《欒家瀨》等。

四　孟浩然：唐代詩人與其獨特的抒情風格

孟浩然襄陽人，少好節義，工五言。隱鹿門山，不仕。四十遊京師，與諸詩人交往甚歡。嘗集祕省聯句，浩然道：「微雲淡河漢，疏雨滴梧桐。」眾皆莫及。其詩的作風，也正可以此十字狀之。張九齡、王維都極稱道他。維待詔金鑾，一旦私邀浩然入。俄報玄宗監幸。浩然錯愕伏匿床下。維不敢隱，因奏聞。帝喜日：「朕素聞其人而未見也。」浩然遂出。命吟近作，至「不才明主棄，多病筆人疏」之句，帝慨然道：「聊不求仕，朕何嘗棄卿，奈何誣我！」因命放還南山。開元末，王昌齡遊襄陽。時浩然新病起，想見甚歡，浪情宴謔，食鮮動疾而終（689～740）。有集。

浩然為詩，佇興而作，造意極苦。篇什既成，洗削凡近，超然獨妙，雖氣象清遠，而採秀內映，藻思所不及。像《宿業師山房期丁大不至》：

> 夕陽度西嶺，群壑倏已暝。
> 松月生夜涼，風泉滿清聽。
> 樵人歸欲盡，磴鳥棲初定。
> 之子期未來，孤宿候蘿逕。

又像「相望始登高，心飛逐鳥滅。愁因薄暮起，與是清秋發」《秋登蘭山寄張五》，「春眠不覺曉，處處聞啼鳥。夜來風雨聲，花落知多少」《春曉》，「燭至螢火滅，荷枯雨滴聞」《初出關旅亭夜坐懷王大校書》，「莫愁歸路暝，招月伴人還」《遊鳳林寺西嶺》，「陰崖常抱雪，枯澗為生泉」《訪總上人禪居》等等，都足以見出他的風格來。

他和王維的作風，看來好像很相近，其實有著根本的不同之點。維的最好的田園詩，是恬靜得像夕光朦朧中的小湖，鏡面似的躺著，連一絲的波紋兒都不動盪；人與自然，合而為一，詩人他自己是融合在他所寫的景色中了。但浩然的詩，雖然也寫山，也寫水，也寫大自然的美麗的表現，但他所寫的大自然，卻是活躍不停的，卻是和我們的人似的刻刻在動作著的。像「卻聽泉聲戀翠微」《過融上人蘭若》的戀字，便充分的可以代表他的獨特的作風。細讀他的詩什，差不多都是慣以有情的動作，系屬到無情的自然物上去的。又王維的詩，寫自然者，往往是純客觀的，差不多看不見詩人他自己的影子，或連詩人他自己也都成了靜物之一，而被寫入畫幅之中去了；他從不把自然界來拉到自己身上，作為自己動作或情緒的烘托的。浩然則不然，他的詩都是很主觀的，處處都有個我在，更喜用「歲月青松老，風霜苦竹餘」《尋白鶴巖張子容隱居》一類的句子。所以王維是個客觀的田園詩人，浩然則是個性很強的抒情詩人。王維的詩境是恬靜的，浩然的詩意卻常是活潑跳動的。

五　李白：天馬行空的詩人與其狂放詩風

現在該說第三個不同型的詩人李白了。白的詩，縱橫馳騁，若天馬行空，無跡可尋；若燕子追逐於水面之上，倏忽西東，不能羈系。有時極無理，像「白髮三千丈」，有時又似極幼稚可笑，像「願餐金光草，幫與天齊傾」《古風》，但那都無害於他的詩的純美。他的詩如遊絲，如落花，輕雋之極，卻不是言之無物；如飛鳥，如流星，自由之極，卻不是沒有軌轍；如俠少的狂歌，農工的高唱，豪放之極，卻不是沒有腔調。他是蓄儲著過多的天才的。隨筆揮寫下來，便是晶光瑩然的珠玉。在音調的鏗鏘上，他似尤有特長。他的詩篇幾乎沒有一首不是「擲地作金石聲」的。尤其是他的長歌，幾乎個個字都如「大珠小珠落玉盤」，吟之使人口齒爽暢，若不可中止。

但他並不是遠於人間的。他彷彿是一個不省事的詩人，其實卻十分關心世事。他也寫出塞詩，他也作閨怨辭，但那些似都不是他的長處所在。他早年是一位「長安」的游俠少年，中年是一位行止不檢的酒的詩人，晚年是一位落魄不羈的真實的「醉翁」。相傳他是死於醉後的落水的。他從中年起便把少年的意氣都和酒精一同的蒸發於空中去了。他好神仙，他愛說長生上天等等的瘋話。那也大約都是有意識的醉後的狂吟罷。他的少年的意氣，便這樣的好像不結實於地上，而馳騁於天府之上。

他的詩是在飄逸以上的。有人說他的詩是「仙」的詩。但仙人，似絕不會有他那末狂放。我們勉強的可以說，他的詩的風格是豪邁聯合了清逸的。他是高適、岑參又加上了王維、孟浩然的。他恰好代表了這一個音樂的詩的奔放的黃金時代。在我們的文學史上，沒有第二個像開、天的萬流輻輳，不名一軌的時代；也沒有第二個像李白似的那麼同樣的作風的。他是不可模擬的！

白字太白，隴西成紀人，或曰山東人，或曰蜀人。他少有逸才，志氣宏放。初隱岷山，益州刺史蘇頲見而異之，道：「是子天才英特，可比相如。」天寶初，到長安，見賀知章。知章見其文，嘆道：「子謫仙人也。」乃解金龜換酒，終日相樂。言於明皇。召見金鑾殿，奏頌一篇。帝賜食，親為調羹。有詔供奉翰林。白猶與酒徒飲於市。帝坐沉香亭子，意有所感，欲得白為樂章。召入，而白已醉。左右以水頮面，稍解。援筆成文，婉麗精切白嘗侍帝，醉，使高力士脫靴欲。力士恥之，乃讒於楊貴妃白自知不為親近所容，懇求還山。帝賜金放還。乃浪跡江湖，終日沈飲。後永王李璘闢白為僚佐。璘謀亂兵敗，白坐長流夜郎。會赦得還。依族人陽冰於當塗，卒（701～762）。相傳他是於度牛渚磯時，醉後入水中捉月而被溺死的。元人王伯成作《李太白流夜郎》雜劇，乃有白入水中，為龍王所迎去之說。明馮夢龍所輯的《警世通言》裡，也有《李謫仙醉草嚇蠻書》的平話一篇白的生平，是久已成為傳說的一箇中心的白有與《韓荊州書》，自敘早年的生平甚詳。他喜縱橫擊劍，為任俠，輕財好施。嘗客任城，與孔巢父、韓準、裴政、張叔明、陶沔，居徂徠山中，日沈飲，號「竹溪六逸」。在長安時，又與賀知章、李適之、王璡、崔宗之、蘇晉、張旭、焦遂為飲酒八仙人。他中年與杜甫交尤善。然二人的作風卻是很不相同的。他的作風，最能於長歌中表現出來。像《行路難》：

金樽清酒斗十千，玉盤珍羞真萬錢。
停杯投箸不能食，拔劍四顧心茫然。
欲渡黃河冰塞川，將登太行雪滿山。
閒來垂釣碧溪上，忽復乘舟夢日邊。
行路難，行路難，多歧路，今安在！
長風破浪會有時，直掛雲帆濟滄海。
大道如青天，我獨不得去。
羞逐長安社中兒，赤雞白狗賭梨慄。
彈劍作歌奏苦聲，曳裾王門不稱情。
淮陰市井笑韓信，漢朝公卿忌賈生。
君不見，昔時燕家重郭隗，擁篲折節無嫌猜。
劇辛樂毅感恩分，輸肝剖膽效英才。
昭王白骨縈爛草，誰人更掃黃金台！行路難，歸去來！

像《北風行》：「唯有北風怒氣天上來。燕山雪花大如席，片片吹落軒轅台。」《少年行》：「看取盎貴眼前者，何用悠悠身後名。」《經亂離後天恩流夜郎憶舊遊書懷贈江夏韋太守良宰》：「學劍翻處曬，為文竟何成。劍非萬人敵，文竊四海聲。兒戲不足道，《五噫》出西京！」《廬山謠》：「我本楚狂人，鳳歌笑孔丘。」《夢遊天姥吟留別》：「天台四萬八千丈，對此欲倒東南傾。我欲因之夢吳越，一夜飛度鏡湖月。」《蜀道難》：「連峰去天不盈尺，枯松倒掛倚絕壁。飛湍瀑流爭喧豗，砯崖轉石萬壑雷。」《將進酒》：「君不見，黃河之水天上來，奔流到海不復回。君不見，高堂明鏡悲白髮，朝如青絲暮成雪。人生得意須盡歡，莫使金樽空對月！」等等，都是氣吞斗牛，目無齊、梁的。他騁其想像的飛馳，盡其大膽的遣辭，一點也不受什麼拘束，一點也不顧忌什麼成法，所以能夠狂言若奔川赴海，滔滔不已。雖時若「言大而誇」，卻並不是什麼虛矯的誇大。有他的這樣的天才，這樣的目無古作，才可以說是：「自從建安來，綺麗不足珍。」《古風》他誠是獨往獨來於古今的歌壇上的。

他的短詩，雋妙的也極多，幾乎沒有一首不是爽口悅耳的，卻又俱具著渾重之致，一點也不流於浮滑。又，在其間，關於酒的歌詠是特多。像《前有樽酒行》：

春風東來忽相過，金樽淥酒生微波。
落花紛紛稍覺多，美人欲醉朱顏酡。
青軒桃李能幾何，流光欺人忽蹉跎。
君起舞，日西夕。
當年意氣不肯傾，白髮如絲難何益！

像《月下獨酌》：「花間一壺酒，獨酌無相親。舉杯邀明月，對影成三人」，像《山中與幽人對酌》：「我醉欲眠卿且去」像《自遣》：「對酒不覺暝，落花盈我衣。醉起步溪月，鳥還人亦稀」等等都是。其他像《越中覽古》：「宮女如花滿春殿，如今唯有鷓鴣飛」，《早發白帝城》：「兩岸猿聲啼不盡，輕舟已過萬重山」等等，也都是七言絕句裡的最高的成就。又如《烏夜啼》、《烏棲曲》等，也都是冷雋之氣森森逼人。

六　高適：慷慨自喜的壯烈詩人

高適年過五十，始學為詩，即工。以氣質自高，多胸臆間語。他雖沒有王維、孟浩然的澹遠，李白的清麗奔放，卻自有一種壯激緻密的風度，為王、孟他們所沒有的。適字達夫，一字仲武，滄州人。少性拓落，不拘小節，恥預常科，隱跡博徒，才名便遠。後舉有道，授封丘尉。未幾，哥舒翰表掌書記。後擢諫議大夫，負氣敢言，權近側目。李輔國忌其才。蜀亂，出為蜀、彭二州刺史。遷西川節度史，還為左散騎常侍。永泰初卒（700?～765）。有集。他尚氣節，語王霸，袞袞不厭。遭時多難，以功名自許。嘗過汴州，與李白、杜甫會。酒酣登吹台，慷慨悲歌，臨風懷古。中間唱和頗多。他的詩也到處都顯露了以功名自許的氣概。他不談窮說苦，不使酒罵坐，不故為隱遁自放之言，不說什麼上天下地，不落邊際的話。他是一位「人世間」的詩人。是一位顯達的作家。開、天以來，凡詩人皆窮，顯達者唯適一人而已。為的是一位慷慨自喜的人，又是一位屢次獨當方面的大員，所以他的作風，於舒暢中又透著壯烈之致，於積極中更露著企勉之意。像「窮達自有時，夫子莫下淚」《效古贈崔二》，「知君不得意，他日會鵬摶」《東平留贈狄司馬》，「男兒爭富貴，勸爾莫遲回」《宋中遇劉書記有別》等，自非若「不才明主棄」一類的失意人語。他的詩，每一篇已，好事者輒傳播吟玩。他的最高的成就，像七言絕句中的：

危冠廣袖楚宮妝，獨步閒庭逐夜涼。
自把玉釵敲砌竹，清歌一曲月如霜。

——《聽張立本女吟》

千里黃雲白日曛，北風吹雁雪紛紛。
莫愁前路無知己，天下誰人不識君！

——《別董大》

又像五言的《登百丈峰》：「漢壘青冥間，胡天白雪掃，憶昔霍將軍，連年此征討」，塞上：「總戎掃大漢，一戰擒單手。常懷感激心，願效縱橫謨」，《自淇涉黃河途中作》：「北風吹萬里，南雁不知數。歸意方浩然，雲沙更回互」等等，都頗足以窺見他的慷慨壯烈的風格來。

七　岑參：唐代異國情調的詩人

岑參是開、天時代最富於異國情調的詩人。王維的友人苑咸善於梵語，可惜其詩傳者不多，未見其曾引梵詩的風趣到漢詩中來。岑參卻是以秀挺的筆調，介紹整個的西陲、熱海給我們的。唐詩人詠邊塞詩頗多，類皆捕風捉影。他卻自句句從體驗中來，從閱歷裡出。以此，他一邊具有高適的慷慨壯烈的風格，他一邊卻較之更為深刻雋削，富於奇趣新情。他南陽人，文字之後。天寶三年進士及第。後出為嘉州刺史。杜鴻漸表置安西幕府。以職方郎兼侍御史領幕職。流寫不還，遂終於蜀。他累佐戎幕，往來鞍馬烽塵間十餘載，極征行離別之情。城障塞堡，無不經行。他的詩便在這樣的環境中寫出。論者謂參詩「辭意清切，回拔孤秀，多出佳境。每一篇出，人競傳寫，比之吳均、何遜。」或又謂他「放情山水，故常懷逸念，奇造幽致，所得往往超拔孤秀，度越常情，與高適風骨頗同，讀之令人慷慨懷感。」其實，他的所得，似尤出於吳均、何遜及高適。清拔孤秀的風格雖同，而他的題材，卻不是他們所能有的。這特殊的異國的情調，給他的詩以另一般的風趣與光彩。像《天山雪歌》：「北風夜卷赤亭口，一夜天山雪更厚。……將軍狐裘臥不暖，都護寶刀凍欲斷」，《火山雲歌》：「火雲滿山凝未開，飛鳥千里不敢來。……繚繞斜吞鐵關樹，氛氳半掩交河戍」，《銀山磧山館》：「銀山磧口風似箭，鐵門開西月如練」，《贈酒泉韓太守》：「酒泉西望玉關道，千山萬磧皆石草」，《優缽羅花歌》：「葉六瓣，花九房，夜掩朝開多異香」，《宿鐵關西館》：「馬汗踏成泥，朝馳幾萬蹄。雪中行地角，火處宿天倪」，《經火山》：「赤焰燒虜雲，炎氛蒸塞空」，《熱海行》：「側聞陰山胡兒語，西頭熱海水如煮」等等，是風，是沙，是雪，是火雲，是熱海，這些，都是第一次方被連續的捉入我們的詩裡的罷。在「終日風與雪，連天沙復山」《寄宇文判官》，「秋來唯有雁，夏盡不聞蟬。雨拂氈牆溼，風搖毳幕羶」《首秋輪台》的境地裡，自然是會有另一種的情趣的。他的七言絕句，像《趙將軍歌》：

九月天山風似九，城南獵馬縮寒毛。
將軍縱博場場勝，賭得單于貂鼠袍。

寫邊塞將士們的生活是極為活躍的。又像《磧中作》：

走馬西來欲到天，辭家見月兩回圓。
今夜不知何處宿，平少萬里絕人煙。

大約是他第一次「走馬西來」的所作罷。其他像《山房春事》二首：

風恬日暖蕩春光，戲蝶遊蜂亂入房。
數枝門柳低衣桁，一片山花落筆床。
梁園日暮亂飛鴉，極目蕭條三兩家。
庭樹不知人去盡，春來還發舊時花。

情調與他作甚異，但這表白了我們的詩人，也不是不會寫作那麼清雋可喜之篇什的。

八　唐代詩壇傑出詩人群像

這五位詩人之外，還有王昌齡、儲光義、常建、王灣、崔顥、王之渙、祖詠、李頎等若干人。他們都不是依花附草的小詩人們。他們也都是各具特殊的作風，馳騁於當世而不稍為他人屈的。

王昌齡字少伯，京兆人，與高適、王之渙齊名，而昌齡獨有「詩天子」的稱號。他登開元十五年進士第。為江寧丞。後因不護細行，貶龍標尉，卒。他的詩，緒密思精，多哀怨清溢之作。「秦時明月漢時關」（《出塞》）傳誦最盛，實非其至者。像《採蓮曲》：「亂入池中看不見，聞歌始覺有人來」，《長信秋詞》：「玉顏不及寒鴉色，猶帶昭陽日影來」，《閨怨》：「閨中少婦不知愁，春日凝妝上翠樓」，《芙蓉樓送辛漸》：「洛陽親友如相問，一片冰心在玉壺」等，才足以代表他的作風罷。他作七言絕句甚多，也是最成功者的一個。

王之渙，並州人，與兄之咸、之賁皆有文名。天寶間與王昌齡、崔國輔、鄭明聯唱迭和，名動一時。《集異記》載：一日天寒微雪，之渙和高適、王昌齡三詩人，共詣旗亭貰酒小飲，聽梨園伶官唱詩。三詩人的所作，皆為所唱及。獨妓中之最佳者，乃唱之渙的「黃河遠上白雲間，一片孤城萬仞山」（《涼州詞》），一詩。明、清戲曲家演此事之劇本以《旗亭記》為名的，不止一二本而已。

儲光羲，兗州人，登開元中進士第，歷監察御史。祿山亂後，坐陷賊貶官。光羲詩傳者頗多，殊有玉石雜混之感。像《洛陽道》：

洛水春冰開，洛城春水綠。
朝看大道上，落花亂馬足。

等小詩，似是他較好的成就。

常建在殷璠的《河嶽英靈集》中，為所錄二十四詩人們之冠，建，開元中進士第，大曆中為盱眙尉。論者謂他的詩「似初發通莊，卻尋野徑白裡之外，方歸大道。其旨遠，其興僻。佳句輒來，唯論意表。」像他的「松際露微月，清光猶為君」（《宿王昌齡隱居》），「戰餘落日黃，軍敗鼓聲死」（《吊王將軍墓》），「曲徑通幽處，禪房花木深。山光悅鳥生，潭影空人心」（《題破山寺後禪院》），都是足當「其旨遠，其興僻」之譽的。

崔顥，汴州人，開元十一年登進士第。官司勳員外郎。天寶十三年卒。他少年為詩，多浮豔語，晚乃風骨凜然，奇造往往並驅江、鮑。後遊武昌，登黃鶴樓，感慨賦詩道：「黃鶴一去不復返，白雲千載空悠悠。」及李白來，道：「眼前有景道不得，崔顥題詩在上頭。」無作而去。顥好蒲博、嗜酒。娶妻擇美者，稍不愜，即棄之，凡易三四。他苦吟詠，當病起清虛，友人戲之道：「非子病如此，乃苦吟詩瘦耳。」遂為口實。今傳顥詩，仍以豔體為多。像《長干曲》：

君家住何處？妾住在橫塘。
停船暫相問，或恐是同鄉。

神情大婁《子夜》、《讀曲》。他的歌行，像《贈王威古》：「春風吹淺草，獵騎何翩翩」，《行路難》：「萬萬長條拂地垂，二月三月花如霰」，《渭城少年行》，「長安道上春可憐，搖風蕩日曲江邊」等，都是很暢麗的。

王灣，洛陽人，登先天進士第。終洛陽尉。他文名早著，其「海日生殘夜，江春入舊年」（《江南意》）之句，當時稱最；張說至手題於政事堂。

李頎，樂川人，家於潁陽，擢開元十三年進士第，官新鄉尉。王世貞謂：「盛唐七言律，老杜外，王維、李頎、岑參耳。」但他的七絕，像《野老曝背》：

百歲老翁不種田，唯知曝背樂殘年。
有時捫蝨獨搔首，目送歸鴻籬下眠。

也有獨特的風趣。

祖詠，洛陽人，登開元十二年進士第，與王維友善。有司嘗試以《終南望餘雪》。詠賦道：「終南陰嶺秀，積雪浮雲端。林表明霽色，城中增暮寒。」僅此四句，就交了卷。或詰之，他道：「意盡！」

又有孫逖，河南人，開元中進士，終太子詹事。崔國輔，吳郡人，為禮部員外郎，後坐事貶晉陵郡司馬。盧象，字緯卿，汶水人，以受祿山偽署，貶永州司戶。王翰，字子羽，晉陽人，登進士第，為仙州別駕。日與才士豪俠飲東遊畋，坐貶道州司馬卒。綦毋潛，字孝通，荊南人，終著作郎。崔曙，宋州人，少孤貧，不應薦闢，苦志高吟。薛據，荊南人，終水部郎中。沈千運，吳興人，數應舉不第。孟雲卿，關西人，仕終校書書郎。賈至字幼鄰，洛陽人，開元中為起居舍人，大曆初為京兆尹，右散騎常侍。劉眘虛，江東人，天寶時官夏縣令。皆以能詩名。而王翰的《涼州詞》：「葡萄美酒夜光杯」，尤盛傳人口。

中國文學史大綱：
從古代到近代，文學壯闊旅程的起點

作　　者：鄭振鐸
發 行 人：黃振庭
出 版 者：複刻文化事業有限公司
發 行 者：複刻文化事業有限公司
E-mail：sonbookservice@gmail.com
粉 絲 頁：https://www.facebook.com/sonbookss/
網　　址：https://sonbook.net/
地　　址：台北市中正區重慶南路一段六十一號八樓 815 室
Rm. 815, 8F., No.61, Sec. 1, Chongqing S. Rd., Zhongzheng Dist., Taipei City 100, Taiwan
電　　話：(02)2370-3310
傳　　真：(02)2388-1990
印　　刷：京峯數位服務有限公司
律師顧問：廣華律師事務所 張珮琦律師
定　　價：399 元
發行日期：2023 年 12 月第一版
◎本書以 POD 印製

國家圖書館出版品預行編目資料

中國文學史大綱：從古代到近代，文學壯闊旅程的起點 / 鄭振鐸 著. -- 第一版. -- 臺北市：複刻文化事業有限公司, 2023.12
面；　公分
POD 版
ISBN 978-626-7403-41-9(平裝)
1.CST: 中國文學史
820.9　　112019818

電子書購買

臉書

爽讀 APP